Wilfried Weber

LE PETIT HORLOGER

DU CHAOS

Roman

À Raphaëlle,

Table des matières

- 1 - WHITEND EST MORT

Paris, le 7 mai.

— L'Homme qui faisait le travail de Dieu est mort…

Ces mots, énoncés avec gravité, émanaient de l'écran surplombant le comptoir sur lequel Julie avait posé sa pinte de bière ambrée. Ce soir, elle était seule dans ce bar tendance de la capitale. Enfin seule,… à l'exclusion de ces commerciaux, un peu lourds, qui fêtaient leur « after-work » en discutant avec une « bombasse ».

— Dans les environs de Lyon… d'après nos sources, un meurtre de sang-froid.

Julie extirpa le nez de son verre. Contre toute attente, ce n'est pas le mot « meurtre » qui la perturba dans sa méditation alcoolisée, mais l'évocation de sa ville natale. Et puis… cette voix... elle la reconnaîtrait entre mille. Elle pivota sur son siège pour poser enfin le regard sur le mur d'écrans opposé au zinc.

Antoine Swarzinski - l'ex-petit copain qui a réussi, celui que, selon votre mère, vous auriez dû épouser - était devenu journaliste sur une chaîne nationale et dirigeait, en parallèle, une société de reportages d'investigation. Julie admettait qu'il s'était bonifié avec le temps et faisait partie de ceux à qui la chance a souri après l'adolescence.

— Frank Whitend, PDG de Jones & Hesse, était considéré comme l'un des hommes les plus puissants et les plus influents du monde…

Julie tressaillit à l'écoute de ce nom : comment celui qui avait usé les bancs de Harvard avec son père à la fin des années 70 avait-il pu être abattu à quelques kilomètres de la maison familiale ? Bien que ses relations avec son paternel demeuraient tendues depuis l'adolescence, elle se demanda si celui-ci était au courant.

Son mobile sonna, le numéro appelant était masqué : sans doute le bureau, pensa-t-elle.

— Allô, dit-elle machinalement.

— Bonjour Julie. Liam a disparu, tu devrais rentrer, énonça une voix surgie du passé…

*

Cette voix fit remonter à la surface ce qu'elle avait abandonné en quittant Lyon, elle, la belle jeune femme, qui avait tout réalisé trop tôt.

Elle avait décroché son bac, avec mention très bien, à 16 ans. Son père l'inscrivit alors à La Sorbonne, l'université de droit la plus réputée. Ce qu'il évoquait comme une immense chance pour sa fille avait été ressenti comme un abandon, un délaissement. Elle dut quitter ses meilleurs amis, des complices si difficiles à dénicher pour une gamine comme elle.

Après un excellent cursus à la faculté, elle ne s'orienta pas, à la surprise générale, vers l'école de formation des commissaires, mais choisit l'École Nationale Supérieure des Officiers de Police pour devenir Inspecteur. Julie avait exprimé le souhait d'évoluer sur le terrain et d'utiliser ses aptitudes physiques lui permettant par ailleurs d'exceller dans de nombreux sports.

Avec le recul, Julie considérait qu'elle avait surtout voulu s'éloigner de la présence étouffante de son père, ce futur cadre dirigeant habitué très tôt à tout décider pour tout le monde. Elle désirait conduire elle-même sa destinée ; c'était la raison pour laquelle elle avait préféré éviter l'école de St-Cyr-au-Mont-d'Or, bien trop proche de chez lui.

Sortie major de promotion de l'ENSOP avec des résultats jugés hors du commun, elle avait eu le choix de son affectation. Toutefois un accident de parcours s'était produit lors de son dernier passage à Lyon : Julie avait revu Liam, ce garçon frêle et timide qui la draguait, à distance, au collège, puis au lycée. Il était resté plutôt maigre pour un gars d'une vingtaine d'années, mais une telle assurance émanait de lui que leur rencontre s'était inévitablement terminée au lit. Malencontreusement, dans la précipitation, ils oublièrent une chose essentielle… Julie se retrouva enceinte et mariée à vingt-et-un ans.

Elle était retournée à proximité de son père pour fonder sa famille et avait postulé à la Brigade Criminelle de Lyon. Liam, à l'issue de son doctorat, avait été embauché par l'usine phytosanitaire dirigée par son beau-père.

Julie avait mal supporté d'être de nouveau sous le joug de son père, et, au bout de quelques années, sans prévenir, avait plaqué mari et enfant pour prendre un poste au 36, quai des Orfèvres.

- 2 - UNE DÉCOUVERTE MAJEURE

Lyon, le 3 mai.

Karl Hoffman était le directeur industriel d'une entité, appartenant au leader mondial des phytosanitaires. Chaque matin, il était fier de se rendre dans « son » usine même si sur le papier le patron était Richard, celui qui sortait d'Harvard. Karl arrivait toujours le premier et mettait un point d'honneur à repartir le dernier. Le personnel se demandait si c'était la raison qui l'empêchait de se rendre chez le coiffeur ou de dépenser une partie de son gros salaire en fringues du troisième millénaire.

Sa semaine débutait invariablement par un tour des ateliers, tel que préconisé en formation de management. Il arborait un sourire bienveillant lorsqu'il saluait ses employés, ce sourire qui déclenchait instantanément en retour un rictus du même acabit… bien faux-cul.

Ce lundi, le tour des mondanités touchait à sa fin puisqu'il ne lui restait qu'un service à visiter, celui qu'il détestait, n'ayant aucun pouvoir hiérarchique sur ses membres. Le département de recherche et développement était dirigé par Liam Jacobs, l'ex-gendre du patron, qui avait les coudées franches pour mener des projets stratégiques et confidentiels.

Il ouvrit la porte sans ménagement :

— Salut les gars, alors vous pensez trouver quelque chose cette semaine ? s'esclaffa-t-il.

— Bonjour monsieur Hoffman, a priori ce ne sera pas pour cette semaine, répondit avec déférence Martin, l'ingénieur présent.

Avant d'ajouter :

— Peut-être toi Liam ?

— On est à l'abri de rien, lança Liam sans même regarder Karl.

— Vous penserez tout de même à m'envoyer votre reporting de la semaine dernière et à me tenir informé de vos résultats… si un jour vous en obtenez.

— Ce sera fait Chef, ironisa Liam.

Karl claqua la porte du laboratoire.

— Quelle bande de nazes !

— Quel gros con !

— Liam, il est déjà 11 h 30, tu viens manger ?

Martin aimait se rendre tôt à la cantine, afin d'éviter l'heure de pointe.

— Non, je dois terminer un truc. Ramène-moi un sandwich, s'il te plaît.

À peine Martin sorti du labo, Liam rédigea le mail qui pourrait lui apporter la reconnaissance de toute une vie, ou au moins de toute une demi-vie.

*

— Tiens ! Un mail de Géo Trouverien, s'exclama Karl, fier de sa boutade.

Installé dans son immense bureau vitré, au centre de l'usine, il cliqua afin d'en délivrer le contenu. Un seul mot était apposé : Eurêka. Il remarqua que l'unique destinataire était Richard, lui n'étant mentionné que « pour information ».

— Il se fout vraiment de ma gueule ce connard !

Furieux, il sortit de son bureau, traversa l'usine afin de rejoindre l'antre de ces hurluberlus qui se permettaient de défier son autorité. Il shoota dans la porte du laboratoire. Il était grand temps de rappeler à ces lavettes de chercheurs, qui faisait tourner la boutique.

— Alors là Jacobs, vous allez vraiment trop loin ! hurla-t-il.

Aucune réponse ne lui parvint, le bureau était vide.

— Tu ne perds rien pour attendre mon salaud, marmonna-t-il en tournant les talons.

Pris d'un coup de sang, il décida de monter voir Richard ; il n'était plus possible que son ex-gendre demeure un électron libre.

*

— Bonjour Thérèse, j'aimerais voir Richard, s'il vous plaît.

— Bonjour monsieur Hoffman, monsieur Gère est en réunion téléphonique, il peut vous recevoir dans quelques instants. Prenez donc un siège, proposa la secrétaire du patron.

Karl tentait de s'apaiser avant l'entrevue afin de rester factuel, et ne pas se laisser déborder par ses émotions. Il songea à son patron, Richard Gère. Ce n'était tout de même pas de bol d'avoir à vivre avec le même nom qu'un des acteurs les plus sexy de la fin du vingtième siècle, bien que cela ait pu se révéler utile pour courtiser les filles d'Harvard qui aimaient accrocher un nom prestigieux à leur tableau de chasse, même s'agissant d'une contrefaçon.

Son regard se posa ensuite sur Thérèse, l'éternelle secrétaire de Richard, qui l'accompagnait depuis plus de vingt ans dans son ascension vers le sommet de la hiérarchie. Elle alliait sérieux et douceur, était toujours très élégante et avait pour priorité le bien-être du patron. Thérèse était l'image incarnée que Karl se faisait de Miss Moneypenny.

— Monsieur Hoffman ? Monsieur Gère va vous recevoir, informa Thérèse, sortant Karl de ses songes.

— Bonjour Karl, comment allez-vous ? salua Richard, du ton enjoué qu'il adoptait d'ordinaire.

— Bien Richard et vous-même ?

— Et bien ma foi, c'est encore une belle semaine qui s'annonce ! Les résultats du premier trimestre ont été très bons et ceux du premier semestre sont en ligne avec nos prévisions. Mais je vous sens quelque peu… chagriné.

Ces derniers mots avaient été prononcés avec compassion.

— Je viens vous entretenir au sujet de Liam Jacobs, je pense que…

— Encore cette rivalité ! Croyez-moi, Liam n'est pas un danger pour vous et ne le sera jamais, précisa Richard sur le ton le plus rassurant qu'il détenait.

— Je suis d'accord pour ne pas intervenir sur son travail, mais je ne suis pas ouvert à ce qu'il se moque délibérément de moi. Je suis tout de même le directeur industriel de cette société, rétorqua Karl, convaincu de son bon droit.

— Que vous a-t-il encore fait pour que vous sortiez ainsi de vos gonds ? se résigna Richard, prêt à défendre une énième fois le manque de tact de son ancien beau-fils.

— Ce matin, je lui ai demandé de me tenir au courant de ses résultats... enfin... juste à titre d'information, s'excusa Karl.

— Soit. Continuez !

— Et par défiance, ce dernier vous envoie un mail pour me rappeler que Môssieur dépend de vous, et seulement de vous.

— Et que racontait ce mail ? Je n'ai pas pris le temps de parcourir la synthèse quotidienne de Thérèse, interrogea Richard, piqué dans sa curiosité.

— Juste un mot : Eurêka. Il se prend pour Archimède désormais... Vous comprendrez qu'une telle insolence est difficilement tolérable.

Richard n'écoutait plus, son cerveau était entré dans une phase de délice. Il se tourna de nouveau vers Karl avec un immense sourire.

— Karl, vous êtes d'accord qu'il serait saugrenu de penser que je garde Liam dans l'entreprise juste parce qu'il a été mon gendre ?

— Oui bien entendu, mentit ce dernier.

— Depuis que vous êtes parmi nous, Liam a-t-il découvert la moindre chose importante ?

— Justement non, d'où mon inquiétude quant à ses compétences.

Richard balaya la réplique de la main.

— S'il dit avoir trouvé, alors il a trouvé et cela fait de lui un génie... oui un gé-nie, Karl.

— Quelle trouvaille peut bien vous procurer cet état de joie intense ?

— Une chose qui va changer le monde, lui répondit Richard en le raccompagnant à la porte de son bureau qu'il referma sur lui, le laissant bras ballants devant Thérèse.

- 3 - LA GÉNÈSE

— YES ! Richard ne put retenir un cri de victoire qui retentit jusque dans le couloir.

Il se surprit à mettre un genou à terre en agitant son poing rageur, à l'instar d'un sportif qui viendrait de battre un record.

Thérèse ouvrit discrètement la porte.

— Tout va bien monsieur Gère ?

— Tout va bien Thérèse, merci, répondit Richard en se relevant, le visage légèrement rouge de honte.

Richard prit place dans son volumineux siège en cuir et le fit pivoter afin d'avoir une vision panoramique de son bureau. Il possédait le pouvoir, l'argent, les récompenses, mais ce que lui offrait son ex-gendre surpassait nettement tout cela : il allait changer le monde. Son rêve d'enfant était enfin à sa portée. Toutes ces années à œuvrer si dur... Ainsi la reconnaissance de ses pairs arriverait avant son départ en retraite, après une carrière brillante qui l'avait propulsé dirigeant de l'entité française du leader mondial des phytosanitaires. Il avait mené à terme l'ensemble de ses plans et pouvait, à présent, apprécier les efforts et les sacrifices consentis.

Il eut une pensée pour Lorène, sa femme défunte, qui n'avait pu assister à son triomphe, son épouse restée dévouée à son mari et à sa grande quête avant que la maladie ne l'emporte, à l'orée de la quarantaine. Il aimait se rappeler l'adage selon lequel derrière chaque grand homme se cache une femme. C'est pourquoi il n'avait jamais cherché à remplacer la seule femme, à ses yeux, digne de partager sa réussite ultime. Quelqu'un d'autre pourtant aurait pu prendre une part de ce bonheur : sa fille Julie, mais ils ne se parlaient plus vraiment depuis la mort de sa mère. Il se rendait compte qu'il l'avait sacrifiée sur l'autel de sa volonté effrénée de laisser une empreinte dans l'Histoire.

Il rejeta rapidement cette pensée, se remémorant que sa fille avait refusé la carrière qui lui était promise, alors qu'elle avait toutes les cartes en main.

＊

Richard plongea son regard sur l'horizon, depuis la fenêtre de son bureau, et laissa divaguer ses pensées. Il revint sur le moment où il avait décidé de vouer sa vie à l'amélioration du monde, lors de vacances en Bretagne, l'année de ses 16 ans. Tous les étés depuis sa naissance, il partait camper avec ses parents, sur la plage d'une petite île du Morbihan. Souvent, on lui avait demandé ce qu'il trouvait à faire sur cette île où il n'y avait pas de voitures, pas ou peu de commerces, pas de vendeurs de chichis sur les plages… Plus jeune, il répondait : « Rien » mais le temps passant, il se rendait compte que la bonne réponse était plutôt : « Vivre ». C'est là-bas qu'il goûta, pour la première fois, à la véritable liberté, pas celle que vous octroient les montagnes de fric, non, celle qui vous permet d'être constamment dans l'instant présent, de vivre réellement chaque minute.

1970 fut une année particulière : Richard eut le droit de participer au feu de camp sur la plage. Il avait retrouvé, comme chaque mois de juillet, sa bande de copains, ses meilleurs potes, ceux qui partageaient avec lui des journées entières de pêche, de plongeons, de baignades dans les rouleaux… Le seul moment où il cherchait à les esquiver, c'est lorsqu'il parvenait à emmener une fille dans une crique pour flirter.

Ils s'étaient donné des surnoms pris aux personnages de la bande originelle des X-Men, ces mutants masqués qui œuvraient pour le bien. Il était Warren alias Angel.

＊

Ile de Houat, juillet 1970.

Un soir, les quatre compères décidèrent de passer la soirée autour d'un feu du côté de la faille, sur les hauteurs de la plus belle plage de l'île, le Salus. Les parents les avaient autorisés à acheter quelques chips et saucisses à l'épicerie du village, mais la mise sur le compte familial de bouteilles de « 33 export », dont la carriole était chargée, n'avait pas été approuvée. Arrivé sur les rochers, le quatuor vérifia le sens du vent, installa les pierres permettant de circonscrire le feu et prépara l'endroit de cette première biture qui s'annonçait mémorable. Même si Warren, Charles, Hank et Scott avaient déjà expérimenté l'alcool, ils n'étaient jamais parvenus à l'état visé ce soir-là, l'état qui vous permet des discussions animées sur n'importe quel sujet sans que celui qui est malheureusement resté sobre n'en comprenne le moindre sens : l'alcool a, c'est ce qu'ils pensaient, le pouvoir de coder le langage de celui qui a bu.

Charles allumait le feu tandis que Hank débouchait le premier litron de bière et servait les gobelets. Scott était parti nettoyer la grille dans une des « piscines » remplies par la pleine mer du jour.

— Alors tout le monde veut une bière ? demanda Hank.

— Bien sûr, répondit Charles, et pas qu'une.

Tous éclatèrent de rire. Ils étaient là pour profiter de ce moment, cet instant qu'ils n'auraient voulu partager avec personne d'autre. Après avoir picolé une bonne heure et englouti quelques saucisses, carbonisées du fait de la réactivité affaiblie de Warren, les esprits étaient déjà bien embrumés.

— Eh les gars, on est les meilleurs potes hein ? On est des frères, balbutia Scott.

— Ouais on est des frères, je vous aime tous comme ma famille, renchérit Warren.

— On est plus que des frères, s'esclaffa Hank en se rattrapant après avoir titubé un peu trop fort, on est les X-Men.

— Les X-Men bourrés, cria Charles, c'est sûr qu'on ne risque pas de changer le monde dans cet état-là.

Ils se mirent à rire, se resservirent à boire, trinquèrent et descendirent leur verre cul-sec… puis un autre, et… un autre.

— Vous croyez pô qu'on s'rait capab de chonger le mond' ? Môa j'vous parie que je sangerai le mond', ajouta Warren avec l'éloquence de celui qui était déjà passé au langage crypté.

— Et pourqôa toi tu chanserais le monde et pas nous ? répondit Scott, avec un regard bovin.

— Alors le prem's qui sange le monde, il gagne tous les autes, postillonna Hank à dix centimètres du visage de Warren.

— Le monde, ça ne change pas les gars. Un jour viendra où lorsque l'on inventera des choses bonnes pour l'Humanité, certains essaieront de les détruire, dit Charles avec sérieux et dépit.

Personne ne comprit vraiment ce qu'il voulait dire, il ne parlait pas le langage codé.

— Bôa un godet Charles, t'es 'core net, bégaya Hank.

— Môa ssi gé tout gompris, dit Warren, ressert moiz en une.

— Alors, çui qui sange le mond' y gagne quoi ? demanda Scott.

— Cé le pu fore des ex-men, répondit Charles, qui utilisait enfin le langage adéquat.

Ils tendirent tous leur bras devant eux afin d'empiler leurs mains en guise de scellement du pacte, ce cachet fut cimenté par le vomi de Scott.

— Oups ! Pardon, je m'sen pas ben les go, susurra Scott en s'allongeant par terre.

— T'inquete pô, à la vie, à la môre, on ne laisse jamé tomb' un frére.

Les quatre potes tentèrent de se ramener l'un l'autre, en hurlant dans les rues. Le trajet, qui à l'aller avait pris quinze minutes tout au plus, avait duré… peut-être plus longtemps, aucun n'était capable de lire sur la montre de Charles. Dans tous les cas, ils avaient dû chanter très fort et être rentrés très tard car ils avaient été tous les quatre privés de sortie pendant une semaine. C'est le prix à payer pour la meilleure soirée de votre vie.

*

Richard revint à la réalité du moment, il avait bel et bien remporté le pari, après quarante-cinq ans d'attente et d'efforts. Il mourait d'envie d'appeler les autres pour leur crier sa victoire. Malheureusement il n'était plus en contact avec deux d'entre eux depuis très longtemps ; leurs chemins avaient divergé lors de ses études aux États-Unis, pays où il rencontra sa future femme. Le seul avec lequel il entretenait des rapports réguliers, bien que très espacés, était Charles. Ce dernier l'appelait tous les deux ans environ pour discuter, de la vie en général.

Charles l'avait toujours encouragé dans ses choix de carrière et cela comptait beaucoup pour Richard, c'était finalement un peu grâce à lui et à cette compétition qu'il réussissait tout ce qu'il entreprenait. Désormais il était le seul en lice pour la médaille ; il devait maintenant transformer l'essai en discutant avec Liam.

— Thérèse, pouvez-vous appeler Liam Jacobs, s'il vous plaît ?

— Oui, monsieur Gère.

— …Monsieur Gère ? Il ne répond pas.

— Pouvez-vous essayer son mobile ?

— …Il ne répond pas non plus, voulez-vous que j'envoie quelqu'un le chercher dans l'usine ?

— Non, je me sens d'humeur à aller faire un tour dans les ateliers, cela fait longtemps que je n'ai plus senti la véritable odeur du travail, dit-il avec malice en prenant son manteau.

Richard descendit et s'engouffra dans les vestiaires de production afin d'enfiler la tenue de rigueur. La blouse, la charlotte et les lunettes le rendaient méconnaissable et c'était peut-être mieux ainsi, loin de lui était l'envie de perturber les employés qui s'interrogeraient sur la présence du Grand Patron en ces lieux.

Il se rendit tout d'abord dans le laboratoire de Liam. Ne le voyant pas sur ses paillasses, il décida de faire le tour de l'ensemble des lieux de détente ; le chercheur méritait bien un moment convivial avec ses collègues. Après avoir parcouru quelques centaines de mètres, Richard abandonna sa quête.

Il remonta dans son bureau pour tenter de le joindre sur son mobile personnel.

— « *Vous êtes bien sur le portable de Liam Jacobs, merci de me laisser un message… »*.

Il raccrocha avant le bip.

- 4 - UNE GRANDE DÉSILLUSION

Lyon, le 4 mai.

Le lendemain après-midi avait lieu la réunion hebdomadaire entre la direction américaine du groupe et les directeurs des entités européennes. Les Américains avaient installé une salle de télé-présence sur chaque centre opérationnel. Étaient convoqués à Lyon : Richard, Karl et Thérèse pour la prise de notes, notes qui ne seraient pas reprises dans le compte-rendu envoyé par le groupe, mais la tradition voulait que chaque directeur ait sa secrétaire auprès de lui.

La réunion allait commencer dans deux minutes.

— Karl, Thérèse, des nouvelles de Liam ? s'inquiéta Richard.

— Aucune monsieur Gère, répondit la secrétaire, gênée.

— Moi non plus Richard, rétorqua fermement le directeur industriel.

— Merde ! Que fout-il ? J'aurais aimé l'associer à cette annonce aux Américains.

— Quelle annonce ? interrogea Karl.

— L'immense découverte de Liam, voyons ! répliqua Richard.

— Mais je ne sais…

La visioconférence débutait, les dirigeants du groupe apparurent, ainsi que chaque responsable d'entité. Ces réunions, comme les réunions internes, se tenaient dans la langue de Shakespeare, ou plutôt celle de Mark Twain, eu égard à l'implantation du siège de l'entreprise au centre des États-Unis.

Après avoir expédié les affaires courantes, vint le traditionnel tour de table au cours duquel tout participant pouvait ajouter une « question diverse » à l'ordre du jour. C'était le moment où chacun rentrait la tête dans les épaules et regardait la table, à défaut de ses pieds qui n'étaient pas visibles au travers. Une formalité devenue coutume pour clore une réunion, mais aujourd'hui, l'un des participants avait quelque chose à dire. Richard s'éclaircit la voix avant de prendre la parole.

— Richard Gère, France. J'ai le plaisir de vous annoncer une grande nouvelle.

— Allez-y Richard ! s'exclama Harry, le Chief Executive Officer[1], pour faire taire l'assemblée qui s'était soudainement réveillée.

— Depuis quelques temps, j'ai missionné un de mes laboratoires sur des recherches alternatives, avec le budget consacré à la R&D nationale.

— Oui c'est très bien, nous encourageons chaque centre à faire de même afin d'adapter nos produits à chaque marché et à chaque réglementation.

— Hier, mon chef de labo m'a annoncé qu'il avait fait une immense découverte liée à une étude sur laquelle nous planchions depuis un moment.

— Cessez de nous faire languir Richard, et dites-nous de quoi il retourne.

— Liam Jacobs a trouvé le moyen de rendre les pesticides totalement inoffensifs pour l'Homme, déclara Richard, fier par avance de son effet.

Aucune réponse ne vint dans l'immédiat : le changement soudain de l'attitude des participants trahissait leur embarras. Tous les centres européens furent déconnectés simultanément. Ne restaient en ligne que les Américains et les Français.

— Il y a un problème Harry ? interrogea Richard, troublé.

— Qu'est-ce que c'est que ce bordel, Richard ! hurla Harry en faisant signe à son staff rapproché de rester tandis qu'il ordonnait aux autres de décamper.

— Veux-tu m'excuser Harry mais je ne comprends pas ta réaction, c'est plutôt une grande nouvelle. Le monde entier nous attaque sur la nocivité de nos produits, et nous venons de découvrir la solution qui va nous permettre de faire taire nos détracteurs, tout en gagnant un maximum de parts de marché.

— Une prétendue nocivité ! Primo, aucune étude externe sérieuse prouvant que nos produits sont toxiques n'existe. Secundo, en

---

[1] Chief Executive Officer (CEO) : Directeur Général

développant un produit inoffensif pour l'Homme, nous avouons, de fait, que nos produits sont dangereux, et le sont depuis plus de cinquante ans. Veux-tu que nous passions le reste de notre vie à gérer des procès plutôt que des milliards ?

— Bien sûr que non, mais nous pourrions fabriquer ce produit sans communiquer, au moins dans un premier temps, sur cette caractéristique. Cette découverte demeure, en tout état de cause, une bonne chose.

— Je ne le pense pas. Où sont ces études ? Qui en a eu connaissance ?

— Personne ne les a consultées pour le moment. Liam ne nous a fait part que du résultat. Nous sommes les seules personnes à en connaître l'existence.

— Bien, trouvez ces études, envoyez-les-nous en protocole sécurisé et détruisez tout ce qui a rapport avec le sujet. On se rappelle demain, conclut Harry Lee en refermant bruyamment son cahier.

La réunion se termina sans même un au-revoir.

— Karl, trouvez-moi Liam dans les plus brefs délais, s'il vous plaît. Passez aussi à son bureau récupérer ses classeurs et son ordinateur, demanda Richard d'un ton dépité.

— Oui Richard, je m'en occupe tout de suite, lui répondit Karl sur un ton faussement compatissant.

Il digérait mal de ne pas avoir été mis au parfum avant l'ensemble du groupe.

Après avoir tenté de joindre Martin, sans succès, Karl arpenta l'usine et questionna les chefs d'atelier. Personne ne semblait savoir où Liam s'était caché. Il ordonna aux services généraux de réunir les affaires du Dr. Jacobs et de les apporter dans son bureau.

Cette tâche réalisée, il appela Richard :

— Karl à l'appareil. L'ensemble des affaires de Jacobs est dans mon bureau, mais lui demeure introuvable à l'intérieur de l'entreprise. Que dois-je faire ?

— Prenez contact avec les Américains et faites selon leurs désirs. Je n'ai pas le cœur à détruire une si grande chose. Quand à Liam, nous nous en occuperons plus tard, laissons-le rêver encore un peu.

— Très bien, ce sera fait.

Richard se laissa tomber lourdement dans son fauteuil en cuir. Une sensation oubliée s'emparait de lui, il éprouvait l'envie de pleurer. Pourtant il ne pouvait décemment faire une croix sur cette éblouissante carrière, pas aussi proche de la retraite.

Qu'aurait dit sa tendre épouse ? Il regrettait tellement qu'elle ne soit plus là pour l'aider dans ses choix les plus difficiles.

*

Karl accueillit le jeune informaticien chargé de fouiller l'ordinateur de Liam. Il avait, lui-même, épluché les données papier sans repérer la moindre trace de ce projet confidentiel. Karl explicitait son besoin tandis que l'administrateur réseau se connectait à la machine, avant de céder sa place au directeur industriel. Celui-ci débuta, intuitivement, par le bureau et les documents, faisant défiler la liste des dossiers à la recherche d'un nom inconnu. Avec un peu de chance cet idiot de chercheur n'aurait pas dissimulé ses travaux.

— Weapon X, pensa-t-il à voix haute, qu'est-ce que c'est que ce truc ?

Il double-cliqua sur le dossier, mais celui-ci était vide.

— Weapon X ? C'est le nom du projet qui avait pour but de modifier des hommes, ou des mutants, afin d'en faire de parfaits soldats, répondit l'informaticien, sachant que la question ne lui était pas nécessairement adressée.

— Pouvez-vous me répéter cette ineptie en me certifiant que vous n'avez pas bu ce midi ?

— Je n'ai pas bu, monsieur Hoffman. Weapon X est un projet issu des Marvel Comics, Wolverine portait même ce surnom lorsqu'il qu'il fut greffé avec de l'adamantium.

— Adamantium ? Wolverine ? De quoi me parlez-vous ?

— Les X-Men, monsieur Hoffman… les super-héros de Stan Lee.

— Il n'y a donc plus que des geeks dans cette boîte ? pesta Karl. De toute façon ce dossier est vide, c'est intrigant, mais il n'y a rien dedans.

— Laissez-moi regarder, s'il vous plaît, lui demanda le jeune homme en prenant place devant le clavier.

Après quelques manipulations que Karl essaya vainement de comprendre, il poursuivit :

— Il n'était pas vide hier, les données ont été effacées.

— Pouvez-vous les récupérer ? demanda le directeur, de nouveau intéressé.

L'informaticien passa une dizaine de minutes à manipuler tandis que Karl s'impatientait.

— Il y a quelque chose de curieux, reprit le jeune homme, nous pouvons deviner que des données étaient présentes, et pourtant il n'est pas possible de les récupérer. C'est une suppression efficace mais qui a sûrement été exécutée dans la précipitation.

— Est-ce que l'on peut savoir si des données ont été exportées ou transférées ?

— Nos ports USB sont verrouillés, je vérifie s'ils n'ont pas été manipulés. Après, il restera le mail, il faudrait éplucher les serveurs.

— Merci d'effectuer cette recherche sur toutes les pièces jointes envoyées depuis la boîte mail de monsieur Jacobs, et ce depuis le début de l'année, ordonna Karl.

— Les ports sont ouverts sur cette bécane, je ne peux vous certifier qu'aucune donnée n'a été transférée par ce biais, s'excusa l'informaticien.

— Merde ! tempêta Karl, quel enfoiré !

*

Karl congédia le jeune homme, puis appela l'accueil afin de savoir si Liam Jacobs avait badgé aujourd'hui. L'hôtesse répondit qu'il avait bien franchi le portique dans l'après-midi mais était resté très peu de temps dans l'entreprise. Cela ne surprit guère le directeur industriel ; Liam faisait partie de ces individus s'asseyant allègrement sur les règles et travaillant seulement quand bon leur semblait.

Il était déjà 19 heures. Avec le décalage horaire, il était l'heure du déjeuner au siège. Karl décrocha son téléphone, les Américains n'étaient pas réputés faire de longues pauses méridiennes.

— Bonjour, Karl Hoffman à l'appareil, pourrais-je parler à Harry Lee ? dit-il dans son meilleur anglais.

— Monsieur Lee est en réunion, répondit sa secrétaire avec un accent australien prononcé ; néanmoins il m'a demandé de vous mettre en relation avec monsieur Smith, notre responsable sûreté. Veuillez patienter, s'il vous plaît…

John Smith était un ancien agent de la NSA qui avait réorienté sa carrière dans le Privé. Personne n'avait jamais su s'il s'agissait de son vrai nom, tant celui-ci est utilisé comme pseudonyme chez les anglophones. Karl n'avait jamais eu affaire à lui directement, et sa réputation n'en donnait pas du tout envie.

— John Smith à l'appareil, vous appelez bien de la ligne fixe de votre bureau ?

— Oui monsieur, répondit Karl un peu intimidé, mais je ne vous entends pas très bien.

— Veuillez patienter, s'il vous plaît, pendant que j'effectue une petite manipulation… Allez-y, faites-moi votre rapport ! reprit son interlocuteur, d'une voix martiale.

Karl expliqua avoir récupéré les affaires de Liam, poursuivit par la possible fuite du dossier et conclut par l'absence, ce jour, au sein de l'entreprise, du chercheur. Il omit sciemment la brève visite de Liam en début d'après-midi.

John lui indiqua la suite des opérations : il allait contacter un référent sûreté à proximité de Lyon. Karl lui remettrait l'ensemble des données récupérées, ainsi que les coordonnées personnelles de monsieur Jacobs. Bien entendu, il était hors de question de communiquer sur ce sujet, en particulier avec monsieur Gère, étant donné ses liens avec Liam. Le directeur industriel approuva avant de raccrocher. Sa loyauté envers Richard risquait d'être mise à mal, mais peut-être était-il temps pour lui de prendre sa carrière en main.

- 5 - UN NOUVEL ESPOIR ?

Le lendemain matin, Karl arriva, comme à son habitude, le premier à l'usine... enfin presque, un homme l'attendait dans son bureau, le nez sur l'écran de l'ordinateur incriminé.

— Puis-je savoir ce que vous faites dans mon bureau ? s'indigna Karl.

— Oui, veuillez excuser mon intrusion. Je me nomme Jean Martin, j'interviens à la demande de John Smith, il a dû vous prévenir de ma venue, répondit le visiteur, sans aucun accent régional.

— J'ai bien été prévenu de votre arrivée mais aucunement de vos manières !

Karl remit rapidement à l'homme tout ce qu'il était venu chercher, ainsi que l'adresse du domicile de Liam. Jean Martin, quel que soit son vrai nom, le remercia de sa discrétion et sollicita son appel dans le cas où le comportement de Richard s'avérerait suspicieux. Il demanda également l'annulation immédiate du badge d'accès de M. Jacobs.

Karl referma la porte de son bureau derrière ce gars qui lui avait fichu la frousse ; peut-être était-il prudent de ne pas s'en faire un ennemi. Il s'arrêtait donc plus longuement qu'à l'accoutumée devant le bureau de Richard, l'observait, lui demandait son ressenti sur cette affaire... Richard lui semblait affecté par cette désillusion ; il convenait d'en informer ce Jean Martin. Avec un peu de chance, Richard se ferait débarquer et Karl accèderait enfin à la place qui était la sienne.

*

Richard revint exténué, ce soir-là, dans son immense villa et se servit, en guise de remontant, un cognac Napoléon sans glace, ce petit cognac qu'il avait découvert à Matha, en Charente-Maritime. Ce breuvage, sans prétention, restait son meilleur allié contre les grosses baisses de moral.

Il s'assit dans son fauteuil, celui de gauche, celui de droite étant celui de sa femme. Ils se les étaient offerts avant que la maladie ne se déclare et avaient été le théâtre de leurs plus belles discussions. Désormais, il s'en servait pour lui parler à voix haute quand il éprouvait le besoin d'interroger la mémoire de ses conseils.

Ces sièges détonnaient curieusement dans cette grande pièce, mais il avait formellement interdit à la décoratrice d'intérieur de toucher à ces trônes. Celle-ci avait réussi son pari : le visiteur ne pouvait entrer dans cette pièce sans se rendre compte que ces deux sièges donnaient du sens à cet espace.

Après une demi-heure de réflexion et de discussion outre-tombe, il pianota sur le clavier de son téléphone.

— Salut Charles, c'est Warren à l'appareil.

— Salut Warren, quel plaisir de t'entendre. Comment vas-tu ?

Après avoir discuté de la famille, des évènements survenus depuis leur dernier coup de fil, Richard se décida à aborder le sujet qui le minait. Il n'épargna aucun détail depuis la genèse du projet avec son ex-gendre, Liam, jusqu'à la réunion avec sa direction qui avait mis un terme brutal à l'aventure.

— Je me rappelle bien de ce petit gars ; tu as l'air de moins lui en vouloir qu'à l'époque où il avait engrossé ta fille ! taquina l'ami d'enfance de Richard.

— Très fin, Charles ! Disons que ce gone, en plus d'être un génie, m'a donné une petite-fille exceptionnelle. J'ai, avec elle, les rapports que j'aurais dû avoir avec ma fille.

— Comme tu me l'as déjà confié, ta relation n'est toujours pas au beau fixe avec Julie ?

— Non, malheureusement. Nos seuls contacts ont lieu lors des anniversaires, à Noël ou lorsqu'un drame se produit. Bref, c'est comme ça, j'aurai du mal à revenir en arrière.

Après un long silence, Richard reprit avec humour :

— Et dire que j'ai failli gagner notre pari.

— De quel pari parles-tu ? s'étonna Charles.

— Celui que nous avons fait à Houat ! « Le premier qui changera le monde aura gagné », s'excita Warren.

Charles rit à gorge déployée.

— Quelle soirée ! Je me souviens. En effet, tu es sur le point de gagner la mise, vieille de… quarante-cinq ans. Finalement, la tortue de La Fontaine avait raison.

— Pas tout à fait, j'ai chuté sur la ligne d'arrivée.

— Warren, ne me laisse pas croire que tu abandonnes pour si peu, je te rappelle qu'Angel a des ailes, précisa Charles en référence à l'alter ego de Warren. Pourquoi ne pas faire intervenir des financements externes ? Avec tes relations, tu dois bien connaître une personne capable de lever des fonds pour un tel projet ?

La discussion durait depuis une bonne heure, lorsqu'un nom surgit : Frank Whitend, l'ancien camarade d'Harvard. Ce dernier était devenu le CEO de Jones & Hesse, la plus puissante banque d'affaires du monde.

Richard redevint enthousiaste à l'idée de remporter ce pari d'une autre époque ; il feuilleta son vieux carnet écorné jusqu'à la lettre W, calcula le décalage horaire avec New-York, puis composa le numéro de Frank. Il tomba directement sur la messagerie ; un homme de son importance ne devait pas être facile à joindre.

— Bonjour Frank, c'est Richard Gère à l'appareil. J'espère que tu vas bien, depuis toutes ces années. Je t'appelle pour une affaire qui me tient à cœur et dont j'aimerais discuter avec toi. Aurais-tu un moment à m'accorder ?

Richard raccrocha en espérant que son vieil ami le rappellerait, même si cette entrée en matière pouvait sembler abrupte à quelqu'un qu'il n'avait plus vu depuis bien longtemps. Il finit d'une traite son verre de cognac et monta se coucher. Juste avant de s'endormir, il envoya un message à Anaïs, sa petite-fille :

« Bonsoir ma chérie, tu liras probablement ce message demain matin. Pourrais-tu dire à ton père de m'appeler ? Je ne parviens pas à le joindre depuis lundi. Je t'embrasse très fort. Ton papy qui t'aime. ».

Il utilisait le verbe qu'il n'avait pas réussi à prononcer avec sa fille, non qu'il ne l'aimait pas, mais une pudeur mal placée l'en avait empêché.

Il le savait désormais et s'endormit en pensant très fort à Julie, sa fille qui n'avait plus besoin de lui.

*

Richard avait passé une mauvaise nuit, tourmenté par les évènements de la veille et par ce verre de cognac qui, à force de se remplir sans jamais rester vide, avait contenu les trois-quarts de la bouteille.

Elsa était déjà à pied d'œuvre et avait préparé son petit-déjeuner. Il avait embauché une gouvernante lorsqu'il avait compris qu'il ne pouvait plus faire face, même s'il affichait vis-à-vis de l'extérieur l'avoir fait uniquement pour créer un emploi stable supplémentaire. Comme à son habitude, il regardait les informations en dégustant de bonnes tartines quand il fut dérangé par les clignotements de son téléphone mobile qui lui signalaient des textos en attente.

Le premier SMS, en anglais, était de Frank :

« Salut Richard. Je suis très heureux d'avoir de tes nouvelles. Je suis à Genève et je dois repartir vers les États-Unis aujourd'hui même ; néanmoins, nous pourrions dîner à Lyon ce soir, si tu es disponible. Cela me ferait vraiment plaisir de te revoir. ».

Revoir Frank, ce soir, sur Lyon, la logistique ne paraissait pas très complexe. Il chargerait Thérèse de leur organiser ce dîner.

Le second message était d'Anaïs :

« Salut Papy. Papa était là hier, il est parti quelques jours avec Emma, sa copine. A priori, elle participe à un colloque de cancérologie, je ne sais plus trop où. Je ne suis pas joignable dans la journée car je suis en cours, mais tu peux m'appeler ce soir. Bisous mon papy préféré. ».

Ce dernier SMS était autant rassurant qu'inquiétant : où donc avait pu aller ce fantasque Liam, alors qu'il venait de faire une découverte majeure ? Il lui arrivait souvent de ne pas venir au travail pendant quelques jours sans prévenir, mais le non-conformisme avait ses limites. Il répondit à Anaïs, l'invitant à venir s'installer chez lui pour quelques jours, bien qu'il connût la réponse de l'adolescente qui était en Terminale et avait hérité de l'indépendance de sa mère.

- 6 - LE SAUVEUR

Lyon, le 6 mai.

Richard arriva de bonne humeur à l'usine, réfléchissant à un endroit, à la fois digne de la capitale mondiale de la gastronomie et peu prisé des financiers, où Maître Whitend ne serait pas aussitôt reconnu. Les financiers n'étant pas campagnards dans l'âme, il cherchait un restaurant à l'extérieur de Lyon. Un nom surgit dans son esprit comme une évidence.

Il entendit Thérèse prendre son poste, les sons afférents étaient toujours identiques et dans le même ordre. Il remarqua cependant un léger couinement des roulettes de la chaise ; il demanderait l'intervention des services généraux.

Il ouvrit la porte de son bureau.

— Bonjour Thérèse, comment allez-vous aujourd'hui ?

Thérèse fut très surprise. L'habitude voulait que ce soit elle qui entre dans le bureau de monsieur Gère pour le saluer et lui proposer du café.

— Bonjour monsieur le directeur, balbutia Thérèse.

— Monsieur le directeur ? Voyons Thérèse, je vous concède, avec dépit, un « monsieur Gère », bien que je vous aie autorisée, depuis une dizaine d'années, à m'appeler Richard.

— Je sais, monsieur Gère, je n'y arrive pas, dit-elle en s'excusant.

— Soit. Pourriez-vous me réserver une table pour deux chez Lassausaie ? Une table discrète, pour 20 heures. Je vous saurais gré de ne pas l'inscrire à mon agenda, s'il vous plaît, dit-il d'un air secret.

— Cela sera fait ainsi, monsieur Gère, répondit-elle en souriant.

Depuis des années, elle espérait que son patron ait un rendez-vous galant.

Guy Lassausaie, à Chasselay, un enfant du pays, comme Richard qui avait vu ce restaurant se développer sans jamais perdre son âme, même lorsqu'il avait reçu sa deuxième étoile au Michelin. Chez Guy, un lyonnais se sentait chez lui, la cuisine était authentique et inventive, le service haut de gamme et adapté à chacun, le cadre luxueux et sans chichis.

Richard entra vers 19 h 50 dans « son » restaurant et fut dirigé, comme il le souhaitait, vers une table discrète. En attendant Frank, il se remémora les repas partagés ici et plus particulièrement les anniversaires, ces évènements où Julie avait toujours été présente.

— Bonjour madame, monsieur Wright pour monsieur Gère.

— Bienvenue monsieur Wright, puis-je prendre votre manteau avant de vous accompagner à votre table ?

Frank voyageait en Europe sous le nom de Frank Wright. Il avait choisi ce pseudonyme pour deux raisons : la première en hommage à Frank Lloyd Wright, reconnu comme le plus grand architecte américain ; la seconde était plus pragmatique : le prénom identique évitait à ses amis de commettre des impairs.

— Salut Richard.

— Salut…

Richard marqua un temps d'arrêt, il ne reconnaissait pas son ami sous cette perruque et cette moustache.

Ils commandèrent le menu Découverte, parlèrent du bon vieux temps jusqu'au granité, un sorbet de pamplemousse au champagne, puis Richard entra dans le vif du sujet, racontant l'idée de Liam de mener des recherches sur l'innocuité des pesticides. Il résumait : son but était de vendre le projet à Frank. Puis, il enchaîna avec le refus de sa direction de poursuivre les études, et surtout sur la manière quelque peu brutale de cet arrêt.

Frank écoutait Richard avec intérêt et traduisit sa pensée en dégustant le fromage. L'important, pour lui, ne résidait pas dans l'efficacité de cette molécule ou dans la dangerosité des pesticides, mais dans l'ancrage de cette nocivité dans l'opinion publique mondiale. L'énorme marché qui découlerait d'une telle découverte promettait des profits gigantesques. Malheureusement, dans le monde actuel, David ne pouvait plus battre Goliath et l'idée, certes séduisante, de créer une structure indépendante capable de développer des produits associés à cette molécule, relevait du rêve pieux.

Richard n'adhérait pas à cette vision. Toutefois, il reconnaissait que le point de vue de Frank était malheureusement le plus réaliste. Au café, Frank accorda néanmoins son appui à Richard et lui promit de sonder, dès ce soir, certains amis aux États-Unis.

La discussion reprit sur des sujets plus triviaux.

— Fais-tu encore collection de Harley ? demanda Frank, avec intérêt.

— Et comment ! Je l'ai même étoffée de quelques pièces rares, répondit Richard avec fierté.

— Crois-tu que si je retardais de quelques heures mon retour, nous pourrions faire un tour demain matin, à la fraîche ? Je trouverais un hôtel pour ce soir…

— Très bonne idée ! coupa Richard, mais tu es mon invité, la maison est immense et compte de nombreuses chambres d'amis. De plus, nous serons plus proches des monts du Lyonnais pour notre balade.

Le chef vint, comme à son habitude, saluer ses convives au petit salon tandis qu'ils dégustaient un vieil armagnac. Ils repartirent, éméchés, avec leurs voitures respectives… Frank n'avait pas pris la peine de commander un chauffeur durant son escale.

Après avoir souhaité une bonne nuit à son hôte, Frank décrocha son téléphone et appela… Harry Lee, le patron de Richard. Ils évoquèrent ensemble la soirée et convinrent que le banquier devait absolument dissuader le Français de s'orienter sur cette voie, avant qu'un drame ne se produise.

De son côté, Richard appelait Charles. Relatant cette même entrevue, il lui fit part de son intention de convaincre Whitend dès le lendemain, lors d'une virée à moto. Il pensa à prévenir Elsa, par texto, qu'il lui offrait sa journée et avisa, par mail, Thérèse de son absence. Il se coucha sereinement, contrairement à la veille.

- 7 - LE MEURTRE

Dès l'aurore, Richard ouvrit le garage réservé aux motos. L'air était frais, le ciel uniformément bleu, une journée exceptionnelle s'annonçait. Frank apparut quelques minutes plus tard, et n'en crut pas ses yeux : le lieu ressemblait à une concession Harley-Davidson, à la différence près que les modèles présents retraçaient la quasi-totalité des cent dix ans d'existence de la marque.

— Quel modèle t'inspire ? demanda Richard, balayant fièrement du regard sa collection.

— Vu mon âge, je devrais peut-être m'orienter sur un Street Glide comme celui-ci, dit-il en étouffant un rire, je n'ai jamais essayé leur moteur 110 cubic inch[2].

— Tu te fous de moi ! C'est la moto qui m'emmène au boulot. On part faire un tour de bécane entre potes, on ne va pas jouer au scrabble !

— OK ! Tu le prends comme ça ? C'est quoi ce modèle là-bas ?

Il désignait un bobber[3] bien crapuleux, une préparation que Richard avait acheté à un gars un peu fou, voire carrément dingue, qui vivait dans une caravane, sur un terrain vague. Son atelier avait remplacé le vieux hangar à fourrage de la ferme familiale.

Richard s'était tout de suite pris d'affection pour ce personnage qui n'avait aucune boutique mais qui souhaitait vivre de sa passion. Il lui achetait un modèle par an et lui demandait d'entretenir sa collection, fixant lui-même le prix des révisions à 1 500 euro. Ce prix paraissait exorbitant à l'artiste de la mécanique, mais il ne pouvait comparer : il n'allait jamais en ville et n'avait qu'un seul client.

---

[2] Environ 1800 cm³
[3] Moto de série sans modifications majeures, à l'exception de la plupart des parties qui ne contribuent pas à la performance.

— Un Sturgis Shovelhead de 1982, je viens de faire changer les bandes thermiques, répondit Richard. Si tu le prends ainsi, je vais choisir une belle prépa… Tiens, celle-ci ! dit-il en pointant le doigt.

— Cela a dû ressembler à une Dyna Sport, non ? ajouta Frank avec un œil connaisseur.

— Exact, cela a dû… pendant quelques jours, renchérit Richard. J'avais besoin d'une base bien dark à fournir à mon Emmett Brown.

Pendant qu'ils finissaient de s'équiper, ils laissaient chauffer les moteurs d'où émanait ce cliquetis si particulier. Richard avait décidé d'attaquer par un petit tour de chauffe autour de la maison, dans les monts d'or ; ceci permettrait à Frank de revenir changer de modèle si ce dernier s'avérait trop… inconfortable pour son fragile séant.

Après la visite panoramique entre le mont Cindre et le mont Thou, les deux bikers obliquèrent pour rejoindre les monts du Lyonnais. Traversant le village de Pollionnay, ils attaquèrent un circuit que Richard affectionnait particulièrement, une portion d'une quinzaine de kilomètres procurant l'impression d'être seuls au monde.

Les deux amis roulaient depuis un bon moment lorsque Richard fit signe à Frank de s'arrêter sur le bas-côté. Le petit parking en gravier, face à une maison à vendre, était l'endroit idéal pour assouvir un besoin pressant.

— Alors, mon petit road-trip te plaît ? interrogea Richard.

— C'est parfait ! La France est toujours aussi belle.

— Je vais aller faire une vidange derrière cette petite cahute, je reviens, lança Richard en commençant à déboutonner son pantalon.

La cabane dont parlait Richard était à une dizaine de mètres. Il aurait tout aussi bien pu faire son affaire contre un buisson, au bord de la route, mais il avait toujours fait montre d'une certaine pudeur pour ces choses-là. Depuis sa cachette, il entendait le moteur du Shovelhead tourner ; ce ronflement, pourtant doux à son oreille, couvrait tous les bruits de la campagne. Il étouffa également le ronronnement de la voiture qui s'était arrêtée à la hauteur de Frank et le grincement de la vitre qui s'abaissa… Seules les deux déflagrations qui suivirent ne furent pas étouffées.

Richard sursauta, fit les trois pas qui le séparaient de l'angle de sa planque et vit un énorme SUV noir aux vitres teintées à côté du corps de Frank, gisant à terre. Une portière claqua, le sang de Richard ne fit qu'un tour, il se précipita à l'opposé, s'assurant que la cahute l'empêchait d'être dans la ligne de mire de l'assaillant. La forêt n'était pas loin, il pouvait l'atteindre. Les balles sifflaient, il n'avait plus vingt ans mais son physique lui permettait d'y arriver… enfin il l'espérait de tout cœur.

La voiture faisait demi-tour, dans sa direction, lorsqu'il atteignit la lisière du bois. Il était à l'affût du moindre bruit qui pouvait lui indiquer la position de ses poursuivants… Plus rien, aucun bruit, même la Sturgis s'était arrêtée lorsque Frank l'avait renversée en tombant.

Après quelques minutes, Richard décrocha un petit téléphone noir à clapet qu'il gardait toujours sur lui, depuis des années.

— Warren ? répondit Charles. Pourquoi m'appelles-tu avec ce téléphone ?

— Charles… Ils ont voulu me tuer, dit Richard d'une voix tremblante. Frank est mort… je crois qu'il est mort.

— Warren, calme-toi. Qui a voulu te tuer ? De quoi me parles-tu donc ?

Richard raconta à son ami les derniers moments de la matinée, répondant à toutes les questions posées. Il répétait sans cesse que sa vie était foutue, qu'il allait mourir, que l'Humanité ne profiterait jamais de sa grande découverte… qu'il aurait mieux fait de rester à sa place…

Charles le stoppa net :

— Warren, quelqu'un sait que tu étais avec Frank Whitend aujourd'hui ?

— Je ne pense pas, répondit Richard, ne comprenant pas où Charles voulait en venir.

— As-tu une vision d'où le m… l'évènement a eu lieu ? reprit Charles, posément.

— Oui, j'ai une vue panoramique d'ici, cela m'a permis de visualiser les mouvements de nos assaillants.

— Des véhicules sont-ils passés depuis ?

— Aucun, affirma Richard.

— Va sur les lieux et rappelle-moi.

Richard dévala la pente pour rejoindre le parking. Une fois sur place, il décrocha de nouveau son petit téléphone noir.

— J'y suis. Je me suis planqué derrière la cahute où je m'étais arrêté pisser.

— Bien. Frank est-il mort ? demanda Charles.

— Oui. Il a été atteint en pleine tête.

— Ne t'inquiète pas, je vais t'aider. Tu dois traîner son corps jusque derrière la cabane. N'oublie pas de garder tes gants. Emmène également sa moto, rien ne doit se voir depuis la route. Te sens-tu capable de faire ça ?

— Oui et après ? interrogea Richard, dubitatif.

— Seul Hank est capable de résoudre ce merdier.

— Sauf que Hank a disparu depuis des années ! soupira Richard.

— Pas pour tout le monde Warren... il est en route, l'informa Charles la voix pleine de mystère. Prends ta moto et rentre chez toi, je passe te prendre dans une heure... Et surtout, ne parle à personne.

*

Peu de temps après le départ de Richard, un 4x4 s'arrêta sur le bord de la route au Crêtelet. Deux hommes corpulents, vêtus de gilets jaunes et de casques en descendirent. L'un des gaillards se dirigea vers la maison, tandis que l'autre ouvrait la remorque métallique attelée à la voiture, pour en sortir un rail.

— R.A.S., Hank. Pas âme qui vive dans cette maison, tous les volets sont fermés et la présence des branches devant la porte indique qu'elle n'a pas dû être ouverte depuis un moment.

— OK, nous allons pouvoir attaquer.

Les deux hommes s'attelèrent tranquillement à leur ouvrage. Ils avaient pris soin, au préalable, de condamner la route en amont et en aval avec des barrières de chantier. Ils commencèrent par remonter la moto sur le rail de la remorque, avant de s'occuper du corps : Charles avait expressément demandé d'effacer les liens entre Warren et ce meurtre, et de limiter la modification des indices à cela.

Hank et son acolyte récupérèrent les graviers souillés par les morceaux de cervelle de l'Américain, les versèrent dans une bâche, puis ratissèrent grossièrement la zone : la police scientifique avait peu de chance de venir étudier cet endroit sans raison particulière.

Après avoir récupéré son matériel sur la route, Hank ordonna à son chauffeur de rouler vers Lyon. Dans l'urgence, il avait eu l'idée de simuler un kidnapping qui aurait mal tourné et dont le corps de la victime aurait été abandonné précipitamment. La situation française n'était certes pas comparable à celle de la Somalie ou du Niger, néanmoins le rapt d'un touriste étranger était possible. Pourtant il ne savait pas où larguer le cadavre d'un des mecs les plus puissants du monde, qui plus est avec deux balles dans la tronche.

Hank opta finalement pour le canal de Jonage, le long du Rhône, il se rappelait que des travaux étaient en cours pour consolider la digue et que le chemin de halage était interdit au public. De plus, ce vendredi après-midi, le chantier, déserté pour le week-end, convenait pour réfléchir à la suite, avec moins de hâte.

∗

Arrivés à pied d'œuvre, l'endroit était, comme attendu, désert. Hank descendit de la voiture pour forcer la barrière d'entrée, prenant soin de ne laisser aucune trace. Par chance, les ouvriers avaient été moins consciencieux que prévu et l'entrée du chantier n'était verrouillée que par un tour de chaîne. Les deux gaillards sortirent le corps, préalablement ligoté.

Hank fouilla délicatement les poches, sans ôter ses gants, et sortit le passeport de… Frank Lloyd Wright. Passée la surprise d'être en présence d'un document si bien confectionné, il se rappela que les personnalités telles que Whitend obtenaient aisément des passe-droits de leurs débiteurs. Ces papiers n'étaient pas parfaitement imités, ils sortaient tout droit des services publics américains. Hank remit en place le passeport ; il devait sauver son ami sans retarder l'enquête.

Les deux armoires à glace plongèrent le corps dans le Rhône, s'assurant, à l'aide de la corde, qu'il ne dériverait pas et serait ainsi aisément repéré par la société de gardiennage. Son idée était de laisser envisager que la dépouille, entraînée par le courant, s'était accrochée, afin d'orienter l'enquête vers le plan d'eau du Grand Large, situé légèrement en amont. Hank jugeait que des petits malfrats utiliseraient - sans aucun doute - ce parc pour commettre un tel forfait.

Hank et son acolyte décampèrent ; il était temps maintenant de se débarrasser des preuves de leur intervention et surtout de façonner l'alibi de Richard, dans l'hypothèse où quelqu'un parviendrait malgré tout à remonter jusqu'à lui.

*

Hank sortit son téléphone crypté et sécurisé :

— Charles, c'est Hank. La première partie est terminée.

— Très bien, bon boulot. Selon toi, quel est le risque de voir la police remonter jusqu'à Warren ?

— A priori, l'identification du corps devrait mettre un peu de temps. Il reste une inconnue : nous ignorons si d'autres que nous ont eu connaissance de leur rencontre.

— Espérons que Whitend soit aussi secret dans sa vie privée que dans ses affaires… Hank ?

— Oui ?

— Je ne suis pas sûr que Whitend était le seul visé. Peux-tu assurer une protection de Warren quelques temps ?

— Bien sûr, c'est dans mes cordes. Demande-lui de vivre sa vie comme si rien ne s'était passé, je serai l'ange gardien d'Angel, s'esclaffa-t-il en raccrochant.

- 8 - JULIE

La mort de Whitend avait été annoncée la veille sur toutes les chaînes qui diffusaient nombre de reportages sur sa vie et sur son rôle au sein de Jones & Hesse. Les envoyés spéciaux de toutes les rédactions intervenaient depuis le siège new-yorkais de cette compagnie, entrecoupés d'images du chantier de Jonage… Il était probable que les interviews de sa femme de ménage et de son ancienne institutrice s'enchaîneraient dans la soirée. Depuis une vingtaine d'heures, les flashs spéciaux consacrés à l'Affaire avaient évincé le sujet ouvrant les journaux télévisés depuis plusieurs mois : « l'afflux des migrants ».

Les représentants de la police, interrogés en direct, récitaient leur mise en garde sur *« l'absence de preuves tangibles identifiant le corps comme celui de monsieur Whitend, même s'il était exact que ce dernier n'avait donné aucun signe de vie depuis vendredi, date à laquelle son jet privé avait atterri à Lyon. »*.

*

Entre Paris et Lyon, le 9 mai.

Julie avait pris un TGV dès le dimanche matin. Bien que la connexion internet soit exécrable sur cette ligne, elle recevait d'incessantes notifications sur le sujet. Elle n'avait pas pris le temps de prévenir Anaïs de sa venue à Lyon et essayait désespérément de la joindre depuis une plateforme dédiée, où la qualité de la liaison n'est guère plus élevée que dans les wagons. Elle présumait que la SNCF avait définitivement résolu le problème des incivilités liées aux mobiles, mais se ravisa lorsqu'elle comprit que le veinard qui réussissait à joindre son interlocuteur hurlait pour pallier la mauvaise qualité de la réception, convaincu que l'émission ne valait pas mieux.

— Le Creusot… arrêt… Assurez-vous de ne rien avoir oublié… annonça la voix familière à tous les voyageurs.

Julie n'avait pas réellement entendu le contenu du message, mais elle sortit de sa torpeur. Elle essaya de nouveau d'appeler sa famille, sans succès. Résignée, elle tapa un SMS à l'intention de sa fille.

« Bonjour ma chérie. Je suis dans le train pour Lyon. Es-tu à la maison ? Maman »

Les ados ont cet avantage que la greffe du portable sur leur main leur permet de répondre immédiatement. Julie venait, à peine, de terminer la rédaction de son texto quand la réponse lui parvint.

« Bjr Julie. Suis allée passer la journée chez Papy Dick. Appelle qd T sur Lyon. Papa pas à la maison en ce moment. ».

Le fait qu'Anaïs appelle son grand-père par son surnom anglophone ne la dérangeait pas ; cela la faisait même rire que l'on puisse le traduire par « Papy Bite » en anglais familier. En revanche, que sa fille ne lui donne plus le nom de Maman l'attristait fortement, mais comment pouvait-elle lui en vouloir ? Elle-même appelait son père Richard.

Le train roulait de nouveau à vive allure. Julie posa un regard admiratif sur cette mère qui essayait de calmer ses quatre rejetons tandis que l'ensemble du wagon la dévisageait en soupirant, lui faisant ressentir à quel point elle était une mauvaise mère. Elle lui adressa par un regard toute sa compassion mais vit la honte l'emporter sur le visage de cette femme, qui avait pourtant eu le cran de partir seule en train avec sa progéniture.

La plupart de ces gars, exaspérés par les cris des gamins, avaient le nez dans leur ordinateur portable, pour réaliser des travaux d'une portée a priori capitale pour l'Humanité… en tout cas plus fondamentale que de la faire perdurer. Mais que faisaient en seconde classe des gens si importants ?

Le train arriva à la gare de la Part-Dieu ; il était temps pour Julie de retrouver la ville qu'elle avait fuie. Sur le quai, elle repéra la rampe d'accès à la gare, puis se mêla au troupeau pour atteindre le hall central.

Elle appela Anaïs :

— Oui, c'est Maman. Je suis arrivée à Lyon, es-tu rentrée ?

— Non, je suis encore chez Papy. Mais si tu veux, tu peux venir manger à la maison ce soir. Par contre je ne sais pas si Papa sera là, je n'arrive pas à le joindre. Où es-tu descendue ?

— J'ai pris un hôtel dans le 9ème, pour ne pas être trop loin de chez toi. Je peux passer pour 19 heures ?

— Oui, je serai rentrée.

Arrivée à la station de taxi, Julie offrit à une mamie de passer devant elle afin d'éviter le premier chauffeur, l'un de ceux dont le regard, au passage des filles, dépasse rarement le mètre d'altitude. Elle laissa au suivant le soin de récupérer sa valise avant de monter à l'arrière du véhicule, une belle Mercedes. Quitte à payer le même prix, il était préférable de voyager dans une voiture de luxe plutôt que dans un tacot dont le compteur affichait 300 000 bornes.

— Best Western Saphir dans le 9ème, s'il vous plaît.

— Bien ma p'tite dame, répondit le conducteur en enclenchant son compteur.

« Bien ma p'tite dame », à croire qu'il existait une école où les chauffeurs de taxi apprenaient à réciter des locutions sexistes pour améliorer leur approche commerciale.

Il était si difficile de choisir un hôtel dans sa propre ville que Julie avait dû avoir recours aux avis internet pour sélectionner sa demeure provisoire. Le quartier de Gorge de Loup n'était pas franchement le plus beau quartier de Lyon, mais il avait l'avantage de répondre aux deux critères qu'elle s'était fixés : proche du métro et pas trop éloigné de l'endroit où vivait sa fille. La machine à carte bancaire du taxi ne fonctionnant pas, elle eut le droit à une visite payante du quartier à la recherche d'un distributeur.

Le temps d'effectuer les formalités à la réception de l'hôtel, Julie poussa la porte de sa chambre vers 15 h 30 ; il lui restait quelques heures avant de rejoindre Anaïs pour le dîner. Afin de simuler une présence, elle alluma la télévision puis, bien qu'elle ait pour habitude de ne pas déballer sa valise, sans même connaître la durée de son séjour elle se mit à ranger instinctivement ses affaires. Séjourner dans sa ville natale sans être chez elle rendait la jeune femme mal à l'aise. Elle souhaitait se recréer un cocon pour supporter émotionnellement cette situation.

Julie avait besoin d'un bain relaxant, malheureusement sa chambre n'était dotée que d'une douche. Elle prit néanmoins soin d'elle et ressortit revigorée de cet instant privilégié. La télé tournait en boucle sur la mort de Whitend ; a priori personne n'avait de nouvelle pièce à apporter au puzzle… pas même le gardien de son immeuble à New York.

La policière réserva un taxi pour 18 h 45, ce qui lui laissait largement le temps de prévenir Nounours de son arrivée. « Nounours » était le surnom d'un de ses anciens partenaires à la Crim' de Lyon. Bien qu'un Nounours existe sans doute dans chacun des services de police judiciaire de France, Julie aimait penser que le sien était unique.

— Salut Nounours ! amorça Julie avec émotion.

— Jay-Jay ! Comment vas-tu ? Ça fait un bail que je ne t'avais pas eue au bout du fil. Alors toujours parmi l'élite ? dit-il en la charriant.

— Ouais, toujours au 36. Je suis en congés en ce moment et je suis redescendue voir ma famille sur Lyon, mentit-elle à moitié.

— Cool, quand je vais dire ça à Jojo… Tu passes nous voir quand ?

— Je pense passer demain, si ça ne vous dérange pas.

— C'est un peu le bordel en ce moment avec le meurtre de Jonage, la presse veut absolument que ce soit le corps du grand ponte de New York. Mais demain matin on sera sûrement au bureau. Excuse-moi, je suis obligé de te laisser, je suis sur une perquise. À demain.

— À demain Nounours.

Nounours et Jojo, ses deux potes avec qui elle avait enquêté pendant des années avant de partir sur Paris, étaient devenus plus que des collègues, ils étaient ses grands frères.

*

À 18 h 45, elle descendit à la réception où on lui montra du doigt son taxi. Julie monta en voiture avec un sentiment partagé : à l'excitation de revoir sa fille se mêlait l'appréhension du moment des retrouvailles. Quand la voiture s'arrêta à Écully, une commune de la banlieue aisée, le sentiment d'appréhension l'emporta. Une des voitures de son père stationnait dans l'allée de la maison, il avait dû ramener Anaïs depuis chez lui. Elle paya en liquide le chauffeur, son appareil à CB ne fonctionnant pas.

Une fois dehors, le sentiment vira très vite à l'angoisse, voire à la crise de panique. Elle ne s'était pas du tout préparée à affronter Dieu le Père. La petite fille qu'elle était redevenue fouilla dans son sac à la recherche d'un petit « détraqueur », un de ces anxiolytiques qui prenait moins de place qu'une bouteille d'alcool. Dans l'attente de l'effet salvateur, elle fit quelques pas dans son ancien quartier, tous ses souvenirs remontèrent progressivement à la surface. Lorsque les bons se substituèrent enfin aux mauvais, Julie sut qu'il était temps d'y aller. Elle remonta l'allée de gravier, s'approcha de l'entrée, respira un grand coup et sonna. Des pas résonnèrent derrière la porte, qui s'ouvrit.

— Bonsoir Julie, dit une voix masculine avec un grand sourire.

— Bonsoir Richard, répondit Julie d'une voix qui peinait à sortir de sa gorge.

Richard s'écarta du pas de la porte en invitant sa fille à rentrer.

— Anaïs est dans sa chambre, veux-tu que je te débarrasse ?

Richard avait compris qu'il devait employer un ton empli de précautions pour lui parler.

— Des nouvelles de Liam ? interrogea Julie, beaucoup plus abrupte.

— Non, pas depuis mardi, il est parti à l'étranger avec Emma et demeure injoignable depuis. Ce n'était pourtant pas le bon moment de disparaître !

Julie devint pensive. Richard ne sût dire s'il s'agissait d'un reste de jalousie ou si elle lui reprochait encore de s'ingérer dans la vie de son ex-mari. D'ailleurs, le terme d'ex-mari était usurpé, ils n'avaient jamais divorcé, et Julie portait toujours le nom de Jacobs.

Son père lui expliqua tout de même que Liam avait réalisé une découverte majeure au travail, avant de s'absenter sans rien dire. Elle se servit un verre de vin, sans prendre la peine d'en proposer à Richard, puis s'assit sur une des chaises hautes qui entouraient le bar de la cuisine américaine.

— Avez-vous essayé de joindre Emma ? demanda-t-elle.

— Je n'ai pas son numéro. Et tu connais ta fille, elle ne veut pas lui adresser la parole depuis qu'elle est entrée dans la vie de son père.

— Je vais essayer de la joindre.

— Tu as son numéro ? s'étonna Richard.

— Je te rappelle que c'est une amie d'enfance, rétorqua Julie en appuyant bien sur les derniers termes.

Elle but d'une traite son verre, descendit de son siège, puis monta à l'étage sans ajouter un mot.

*

Julie frappa à la porte de chambre de sa fille et attendit l'autorisation d'entrer. Elle se souvenait de ce protocole, déterminant si l'on désire entamer une discussion plutôt qu'une dispute avec une adolescente. Le feu vert ne se fit pas trop attendre et Julie poussa délicatement la porte. La chambre de sa fille était une vraie chambre d'ado : des photos sur tous les murs, des vêtements jetés au sol et des écrans disséminés un peu partout. Anaïs était d'ailleurs devant son ordinateur scrutant ses deux écrans en pianotant simultanément sur son smartphone.

— Bonsoir ma chérie, dit tendrement Julie en l'embrassant sur le front.

— Bonsoir, répondit Anaïs sans perdre de vue ses écrans.

La discussion qui s'ensuivit aurait pu être qualifiée de monologue si elle n'avait été ponctuée de réponses monosyllabiques d'Anaïs. Néanmoins, durant cette conversation, Julie eut la joie de confirmer qu'elle et sa fille partageaient désormais le même professeur de philosophie : Monsieur Dumas.

Jean Dumas enseignait le français et la philosophie avec une telle passion qu'il réussissait à faire aimer ces deux matières aux élèves des filières scientifiques. Il avait créé, à l'époque de Julie, le premier cours à l'intention des élèves intellectuellement précoces, les EIP dans le jargon de l'Éducation Nationale. Ce temps privilégié n'était pas véritablement un cours, mais plutôt une aide à ces enfants atypiques pour parvenir à gérer leur intelligence et leurs émotions.

Une fois par semaine, elle retrouvait des garçons et des filles comme elle, un groupe dans lequel elle ne craignait pas d'être pointée du doigt lorsqu'elle libérait sa créativité. Ces enfants étaient Liam, Antoine et Emma.

Tous accomplissaient aujourd'hui des carrières honorables et Julie était persuadée qu'une part du mérite en revenait à monsieur Dumas, celui qui leur avait permis de trouver leur place dans le monde. Malheureusement, ce programme avait été jugé inégalitaire et finalement arrêté. L'égalité aurait pourtant voulu que chaque élève ait les mêmes chances de réussite, mais le ministre l'avait plutôt entendu comme l'enseignement de la même chose, de la même manière et au même âge à tout le monde.

Julie se releva du lit, elle ne savait décidément pas parler à sa fille. Après un nouveau bisou sur le front, elle décida de redescendre voir la seconde personne avec laquelle toute discussion était compliquée.

— As-tu entendu parler du meurtre de Whitend ? questionna-t-elle, spontanément.

— Bien sûr ! C'est effroyable, répondit Richard, toutes les chaînes ne parlent plus que de ça.

— N'était-ce pas un de tes anciens potes de fac ?

— Si, à Harvard… tu as bonne mémoire. Nous étions même assez liés, mais avec le temps, nous nous sommes éloignés. Quelques coups de fil de temps en temps pour prendre des nouvelles ou pour m'inviter à la réunion des anciens.

Et voilà ! L'une de leurs discussions les plus longues de ces dernières années était close. Elle s'installa devant la télé, décrocha son téléphone, et commanda un taxi tout en zappant. Elle stoppa le défilement lorsqu'elle aperçut Antoine Swarzinski à l'écran.

Sacré Antoine, il avait toujours autant de bagou ; il répétait à tout-va que le scoop émanait de sa chaîne et que le monde entier l'avait ensuite repris. Julie n'avait jamais entendu personne répéter autant de fois le mot « exclusivité » en aussi peu de temps, ce mot qui avait éclipsé l'information ces dernières années.

Quand le taxi l'appela, Julie reprit son manteau, adressa un signe de main à son père et s'engouffra dans l'allée. En route, elle revint sur le sentiment qu'elle avait perçu chez son père quand elle avait abordé la mort de Whitend, il était apparu troublé et circonspect, elle avait du mal à définir cette expression qu'elle n'avait jamais vue sur son visage.

Le taxi arriva enfin devant son hôtel.

— J'imagine que votre appareil à carte bancaire est en panne, ironisa-t-elle.

— Ah non ma p'tite dame… Moi j'en ai pas. Vous comprenez, ça…

Julie sortit ses derniers billets, sans écouter les arguments, à coup sûr fondés, de ce monsieur.

Allongée sur son lit, elle décida d'envoyer un SMS à Emma. Un froid s'était installé entre elles lorsque Liam et celle-ci s'étaient mis ensemble, mais Julie reconnaissait au fond d'elle-même que cette union était une bonne chose pour tous.

« Salut Emma. Nous n'avons pas de nouvelles de Liam. Je sais qu'il est parti avec toi à l'étranger. Peux-tu lui dire d'appeler Anaïs ? Bises. Julie. ».

La nuit fut très agitée, son retour au bercail la remuait plus qu'à l'ordinaire.

- 9 - À LA CRIM'

Lyon, le 10 mai.

Julie se réveilla à 5 heures du matin. Son boulot ne lui avait jamais accordé de régularité dans son rythme de sommeil, aujourd'hui totalement déréglé.

— Putain, cinq du mat' ! dit-elle à haute voix. Qu'est-ce que je vais bien pouvoir foutre ? Rien n'est ouvert ici à cette heure.

Il est vrai qu'en province, les gens dorment la nuit, travaillent la semaine et mangent à l'heure des repas ; les commerçants se sont adaptés à ce rythme et tout le monde semble y prendre goût. Julie alluma la télé sur les chaînes d'infos en continu, s'exposant au flot incessant de mauvaises nouvelles ; mais que faire d'autre dans cette chambre ? Dans sa précipitation, elle avait omis d'emporter des bouquins.

Après deux heures passées à écouter les mêmes phrases dans son lit, sous la douche, en s'habillant, en se maquillant... Julie quitta sa chambre pour rejoindre le métro. Elle prendrait son petit déjeuner avec ses collègues à Berliet, l'hôtel de police de Lyon.

Son mobile sonna, Emma lui adressait un SMS :

« Salut Julie. Liam n'est pas avec moi, il m'a envoyé un message mardi soir m'avertissant qu'il devait changer ses plans et que l'on se verrait à mon retour. Je n'ai pas réussi à le joindre depuis ; je n'étais pas inquiète, tu connais Liam, mais depuis ton texto, je m'interroge. Tiens-moi au courant stp, je rentre ce soir à Lyon. Emma. ».

— Mais il est où ce con ! s'exclama Julie dans le couloir de l'hôtel, avant de se rendre compte que les gens normaux devaient sûrement dormir, ou du moins tout juste se lever.

Il faisait bon ce lundi matin. Julie adorait se promener à la fraîche et décida de ne pas emprunter l'itinéraire des paresseux, celui où le bus vous dépose devant Marius Berliet. Elle préféra prendre le métro jusqu'à la faculté de Droit ; ainsi se mêlerait-elle, avec nostalgie, aux étudiants.

Durant une dizaine de minutes, l'ex-jeune fille se crut à Paris, les gens étaient serrés les uns contre les autres, sans parler, ni sourire.

Elle s'extirpa avec bonheur de la rame, puis entra dans le flux des étudiants. Le courant était si puissant que Julie craignit ne pas pouvoir tourner avant d'atteindre l'amphi. Fort heureusement, à la sortie du métro, le troupeau ralentissait, le temps d'allumer la clope du matin.

Julie prit de bonnes inspirations d'air frais, certes polluées mais très en deçà des effluves émanant des malfrats qui s'étaient fait lever la veille. Un poste de police, le matin, avait toujours l'odeur de la nuit écoulée. Grâce à cela, il était aisé de prévoir l'humeur des collègues.

Arrivée à l'accueil, le lieutenant Jacobs appela Didier Gilles, alias Nounours, pour qu'il vienne la chercher. Quelques minutes plus tard, un grand gaillard, haut comme un deuxième ligne international de rugby, fit son entrée dans le hall. Il n'avait pas fait carrière dans ce sport car il associait à sa taille l'embonpoint d'un pilier de niveau communal. Cependant, son physique imposait le respect aux petites frappes qui étaient, très souvent, perturbées par ce visage affable perché sur un corps qui pouvait broyer vos os d'une étreinte.

Nounours s'approcha et prit Jay-Jay dans ses bras, scène inédite du temps où ils étaient collègues, puis ils montèrent dans le bureau où Joachim Da Silva, alias Jojo, les attendait. Jojo était un gars de corpulence moyenne, musclé, très brun et de teint mat, ce qui n'était guère étonnant pour un fils d'immigrés portugais. L'unique cliché détectable immédiatement était sa passion du football et, d'après la déco du bureau, de CR7, sa majesté Cristiano Ronaldo.

Passées les effusions de joie liées aux retrouvailles, les trois ex-compères s'isolèrent afin de discuter des préoccupations qui amenaient Julie.

— Bon les gars, je suis inquiète. Liam, le père de ma fille, a disparu depuis mardi soir. Nous pensions qu'il était avec sa copine mais j'ai eu la confirmation ce matin que ce n'était pas le cas.

— De mémoire, ton ex était coutumier du fait ; c'est un peu pour ça que votre couple avait du mal à se réunir, non ? lui répondit Nounours, bienveillant mais réaliste.

— Merci de me le rappeler, Nounours. La différence cette fois-ci, c'est que mon père m'a dit qu'il avait fait une importante découverte au boulot et n'était pas réapparu depuis.

— Quel genre de découverte ? interrogea Jojo.

— Il ne m'en a pas dit plus. Liam travaille le plus souvent sur des recherches confidentielles à la demande de mon père.

— Veux-tu que l'on ouvre une procédure pour disparition inquiétante ? demanda Nounours.

— Non, pas pour l'instant, je vais enquêter par moi-même, je vous solliciterai peut-être à l'occase.

— Pas de souci, répondit Jojo.

C'est le moment que choisit la commissaire de la Section Criminelle et de la Répression du Banditisme pour faire son entrée. La chef de Gilles et de Da Silva répondait au doux nom de Barbara Goudde ; « rien à voir avec les cosmétiques » suivait généralement son nom lorsqu'elle se présentait. Ce qui était vrai, c'est que les voyous qui la rencontraient ne l'oubliaient pas.

— Alors, personne ne me prévient quand mon meilleur élément revient à la maison ? lança la commissaire avec un grand sourire.

— Bonjour Barbara, répondit poliment Julie.

— Bonjour Julie… Désolée les gars, mais il faut bien avouer que cette petite vous a damé le pion.

Les deux inspecteurs firent la moue pour la forme, chacun savait au fond de lui que c'était vrai.

— Vous venez nous aider à élucider le meurtre de Dieu ? reprit-elle en riant.

— Je croyais que la police n'avait pas encore la preuve que le cadavre de Jonage était celui de Whitend, dit Julie, surprise.

— La PCR[4] est revenue hier, il y a concordance avec ce qu'on a prélevé dans son avion : plus de doute possible. Non, ce qui me chagrine, c'est qu'en améliorant nos techniques de tests ADN pour passer à un délai de 36 heures, on reste encore moins bon qu'un putain de journaleux de Paris qui le fait en moitié moins de temps.

— De Lyon.

— Comment ? réagit Barbara.

— De Lyon, confirma Julie. Ce journaliste est lyonnais. Je le connaissais très bien, il a toujours été doué.

— Au point de reconnaître, à distance, un corps défiguré par deux balles tirées à bout portant ? ironisa la commissaire.

— Il faudrait sûrement lui demander de vive voix, lança Jojo en l'air.

— Appelez-le, ce petit con ! Dites-lui qu'on aimerait discuter avec lui de cette affaire, mais surtout pas de fuites ! C'est déjà assez le bordel comme ça.

Les trois policiers adoraient voir la taulière sortir de ses gonds et devenir grossière.

*

De nouveau seuls dans le bureau, Nounours demanda, sans véritable espoir, si Julie connaissait un moyen simple de joindre ce journaliste. La jeune femme ne gardait malheureusement pas le numéro de tous ses ex-petits amis de lycée. Néanmoins, elle avait une idée sur la personne qui pourrait la renseigner. Elle prit congé des garçons et sortit un moment. Quand elle revint, quelques minutes plus tard, elle tendit un morceau de papier avec un numéro de portable.

— Tiens, voilà son 06, dit-elle avec l'accent d'une ado jouée par Florence Foresti.

— Merde, comment t'as fait ça ? dit Jojo, bouche bée.

— Tu remets en question les jugements de ta chef ? I am the best, lui confia-t-elle à l'oreille en roulant des épaules.

---

[4] « Polymerase Chain Reaction » : réaction en chaîne par polymérase, méthode de biologie moléculaire d'amplification d'ADN in vitro.

Nounours tendit son téléphone à Julie avec le numéro déjà composé.

— Non merci Nounours, je suis en vacances.

La tonalité se fit entendre. Nounours reprit aussitôt le combiné.

— Allô, fit une voix étonnée.

— Bonjour, êtes-vous monsieur Antoine Swarzinski ?

— Lui-même. À qui ai-je l'honneur ?

— Lieutenant Gilles, de la brigade criminelle de Lyon. Nous aimerions avoir une discussion avec vous, au sujet de l'affaire Whitend.

— Avec plaisir, vous avez de nouveaux éléments à me communiquer ? répondit le journaliste, sur le ton de la plaisanterie.

— Disons que je n'imaginais pas l'échange dans ce sens… bafouilla Nounours.

— Bien entendu. Puis-je savoir néanmoins, comment vous vous êtes procuré ce numéro ? Vous piquez ma curiosité, très peu de personnes connaissent l'existence de cette ligne.

Julie fit un geste négatif de la tête.

— Tout comme vous, nous protégeons nos sources, monsieur le journaliste.

Il s'était installé une atmosphère sympathique qui poussait Nounours à se permettre un ton taquin.

— Sur ce coup-ci, je n'aurais pas de mal à protéger la mienne ; j'ai reçu un mail vendredi soir de Frank Whitend m'indiquant… qu'il était mort et que son cadavre reposait au bord du fleuve à Lyon. J'ai, de prime abord, envisagé une mauvaise blague. Pourtant, après quelques recoupements de sources que je ne dévoilerai point, il s'est avéré que la police venait de repêcher un corps dans le canal de Jonage, et que l'avion de Whitend avait atterri, dans la journée, sur l'un des aéroports de Lyon.

Nounours était interloqué. Était-ce une connerie ou était-ce juste un truc dingue ?

— Monsieur Swarzinski, pouvez-vous nous envoyer ce mail ? se reprit-il.

— Bien entendu, je peux même vous l'amener, je serai sur Lyon demain midi ; ma patronne m'envoie couvrir cette affaire depuis notre antenne régionale.

— Adressez-le-nous dans un premier temps, s'il vous plaît. Bien que nous serions très heureux de pouvoir converser avec vous, dès votre arrivée.

Nounours lui dicta son adresse de messagerie et lui souhaita un bon voyage pour le lendemain.

Un mail posthume de Frank Whitend ! Jay-Jay, Nounours et Jojo se regardaient, désemparés ; ils sentaient qu'une pression phénoménale allait s'abattre sur la brigade.

Julie sortit de la salle en saluant ses collègues, elle devait s'atteler à la disparition de Liam. Elle saisit son mobile pour laisser un message à sa fille :

— Anaïs, je viens manger avec toi au lycée, il faut que nous discutions. Rendez-vous au resto habituel, dont j'ai oublié le nom.

11 h 30 vint très vite, elle avait juste le temps de rejoindre le point de rendez-vous.

*

« Le Baryton », comment avait-elle pu oublier ce nom ? Ce bar l'avait accueillie si fréquemment après les cours. À l'époque, elle alternait avec la brasserie d'à côté, qui avait disparu, remplacée par un bar tendance où, si vous n'êtes pas sourd en entrant, vous le serez devenu en sortant.

Julie s'installa en terrasse et commanda une pinte en attendant Anaïs. Elle entendit la sonnerie du Lycée Ampère situé à une cinquantaine de mètres. Rien n'avait décidément changé en vingt ans, si ce n'est l'absence de ce travesti qui ressemblait à Gérard Depardieu dans « Tenue de soirée », constamment posté dans l'angle que Julie apercevait.

Anaïs était déjà assise en face de sa mère lorsque celle-ci sortit de ses pensées.

— Salut ma chérie, ta matinée s'est bien passée ?

— J'ai eu philo avec ton ancien prof, je ne vois vraiment pas ce que tu lui trouves de génial.

— Il m'a aidée dans une période très difficile, je lui suis redevable.

Elles commandèrent toutes les deux le plat du jour : une bavette sauce échalote accompagnée d'un gratin dauphinois. Classique mais efficace.

— J'ai eu un texto d'Emma ce matin, commença Julie, ton père n'est pas parti avec elle.

— Comment ça ? Je l'ai vu partir avec sa valise mardi soir. Il a pris sa voiture...

— Je vais te poser une question un peu dérangeante, ma chérie. Es-tu sûre que ton père t'a dit qu'il partait avec Emma ?

— Oui, sûre et certaine, il m'a même parlé, pendant au moins dix minutes, de ce qu'ils allaient faire là-bas. Mais comme j'étais en train de faire autre chose sur mon ordi, je n'ai pas écouté.

— Liam, où es-tu bon sang ? pensa Julie tout haut. Ne t'inquiète pas chérie, je vais retrouver ton père.

— J'espère avec plus de résultats que pour le garder, décocha doucement Anaïs.

Julie fit semblant de ne pas entendre cette pique.

— Cela te dérange si je viens m'installer à la maison, je préférerais être auprès de toi.

— Pas de souci, la chambre d'amis est libre.

Cette nouvelle flèche atteignit Julie en plein cœur, elle ne put retenir une larme. La fin du repas se déroula silencieusement, jusqu'à ce qu'Anaïs retourne en cours.

- 10 - OÙ ES-TU LIAM ?

Julie réfléchissait, en dégustant un expresso : Liam était parti de chez lui mardi soir et n'était peut-être pas arrivé à destination, quelle que soit cette dernière. Elle appela, un à un, les hôpitaux afin de vérifier qu'ils n'avaient pas de patient du nom de Liam Jacobs ou encore non-identifié... Il ne serait pas curieux que Liam n'ait aucun papier sur lui s'il avait renoncé à accompagner Emma à l'étranger. Julie se permit de faire mention de sa qualité de fonctionnaire de police, cela avait souvent l'avantage de motiver l'interlocuteur. La réponse de l'ensemble des hôpitaux fut négative, elle était soulagée de savoir que Liam n'avait pas eu d'accident.

Si elle ne pouvait retrouver Liam facilement, peut-être pourrait-elle dénicher sa voiture ? Depuis six jours que Liam avait disparu, son véhicule était peut-être à la fourrière ? Malheureusement, Julie n'avait aucune idée de son immatriculation, son seul souvenir était que son ex n'emportait jamais les papiers originaux avec lui. Avec de la chance, il n'aurait pas changé de cachette... Elle régla sa note et se dirigea vers le métro.

Si Julie déménageait chez sa fille, elle devait, pour être libre de ses mouvements, louer une bagnole.

*

Le « surclassement » ! Julie aimait ce terme, tant à l'hôtel que pour une location de voiture. Au lieu d'une Yaris, Julie eut droit à une DS3... avec GPS. Elle adorait cette voiture depuis sa sortie, mais, habitant Paris, elle n'avait l'occasion de conduire que les véhicules de la brigade, et seulement quand les garçons lui faisaient cette faveur.

Arrivée chez Liam, elle sortit de sa poche les clés d'Anaïs, monta dans la chambre d'amis et installa ses affaires avec un pincement au cœur. Elle se ressaisit, se répétant qu'elle n'était pas ici pour s'apitoyer sur son sort.

Redescendue au salon, elle se dirigea vers un petit tiroir où elle n'avait jamais eu le droit de fouiner ; non que son contenu fût secret, mais Julie avait la fâcheuse tendance de vouloir ranger les affaires des autres. Liam lui avait gentiment fait comprendre qu'il avait besoin de son « petit bordel » et que ce capharnaüm était minuscule rapporté au volume de la maison. Julie ouvrit délicatement le tiroir, de peur qu'un quelconque objet trop compressé ne lui saute au visage. C'était pire que ce qu'elle avait pu imaginer : tout était empilé sans le moindre sens du classement. Elle retourna le contenu sur la table et mit enfin la main sur les papiers de la voiture. Elle n'en croyait pas ses yeux, il possédait encore sa vieille 2 CV jaune. Au moins elle ne serait pas compliquée à retrouver.

Julie appela la fourrière, la réponse fut identique à celle des hôpitaux. Maintenant que tous ces objets étaient sur la table, il était bien tentant de regarder le reste, à la recherche d'un indice. Un objet attira son regard, embué instantanément par les larmes : cet enfoiré de Liam avait gardé précieusement leur faire-part de mariage. Finalement, il ne s'était peut-être pas senti obligé de l'épouser.

Trêve de sensiblerie, rien de tout cela ne révélait pourquoi Liam avait subitement changé ses plans. Elle continua à fouiller la maison et en particulier la chambre de Liam… sans rien trouver.

— Concentre-toi Julie, merde, concentre-toi !

Elle se rappela que son père lui avait parlé d'une découverte majeure qui coïncidait avec la disparition de Liam, elle résolut d'en avoir le cœur net.

*

L'usine n'était qu'à quelques kilomètres ; pas même le temps de crâner un peu avec sa belle bagnole, bien qu'une DS3 ne permette pas réellement de frimer à Écully. En arrivant à l'accueil de l'usine, elle se rendit compte que la sécurité avait été renforcée.

— Bonjour madame, avez-vous rendez-vous ? demanda poliment l'hôtesse d'accueil.

— Non pas vraiment, je suis à la recherche de mon ex-mari, Liam Jacobs, et j'aurais besoin de questionner quelques-uns de ses collègues.

— Malheureusement, sans rendez-vous, je ne peux pas vous délivrer de badge d'accès et sans ce badge, vous ne pouvez entrer.

— Excusez-moi, j'ai complètement oublié de vous dire que j'étais lieutenant de police, dit délicatement Julie.

— D'accord, il vous faut alors prendre contact avec notre responsable de la sécurité, je vais essayer de le joindre tout de suite… Il ne répond pas pour le moment, pouvez-vous patienter s'il vous plaît ?

Dix minutes s'étaient écoulées, le responsable de la sécurité ne s'était pas présenté à l'accueil et n'avait pas daigné prévenir. L'idée titillait Julie de jouer un vilain tour à cette personne qui pensait que les forces de l'ordre étaient à sa disposition, même si dans ce cas-là, l'autorité de Julie était discutable.

— Pourriez-vous rappeler votre chef de la sécurité, s'il vous plaît ? s'agaça la policière.

— Il n'a pas rappelé, il est sûrement occupé pour le moment. Je ne peux que vous proposer de patienter.

— Pourriez-vous, dans ce cas, appeler la secrétaire de monsieur Gère ?

— Et pourquoi ferais-je cela ?

— Parce que monsieur Gère est mon père.

La réceptionniste piqua un fard et appela le secrétariat du patron.

— Bonjour madame, l'accueil à l'appareil, Madame… ?

— Julie Jacobs.

— Julie Jacobs est à l'accueil…

— J'arrive tout de suite, dit Thérèse avec un bonheur non dissimulé.

— Elle arrive madame Jacobs, je suis vraiment désolée, les procédures sont…

— Je sais, ne vous inquiétez pas, vous faites votre job. J'aurai tout de même une petite discussion avec votre responsable de la sécurité, lorsqu'il sera moins occupé, bien entendu.

Thérèse arriva avec un grand sourire et les bras grands ouverts.

— Le retour de la fille prodigue ! Je suis contente de te voir ma petite Julie.

Thérèse était vieille fille ; elle avait toujours porté une affection toute particulière à Julie. Il lui était arrivé de la garder lorsque celle-ci était enfant.

— Pourriez-vous préparer un badge visiteur pour madame Jacobs, s'il vous plaît, lança Thérèse à l'intention de l'hôtesse, tout en continuant de poser des questions à Julie sans attendre les réponses.

— Tout de suite, Madame.

Deux minutes plus tard, l'hôtesse tendit un badge à Julie, en échange de sa pièce d'identité.

— Tu viens voir ton père ? Il est actuellement en réunion avec les Américains, ça ne se passe pas très bien en ce moment avec eux.

— Non, je cherche Liam, il a peut-être disparu et j'aimerais discuter avec certains de ses collègues. Tu penses pouvoir m'arranger ça ?

— Oui, bien entendu, répondit Thérèse, bouleversée par cette nouvelle.

Elle supposait, comme la plupart des salariés, que Liam avait pris quelques jours sans se soucier, encore une fois, des règles de l'entreprise.

Thérèse l'accompagna au laboratoire de R&D, et la laissa discuter avec Martin, l'adjoint du Docteur Jacobs. Pendant ce temps, elle essaierait de lui obtenir un rendez-vous avec Karl Hoffman, le directeur industriel.

— Bonjour Martin, je suis Julie Jacobs…

— La mère d'Anaïs, coupa Martin, je suis enchanté de faire enfin votre connaissance. Liam m'a souvent parlé de vous.

Julie fut troublée que son ex-mari parle d'elle à ses collègues ; elle imaginait que cela devait être en bien sinon Martin n'aurait pas abordé le sujet.

— Je suis enchantée également. Liam n'est pas chez lui depuis quelques jours et personne ne sait où il a pu se rendre. Quand l'avez-vous vu pour la dernière fois ?

— C'était lundi midi, je suis parti lui chercher un sandwich et quand je suis revenu, il n'était plus là.

— Il a donc disparu de son travail depuis lundi midi, répéta pensivement Julie.

— Non, pardon, je l'ai aperçu le lendemain après-midi ; il a vu à travers l'oculus que les services généraux récupéraient ses dossiers et son ordinateur.

— Qui étaient ces personnes ?

— Le chef de la sécurité, un intérimaire que je ne connais pas et Karl Hoffman, le directeur industriel.

— Une dernière question : entre nous, savez-vous sur quoi travaille Liam actuellement ?

— Non, je sais seulement qu'il travaille pour votre père, mais il ne m'en a jamais vraiment parlé. Je respecte sa discrétion, il me met, en général, au courant quand il estime que je dois l'être.

— Merci Martin, bonne fin de journée.

— Je suis obligé de vous raccompagner au bureau de Thérèse, lui dit-il gêné, vous n'avez pas le droit de circuler seule dans l'usine.

À leur arrivée à la direction, l'ingénieur prit congé de l'inspectrice.

— Ah ! Julie, ton père est encore en réunion, mais je t'ai pris un rendez-vous avec Karl Hoffman, le…

— Directeur industriel, ça tombe bien, je souhaitais justement m'entretenir avec lui.

Thérèse accompagna Julie jusqu'au bureau de ce fameux Karl. Elle avait déjà entendu son nom lors de discussions, rarement pour en dire du bien.

— Bonjour madame Gère.

— Jacobs, Julie Jacobs.

— Veuillez m'excuser, je pensais que vous étiez divorcés…

— Non, éluda Julie. Ne tournons pas autour du pot, je suis à la recherche de Liam, qui n'a pas donné de nouvelles depuis mardi. J'ai appris également que vous aviez confisqué l'ensemble de ses données et dossiers. Puis-je en connaître la raison ?

— J'aimerais corriger : nous n'avons plus de nouvelles de lui depuis lundi midi. Il est bien venu mardi, mais personne ne l'a vu.

— Soit. Pouvez-vous me dire sur quoi travaillait Liam ?

— Malheureusement, je ne suis pas habilité à répondre à cette question.

— Dois-je vous rappeler que je suis lieutenant de police, bluffa Julie.

— Oui, je suis au courant… sur Paris, n'est-ce pas ? Mais je peux vous dire que rien n'a été fait sans que votre père ne l'ait ordonné.

Julie resta interdite, une confrontation avec son père devenait incontournable, il lui avait encore menti par omission. Elle offrit une poignée de main froide à son interlocuteur et repartit vers le bureau de Richard, sans attendre un quelconque guide.

— Ton père en a encore pour un bon moment. Si tu veux le voir à l'usine, je t'ai réservé un créneau demain après-midi.

— Merci Thérèse. Il est déjà tard et je dois explorer d'autres pistes, je te souhaite une bonne soirée.

— Bonne soirée, ma petite Julie.

Julie récupéra ses papiers à l'accueil et sortit sur le parking. Que faire désormais… Appeler Emma ? Elle avait dû rentrer.

Richard sortit de réunion quelques temps plus tard. Il fut surpris d'entendre un message d'excuse de son responsable de la sécurité sur son répondeur.

*

Julie pianota sur son mobile.

— Allô Emma ?

— Oui, Julie, as-tu des nouvelles ? s'enquit immédiatement la cancérologue.

— Rien de très concluant. Es-tu rentrée à Lyon ?

— Oui je suis à la maison, j'espérais une surprise ou un petit mot… mais rien de tout cela.

— Est-ce que je peux passer ? J'aurais quelques questions à te poser pour tenter de reconstituer son emploi du temps.

— Oui, je t'attends, répondit Emma fébrilement.

Julie prit la direction de Charbonnières, prenant soin de mettre le GPS en service car elle n'était plus très sûre du chemin. La route était agréable, donnant l'impression d'être à la campagne dès l'abord du bois de Serres. Elle pila sur un petit pont au-dessus d'un ruisseau, fit marche arrière afin de s'assurer de ce qu'elle avait vu. Sur le petit parking en terre, à l'orée du bois, était garée une 2 CV jaune. Aucun doute, c'était celle de Liam.

L'immatriculation était conforme, aucune vitre n'était cassée, ce qui n'étonna guère Julie. Elle tourna la poignée et ouvrit la portière, son ex n'était pas du genre à verrouiller sa « deudeuche ». La policière fouilla le véhicule à la recherche d'un indice, d'un objet qui lui fournirait une piste, mais il n'y avait rien.

Lasse de chercher, elle appela Nounours afin de faire enlever la voiture et la garder au chaud. Avant de raccrocher, elle lui demanda l'effroyable à ses yeux : pouvait-il faire intervenir la brigade canine dans le bois ?

Très inquiète et ne se sentant pas en mesure d'attendre les policiers cynophiles, elle repartit en direction de la demeure d'Emma.

Parvenue devant, Julie fut prise d'une forte appréhension, celle qu'une femme peut ressentir lors de retrouvailles avec une vieille amie qui a pris sa place. Le malaise semblait inévitable, c'est pourquoi il fallait immédiatement briser la glace. La porte s'ouvrit avant qu'elle ne sonna.

— Salut Julie, je t'attendais avec impatience, dit Emma en l'enlaçant affectueusement.

Julie l'imita, la glace ne résiste que rarement aux évènements importants.

— Salut Emma, j'ai retrouvé par hasard la « deuche » de Liam au bois de Serres ; a priori, il se dirigeait bien vers chez toi.

— Mais alors ce SMS n'a aucun sens ! Il n'y a rien entre ce bois et ici...

Pour appuyer ses dires, Emma sortit son smartphone et montra à Julie le message reçu mardi soir.

— En effet, je suis très inquiète. Anaïs m'a certifié qu'il partait chez toi avec sa valise. J'ai demandé à mes anciens collègues de mener une recherche dans le bois de Serres. Tout à l'air d'être parti d'une découverte qu'il aurait faite au boulot lundi dernier.

Emma éclata en sanglots et s'assit sur le canapé du salon, la tête dans les mains.

— Je suis désolée de te demander ça mais, as-tu une idée de ce que pourrait être cette découverte ?

Emma n'avait pas sorti le visage de son refuge, des sons inaudibles s'échappaient de cette petite caverne.

— Je suis désolée Emma, mais je n'entends pas du tout ce que tu veux me dire.

— Oui, je suis au courant de l'étude que réalisait Liam en secret pour ton père, dit-elle en s'effondrant ; je savais également que c'était une connerie de s'attaquer à des gens aussi puissants.

— De qui parles-tu ? De mon père ? Des Américains ?

— Je ne peux rien te dire tant que je ne sais pas si Liam est en sécurité. Tu comprends, il est tout ce que j'ai désormais... Je ne peux vraiment pas, je suis désolée.

Julie se rappela qu'Emma avait perdu un petit garçon, emporté par une leucémie, elle ne désirait pas en rajouter.

— Emma, je vais te laisser, je te tiendrai au courant des avancées de l'enquête. Je pense qu'il est temps de faire intervenir la police.

Elle pressa affectueusement l'épaule d'Emma avant de se diriger vers la porte.

— Julie...

— Oui Emma ? répondit son amie, pleine de douceur.

— Ramène-le moi s'il te plaît, je t'en supplie.

— Je te le promets.

Elle claqua la porte en pensant à son père, il allait devoir cracher le morceau, la vie de Liam était peut-être en jeu. Avant de remonter en voiture, elle appela Didier.

— Nounours ? Ouvre une enquête pour disparition inquiétante, s'il te plaît.

— OK bichette, va te reposer, on s'en occupe, répondit le lieutenant Gilles, sachant pertinemment que sa collègue ne l'écouterait en aucune façon.

— Rien de nouveau ?

— Non, on a reçu le rapport de la balistique, ils n'ont retrouvé ni douilles, ni balles, ces dernières sont ressorties par l'arrière du crâne ; bref pas de preuves tangibles. Nous savons juste que Whitend a été abattu à environ deux mètres de distance et que, vu l'angle de tir, il a certainement vu son assassin.

- 11 - RETROUVAILLES

Lyon, le 11 mai.

À 8 heures, Antoine posa le pied sur le quai de la gare de la Part-Dieu, avec cette étrange sensation de ne plus être chez lui. La vie en province ne l'intéressait plus ; ce quadragénaire préférait sa vie à Paris, entrecoupée de reportages à travers le monde. Il avait rendez-vous avec l'équipe lyonnaise à 10 heures pour une prise de contact, puis avec les flics comme convenu. Il décida dans l'intervalle de prendre ses quartiers dans son endroit fétiche : « Le Gourguillon », un hôtel de charme qu'il avait découvert quelques années plus tôt, niché entre l'appartement de ses parents, à Fourvière, et son quartier préféré, le vieux Lyon, dans une rue peu fréquentée, ce qui l'arrangeait quant aux sollicitations diverses que sa célébrité lui imposait.

Sitôt installé, Antoine prit sa besace de reporter et descendit à pieds rejoindre l'équipe, un bien grand mot pour qualifier le cadreur et le preneur de son qu'avait dégotés, à sa demande, la chaîne qui l'employait. Le reste serait réalisé par ses soins ; son expérience le permettait et son caractère, bien trempé, dissuadait quiconque de lui proposer une logistique plus importante. Le trio emprunta le métro pour se rendre à l'hôtel de police afin de rencontrer le dénommé Didier Gilles.

Dans le hall d'accueil, Antoine se présenta au policier de service. Quelques minutes plus tard, Nounours fit son apparition.

— Bonjour monsieur Swarzinski, lieutenant de police Gilles.

— Bonjour lieutenant, voici mon équipe de tournage.

Il se retourna vers Matthias et Bertrand, sans se souvenir à qui appartenait chaque prénom. Ils se levaient pour le suivre, quand Nounours leur fit signe de rester assis.

— Désolé monsieur Swarzinski mais nous aimerions vous recevoir seul.

Antoine s'en doutait mais le culot l'avait souvent aidé dans sa carrière. Il suivit le lieutenant Gilles jusqu'à son bureau. Trois personnes étaient présentes : un gars au teint mat, assez musclé, style flic pied noir de série télé ; une femme d'un certain âge qui dégageait classe et autorité, la chef sans aucun doute, et une fine brune, face à la fenêtre, qui était probablement son genre, même s'il ne voyait que son dos.

— Monsieur Swarzinski, je suis la commissaire Goudde, débuta Barbara en lui tendant la main. Vous connaissez déjà le lieutenant Gilles ; voici le lieutenant Da Silva, et le lieutenant Jacobs qui nous vient de Paris.

Julie se retourna vers Antoine et lui tendit la main, elle était encore plus belle que dans ses souvenirs. La commissaire s'excusa et laissa les enquêteurs avec le journaliste.

— Monsieur Swarzinski, reprit Nounours, merci d'être passé nous voir. Pourrions-nous avoir accès à votre ordinateur pendant que nous discutons ?

— Bien évidemment non, vous savez comme moi qu'il m'est impossible de répondre favorablement à cette requête.

— Oui mais qui ne tente rien n'a rien ! plaça Nounours.

— C'est ma devise. Néanmoins, je vous ai fourni le mail, il vous faudra faire les démarches auprès de mon opérateur pour le reste.

— Bien, nous savons déjà que l'adresse de l'expéditeur est conforme aux standards de Jones & Hesse puisque le domaine est bien jh.com. Les experts ont également confirmé que Frank Whitend n'a pu envoyer ce mail puisqu'il était déjà mort.

— Vous en savez plus ? interrogea Antoine, prenant un air concerné.

— Que nous soyons bien d'accord, Antoine, tout ce qui se dit aujourd'hui ne doit pas sortir d'ici... du moins le temps de l'enquête, intervint Julie. Nous avons décidé de te mettre dans le coup car, pour une raison que nous ignorons, le meurtrier t'a choisi pour jouer un rôle dans cette affaire et nous comptons sur ta coopération.

— C'est d'accord... si nous jouons gagnant-gagnant et que vous n'essayez pas de me la faire à l'envers. Qu'est-ce que vous avez ?

— Pas grand-chose pour le moment, reprit Jojo. Selon nos estimations, la victime a été abattue à bout portant, jetée à l'eau puis a dérivé sur le canal avant de s'accrocher à un branchage de la rive. Ce qui placerait la scène de crime en amont, probablement dans le parc de Jonage.

— J'aurais sûrement orienté l'enquête sur un crime crapuleux, continua Nounours, s'il n'y avait pas eu ce mail. Qui peut avoir intérêt à envoyer un tel message ? Cela n'a pas vraiment de sens.

— Et que venait faire Whitend à Lyon ? demanda Antoine. Il connaît sans doute quelqu'un personnellement, cette escale n'était pas inscrite sur son plan de vol initial.

Julie devint blême. Et si Whitend était venu voir son père ? Il se trouverait, alors, mêlé à beaucoup trop d'évènements à son goût !

— C'est une piste à suivre, acquiesça Nounours, nous allons l'étudier. Je sais qu'il est inopportun de vous demander cela, néanmoins pourriez-vous nous épargner d'apprendre vos avancées par la télévision ?

— Je vais essayer, taquina Antoine en se levant.

— Je te raccompagne, dit Julie en emboîtant le pas du journaliste.

Antoine sourit, salua ses interlocuteurs et sortit du bureau pour emprunter le long couloir.

Avant de descendre l'escalier, il se retourna :

— Alors Julie, quelle bonne surprise de te revoir dès mon arrivée.

— À la vue des évènements, je me suis sentie obligée d'apporter mon aide à mes anciens collègues.

— Il faudrait que nous dînions ensemble prochainement.

— Ha Ha ! Tu ne perds décidément jamais de temps. Où es-tu descendu ?

— Au Gourguillon.

— Ça paie bien la télé, dis-donc ! Je passe te prendre à 20 heures.

— Et c'est moi qui ne perds pas de temps ? 20 h 30 de préférence, je regarde la concurrence à 20 heures.

Ils étaient arrivés au bas de l'escalier. Antoine se dirigea vers son équipe tandis que Julie regagnait sa voiture. Il était midi environ, elle avait discrètement fait comprendre à Nounours qu'elle devait s'éclipser, le rendez-vous avec son père était programmé à 14 heures. Elle avait le temps d'aller manger un bout à proximité de l'usine.

*

Julie arriva avec un quart d'heure d'avance, elle avait souhaité se garder du temps pour les formalités et éviter le cirque de la veille.

— Bonjour, je suis madame Jacobs, dit-elle en tendant sa carte d'identité, j'ai rendez-vous avec monsieur Gère.

L'hôtesse saisit les informations sur son clavier, acquiesça et fouilla dans une boîte en plastique pour en sortir un badge préparé au nom de Julie.

— Voici madame Jacobs. Je vous remercie de patienter, quelqu'un va venir vous chercher.

Il est vrai que les choses étaient plus rapides lorsque l'on respectait les procédures. Pourtant Julie avait toujours eu des difficultés à observer les règles, ce qui était étonnant pour quelqu'un ayant épousé la carrière de flic. Thérèse arriva et l'accompagna au bureau de son père ; la porte était ouverte et Richard semblait attendre paisiblement sa fille.

— Bonjour Julie, dit-il en se levant pour lui faire une bise.

— Bonjour Richard, tu peux rester assis, je ne viens pas pour une visite de courtoisie, répliqua-t-elle en montant dans les tours.

— Décidément, tu ne cesseras jamais de m'en vouloir.

— Là n'est pas la question ! Peux-tu m'expliquer sur quoi portait la découverte de Liam ?

— Malheureusement ma chérie, mon contrat de confidentialité m'interdit d'aborder ce sujet avec une personne extérieure à l'entreprise.

— Et ton contrat de confidentialité t'interdit aussi de me dire ce que Frank Whitend foutait à Lyon ? Permets-moi de m'interroger sur le fait que mon mari disparaisse, après une étude que tu as mandatée, et ce, le jour où ton pote de fac est assassiné à Lyon, ville qui, soit dit en passant, n'était pas inscrite sur son plan de voyage. Tu admettras que la police pourrait trouver la coïncidence troublante !

— Soit. Qui est au courant de tout cela ? s'inquiéta Richard.

— Personne pour le moment, rétorqua Julie.

— Bien. Assieds-toi, s'il te plaît. Liam effectuait des recherches confidentielles pour mon compte ; il travaillait sur l'innocuité des pesticides vis-à-vis de la santé humaine, une idée qu'il a eue avec Emma et qui profite de la synergie entre leurs domaines respectifs. A priori, il a trouvé la clé lundi dernier.

— C'est plutôt une bonne nouvelle pour l'Humanité.

— Pour l'Humanité certes, mais pas pour la compagnie pour laquelle nous travaillons. Je t'avoue qu'il s'agit sûrement de ma plus grande désillusion professionnelle.

— C'est pour cela que toutes les données de Liam ont été saisies ?

Richard, très étonné par cette remarque, se résigna.

— Tu avais un sacré potentiel ma fille, c'est normal qu'il ressorte quoi que tu fasses. Les Américains sont sur les nerfs, Liam avait déjà récupéré l'ensemble des données. C'est pourquoi ils nous ont envoyés des agents de la sûreté.

— Qui sont ces gens ? demanda l'enquêtrice, intéressée par cette révélation.

— Je ne sais pas, des anciens de la NSA paraît-il, ils ont demandé à Karl Hoffman de me surveiller. Je ne l'ai pas formellement entendu mais son jeu est tellement grossier que n'importe qui l'aurait démasqué.

— Mais selon toi, pourquoi Liam ne s'est-il pas arrangé pour faire fuiter ses résultats dans la presse ?

— Je n'en ai aucune idée, répondit sincèrement Richard, je ne l'ai pas revu depuis que j'ai lu le mail m'annonçant son exploit.

— Les Américains peuvent-ils être à l'origine de sa disparition ?

— Mon groupe est certes décrié, mais nous ne sommes pas des mafieux, s'indigna Richard.

— Passons au second sujet, temporisa Julie. Que faisait Whitend à Lyon ?

— Je me suis également posé cette question lorsque j'ai entendu l'annonce de sa mort à la télé. Je ne sais pas ce que Frank est venu faire dans les environs, je n'avais pas eu de ses nouvelles depuis longtemps.

— Connaissait-il quelqu'un d'autre que toi à Lyon ?

— J'imagine, il s'agissait de l'un des hommes les plus puissants du monde.

— La police va creuser cette piste, les enquêteurs risquent de venir te voir un de ces jours, prévint Julie.

Elle se leva et se dirigea vers la sortie, laissant son père, démuni, se servir un cognac.

*

Julie portait une robe ce soir ; il y avait bien longtemps que cela ne lui était pas arrivé. En quittant Paris, la jeune femme avait jeté dans sa valise une robe et son unique paire de talons, ce qui présentait l'avantage de l'empêcher de partir en retard à son rendez-vous. Elle se munit tout de même des chaussures plates pour conduire, elle les changerait discrètement à l'arrivée.

Avant de sortir, Julie se regarda dans le grand miroir de l'entrée. Elle se trouvait très belle. Elle était contente qu'Anaïs soit allée dormir chez une copine, lui évitant ainsi les questions embarrassantes sur la sortie de sa mère alors que son père avait disparu.

Julie avait réservé dans l'un des rares endroits où l'on pouvait avoir une discussion sans craindre d'oreilles indiscrètes : la Brasserie Georges. Bien que les tables soient quasiment les unes contre les autres dans cette immense halle, le brouhaha ambiant empêchait de saisir la conversation de la table mitoyenne.

Après avoir récupéré Antoine dans son petit nid perché, ils se dirigèrent tranquillement vers la presqu'île. La discussion, plutôt triviale, s'était orientée sur leur vie parisienne et notamment sur le fait qu'ils n'avaient jamais pris le temps de se voir là-haut. Ils arrivèrent devant l'imposant bâtiment de la brasserie qui, d'après ouï-dire, accueillait jusqu'à deux-mille personnes. À l'entrée, un homme tenait le cahier des réservations.

— Bonsoir, je suis madame Jacobs, j'ai une réservation pour deux personnes.

— Oui, une demande bien spécifique, dit l'homme d'un ton mystérieux en regardant Antoine. Victor va vous accompagner.

Un autre homme s'était approché et leur demanda poliment de le suivre.

— Voici madame, monsieur, la table 28, la table de Jean Moulin.

Antoine eut un sourire et un regard entendu en direction de Julie. Ils admiraient ce grand homme depuis leur adolescence, et ce clin d'œil lui faisait d'autant plus plaisir qu'il avait réservé cette même table lorsque, pour la première fois, il avait pu l'inviter à déjeuner ; à une époque où ils n'étaient pas encore autorisés à se rendre seuls en ville pour dîner. Ils s'installèrent sur les banquettes après avoir déposé leurs effets sur le porte-manteau dédié à leur allée.

— Je croyais que ce genre de surprise était plutôt un truc de mec, ironisa Antoine.

— Disons que ma part féminine est surtout physique, répondit Julie en riant.

— Et quelle part féminine !

— Stop ! Antoine, nous ne sommes pas là pour ça... J'ai un très gros souci, Liam a disparu.

— Quoi d'étonnant là-dedans ? demanda plus sérieusement le journaliste.

— Non, il a réellement disparu !

Julie lui raconta les recherches de Liam, la découverte de la voiture, les échanges avec Emma puis avec son père, la réaction présumée des Américains. Elle fut interrompue par le serveur :

— Avez-vous choisi Madame, Monsieur ?

— Une choucroute impériale pour moi, s'il vous plaît, demanda Julie en repliant sa carte.

— La même chose, et vous nous mettrez, voyons… deux pintes de bière dorée, compléta Antoine en regardant Julie tendrement.

Julie avait rougi, Antoine se souvenait encore de ses préférences en matière de torréfaction.

— Tu veux dire que tu soupçonnes les Américains d'avoir fait disparaître ton ex pour protéger leur business ? C'est une accusation très grave, Julie.

— Je sais. Pourtant je sens que mon père ne me dit pas tout et cela pourrait être une piste pour expliquer que Liam ait dû subitement changer son programme.

— À moins que Liam n'ait voulu protéger Emma, qui est partie prenante dans cette découverte.

Ils continuèrent à spéculer sur le rôle de chacun dans cette histoire afin de saisir ce qui avait pu déraper et les risques encourus.

— Le plus surprenant est ce que ton père a mentionné l'intervention des services de sûreté. J'ai, il y a quelque temps, tenté d'enquêter sur les groupes privés qui faisaient appel à des anciens agents de la NSA : j'ai vite rencontré un mur, néanmoins l'entreprise de ton père faisait partie de ma liste d'investigation.

— Penses-tu que j'ai de sérieuses raisons de m'inquiéter ? interrogea Julie, anxieuse.

— Je ne sais pas. La nuit porte conseil, nous aviserons demain matin. Tu me ramènes ?

— Bien sûr. Je ne vais tout de même pas te laisser traverser la presqu'île à pieds, tu trouverais le moyen de ramasser une poule et de ne pas pouvoir réfléchir de la nuit.

Antoine ne releva pas. Arrivés devant son gîte de charme, il lui proposa de monter boire une coupe, histoire de bien finir la soirée. Julie se fit prier quelques minutes puis accepta, elle ne craignait pas grand-chose tout de même.

La chambre était magnifique : au centre trônait un jacuzzi et la vue de la terrasse était époustouflante. La ville Lumière était réellement magique la nuit. Julie profitait de ce spectacle féérique depuis la terrasse quand Antoine s'approcha d'elle avec deux coupes de champagne et l'embrassa dans le cou. Elle en frémit, encline à accueillir une suite, mais rien ne vint ; il s'agissait sûrement d'un baiser, très amical. Après avoir siroté leur verre, Antoine et Julie regagnèrent la chambre, passage obligatoire pour fuir ce qu'elle imaginait un traquenard.

— Un petit jacuzzi pour te remettre de toutes ces émotions ? susurra Antoine en posant délicatement les mains sur ses hanches.

— Ce ne serait pas raisonnable, Antoine, répondit Julie en laissant glisser sa robe le long de son corps.

Antoine ôta avec soin le peu qui l'habillait encore afin qu'elle se glisse nue dans l'antre du bien-être. Il la rejoignit avec deux nouvelles coupes de champagne qu'il posa sur le rebord. La tentation était insoutenable, le désir l'emporta et ils firent l'amour au milieu des remous ; l'eau chaude sur leurs corps exacerbait leur excitation. Julie se leva, tendit la main à son amant pour l'entraîner sur la terrasse ; il la posséda sur le garde-corps, avec la ville illuminée en arrière-plan. Julie était submergée de plaisir, personne n'avait été aussi délicat avec elle depuis… Liam. Elle profita de chaque instant, avant qu'ils ne jouissent de concert ; ne manquait au tableau qu'un feu d'artifice sur la cathédrale St-Jean pour se projeter dans un film avec Hugh Grant.

Antoine la porta jusqu'au lit et la déposa délicatement.

— Peut-être que si tu dors ici, nous pourrions attaquer plus tôt notre discussion, dit-il en souriant.

— Je vais rester Antoine, mais cela ne se reproduira pas, nous devons nous concentrer sur la recherche de Liam.

— Bien entendu.

Elle plaça la tête dans le creux de son épaule et se sentit remonter dans le temps, à l'époque où le futur ne comptait pas vraiment.

— Dis-moi Antoine, tu as sacrément progressé depuis la dernière fois, dit-elle en riant.

— Tu veux dire depuis que tu m'as dépucelé ? J'aime à le croire, répondit-il avec fierté.

Elle s'endormit comme un bébé dans les bras de son plus vieil amoureux.

*

Ils se réveillèrent dans leur cocon aux aurores, une grosse journée les attendait.

— As-tu bien réfléchi cette nuit ? rit Antoine.

— Je pense qu'il faut que tu diffuses la découverte de Liam, c'est le seul moyen pour qu'il perde sa valeur au cas où il aurait été kidnappé, répondit très sérieusement Julie.

— Tu crois que je pourrais interviewer Emma ?

— Elle était très réticente sur le sujet hier, mais je pense que nous pouvons la convaincre. De plus, placée sous le feu des projecteurs, ils ne s'attaqueront pas à elle.

— Qui sont ces « ils » ?

— À nous de le découvrir mon cher Antoine.

— C'est quand même troublant que Liam disparaisse de cette façon la semaine du meurtre de Whitend… peut-être est-ce lié ? pensa Antoine à voix haute.

— Arrête tes conneries et concentre-toi sur l'important, cingla Julie.

— Le meurtre du PDG de la banque la plus riche du monde n'a peut-être pas d'importance pour toi mais pour un journaliste…

Julie l'embrassa pour qu'il se taise… et surtout qu'il ne déborde pas de sa mission.

- 12 - EMMA

Lyon, le 12 mai.

Julie venait de terminer le petit-déjeuner commandé par son prince charmant lorsqu'elle décida d'appeler Emma.

— Salut Emma, c'est Julie à l'appareil.

— Salut Julie, as-tu des nouvelles ?

— Non pas pour le moment. Je suis avec Antoine... Antoine Swarzinski, nous aimerions passer te voir, est-ce possible ?

— Je ne travaille pas aujourd'hui, vous pouvez passer quand vous le souhaitez.

— D'accord, on se prép... on s'accorde avec Antoine puis on passe.

Emma étouffa un rire, elle ne savait pas si le lapsus de Julie était réellement involontaire.

Une heure plus tard, Julie et Antoine sonnèrent ; Emma ouvrit sans tarder.

— Salut Julie, salut Antoine. Je suis très contente de te revoir Antoine, j'aurais évidemment préféré que ce soit dans d'autres circonstances.

— Salut Emma, répondirent les deux amis en chœur.

Ils exposèrent leur stratégie à Emma : leur meilleure chance était de dévoiler les travaux de Liam afin de les protéger, tous les deux.

— Tu peux avouer avoir lu une partie des études de Liam mais n'en détenir aucun exemplaire. La reconnaissance de ton expertise en la matière fera le reste, dit Antoine pour la rassurer. Pouvons-nous réaliser une courte interview ?

— C'est d'accord, acquiesça Emma, où cela se passera-t-il ?

— Nous avons réservé une petite salle dans un hôtel du centre-ville, mon équipe nous y attend. Nous partons tout de suite, si tu le veux bien ?

Les trois copains d'enfance se mirent en route et arrivèrent sur les lieux moins de trente minutes plus tard. L'interview devait impérativement être enregistrée et montée pour une diffusion à 19 heures. Antoine laissa Emma se préparer psychologiquement, à l'écart du remue-ménage engendré par la mise en place du plateau improvisé.

*

— Le sujet suivant concerne une nouvelle fois Lyon, qui défraie la chronique actuellement, annonça la présentatrice à Paris. Nous rejoignons sur place Antoine Swarzinski, le journaliste qui avait annoncé en avant-première le meurtre de Frank Whitend, le PDG de Jones & Hesse.

— Oui merci Nadia, nous sommes en direct, sur une place emblématique de la capitale des Gaules où nous venons, encore une fois, d'apprendre une nouvelle bouleversante : un chercheur d'un groupe de renommée mondiale dans le domaine des phytosanitaires aurait trouvé le moyen de rendre les pesticides totalement inoffensifs pour la santé humaine.

— Il ne me semble pourtant pas que les études apportant la preuve de la nocivité des pesticides aient jamais été validées par l'ensemble de la communauté scientifique, reprit la journaliste de Paris.

— C'est exact, même si certains crient au lobbying de ces énormes firmes qui produisent ces pesticides… La différence, dans ce cas précis, est que les recherches ont été commanditées par le directeur de l'entité France, monsieur Gère. Si un acteur de cette envergure diligente une étude de ce type, on peut arguer que l'hypothèse de base est plausible.

— Antoine a enregistré cet après-midi une interview d'Emma Iberra, la célèbre cancérologue. Nous vous proposons d'en découvrir un extrait en exclusivité.

Antoine avait terminé le direct de son intervention et fixait désormais son smartphone afin de suivre la diffusion du reportage. Il se tenait face à Emma, tous deux assis dans des fauteuils.

— Bonjour madame Iberra, je vous remercie de nous accorder cet entretien.

— Bonjour, répondit timidement Emma en hochant la tête.

— Vous êtes cancérologue au centre Léon Bérard de Lyon. Vous êtes connue du public pour vos travaux sur les cancers liés à l'environnement…

— C'est exact.

— Vous êtes également la compagne de Liam Jacobs, ce chercheur qui aurait trouvé le moyen de rendre inoffensifs les pesticides pour les humains et c'est à ce titre que vous avez eu accès aux études du docteur Jacobs.

— Oui, nous avons démarré conjointement cette étude. Ma contribution consistait à lui décrire l'impact des pesticides sur l'organisme et plus particulièrement leur rôle dans l'apparition de cancers.

— Ces liens ne sont pourtant pas établis, d'après la communauté scientifique.

— C'est exact. Néanmoins il existe de fortes présomptions de liens entre les pesticides et certains cancers tels que les lymphomes non-hodgkinien, les cancers de la prostate, certaines tumeurs cérébrales chez les agriculteurs et les leucémies chez leurs enfants.

— L'ensemble de ces présomptions concernent donc essentiellement les personnes qui sont très exposées aux pesticides ? questionna le journaliste.

— Oui en effet, un peu comme pour le scandale de l'amiante, ceux qui sont en première ligne sont les premiers touchés, répliqua la scientifique. Toutefois, des études ont démontré que l'ensemble de la population est exposé aux pesticides, ne serait-ce que par l'alimentation.

— Mais, encore une fois, il n'est pas prouvé que cela soit dangereux, appuya Antoine.

— Il est vrai que la communauté scientifique n'a pas encore réussi à le prouver ; les fonds nécessaires à ces recherches semblent difficiles à débloquer, indiqua la cancérologue sur le ton de l'ironie. Chaque année, des pesticides sont interdits d'utilisation à travers le monde, et pourtant l'année précédente ils n'étaient pas considérés comme dangereux pour la santé humaine.

— Que change la découverte du docteur Jacobs ? demanda Antoine d'un ton neutre.

— Les travaux de Liam ne s'intéressent pas à la dangerosité intrinsèque des pesticides mais à leurs effets sur l'organisme. Le but est de permettre à celui-ci d'éliminer rapidement ces substances sans les stocker dans nul endroit du corps. Sans résoudre le problème à la source, l'aboutissement de cette recherche induirait une baisse significative des effets indésirables des pesticides en réduisant leur temps de présence dans l'organisme et aurait donc un impact sur l'occurrence des maladies générées.

— Pourquoi ne pas avoir publié ces recherches ? demanda Antoine sur un ton qui, désormais, accompagnait les arguments d'Emma.

— Parce que Liam a disparu depuis l'annonce de sa découverte à son employeur, et semble-t-il, en emportant toutes les données concernant cette étude.

— Merci madame Iberra, j'espère que l'on retrouvera rapidement le Dr. Jacobs.

— Merci à vous.

Le JT repartait sur d'autres informations. Antoine se retourna vers Julie, Emma était rentrée après l'enregistrement.

— Le coup est parti, nous ne pouvons rien faire de plus aujourd'hui, lança Antoine. On dîne quelque part ?

— Il me semblait avoir été claire hier ! dit Julie en grimaçant.

— 21 heures ? répliqua Antoine, sans se démonter.

— 21 heures, acquiesça-t-elle, je dois voir ma fille avant.

*

— Salut ma chérie, comment vas-tu ?

— Bonsoir Julie. Des nouvelles de Papa ?

— Non malheureusement ma puce, pas pour le moment, mais nous avançons…

— Vous avancez ? Et comment se fait-il que l'on parle de lui sur toutes les chaînes, avec des envoyés spéciaux jusqu'au portail de l'usine de Papy. Tu comptais me le dire quand qu'il était en danger ? cria l'adolescente.

— Écoute Anaïs, nous n'en savons rien pour l'instant, il ne faut pas croire tout ce qui se dit à la télé, répondit sa mère en tentant d'être aussi rassurante que possible.

Les chaînes d'information en continu sur lesquelles zappait Anaïs ne parlaient plus que de cette affaire ; chaque journaliste y allait de son analyse, remettait en cause les lobbys, les Américains, les financiers… Le sujet montait en épingle, la machine à scoop était en route.

La jeune fille monta en courant dans sa chambre et s'enferma, criant qu'elle exigeait que sa mère quitte la maison puisqu'elle était incapable de maîtriser les avancées de l'enquête avant la presse.

Julie, découragée, prit de nouveau son mobile et écrivit un mail, sans espérer de réponse :

« Liam, où que tu sois, donne-nous de tes nouvelles, on parle de toi sur toutes les chaînes. Anaïs est désespérée, elle s'est isolée dans sa chambre et je me sens complètement démunie. Je t'en prie Liam, donne-moi un signe de vie ».

Elle se sentait seule, assise dans le canapé. Elle devrait sûrement attendre le lendemain avant de revoir sa fille. Elle prit la décision de rejoindre Antoine ; bizarrement il était le seul à pouvoir l'aider à évacuer ce mal-être.

*

Quelques minutes plus tard, le téléphone d'Anaïs sonna. Elle décrocha en furie.

— Laisse-moi tranquille Julie, je ne veux plus te parler… jamais.

— On dit : laisse-moi tranquille, Maman, releva une voix masculine au bout du fil.

— Papa ? C'est bien toi ? dit Anaïs en libérant sa joie.

— Oui, ne crie pas trop fort. Es-tu seule ma chérie ? demanda Liam doucement.

— Oui, Jul… Maman est sortie, j'ai entendu la porte claquer. Mais où es-tu ? On ne voit que toi à la télé.

— Ne t'inquiète pas, je vais bien. J'ai dû m'éloigner un peu car certaines choses ne se sont pas passées comme prévu. Je suis désolé de t'avoir inquiétée, je supposais que tu me croyais avec Emma.

— Emma est rentrée, elle a été interviewée à la télé.

— Ne lui dis rien de mon appel, n'en parle à personne, s'il te plaît.

— D'accord Papa, je t'aime.

— Moi aussi je t'aime mon bébé. Je te rappelle dès que je peux.

Elle raccrocha le cœur léger, soulagée de savoir son père sain et sauf. Sa mère ne devrait pas rentrer de la nuit, nuit qu'Anaïs allait pouvoir passer devant son ordinateur.

*

Julie arrivait en bas du Gourguillon lorsque son téléphone sonna.

— Tu peux m'expliquer ce bordel ! beugla Nounours.

— Salut Nounours, je ne l'ai appris qu'hier après-midi, quand je suis allée voir mon père.

— Et tu t'es dit que tu allais m'envoyer le message par la Poste ?

— Je suis désolée Nounours, j'ai merdé.

— Putain oui t'as merdé ! Je me suis fait passer un savon monumental par la taulière. T'as intérêt à être là demain matin à l'usine de ton père, on fait une descente à 8 heures tapantes.

— J'y serai sans faute. Bonne soirée Nounours.

— Bonne soirée Bichette, répondit Didier plus calmement.

Il était rare que son copain lui passe une soufflante mais cette fois, elle l'avait amplement méritée. Elle descendit de voiture avant de s'engouffrer dans la petite allée qui menait à la chambre d'Antoine.

— Tu n'as pas l'air en pleine forme, s'enquit Antoine en la regardant.

— Soirée de merde. Ça te dérange si on ne va pas dîner ? répondit-elle désabusée.

— Je vais commander des sushis… Je te fais couler un jacuzzi ?

— Non, je vais prendre une douche et ensuite tu me feras l'amour.

Antoine commanda le repas japonais à une vitesse record, en s'assurant qu'il ne serait pas livré dans la prochaine heure. Il allait passer un temps insolent sur les préliminaires ; sa douce méritait d'être traitée comme une déesse et qu'il soit au service de son plaisir.

Ils sortirent propres et détendus de ce moment délicieux.

— Tu peux me dire ce qu'il s'est passé ?

— Je me suis engueulée avec ma fille, puis avec mon collègue Didier Gilles.

— Nous savions que notre décision aurait un impact sur nos vies.

— Oui mais c'est toujours plus facile à planifier qu'à vivre.

Le livreur de sushis les interrompit.

— J'ai pris de tout, je ne sais pas ce que tu aimes, dit Antoine en repoussant la porte du pied.

— Ça tombe bien, j'aime tout ce que tu me donnes, répondit-elle d'un ton coquin. Merci Antoine, je me sens beaucoup mieux.

— À ton service, Princesse.

— Pas de surnom cucul, s'il te plaît Antoine.

- 13 - DESCENTE DE POLICE

Lyon, le 13 mai.

Richard arriva très tôt à l'usine ce jeudi matin. John Smith l'avait appelé toute la nuit : les médias Américains avaient repris en boucle les informations des chaînes françaises. Le responsable de la sûreté exigeait de tout récupérer avant l'arrivée probable de la police et avait fortement conseillé au Français d'être présent dès 7 heures à l'usine, où il serait attendu.

Un homme patientait en effet devant la grille de l'usine.

— Monsieur Gère ? Je me présente, Jean Martin. Je suis ici pour vous aider à finaliser le nettoyage.

— Bonjour monsieur Martin, répondit Richard ne doutant pas qu'il s'agissait d'un nom d'emprunt. Était-il réellement nécessaire de me faire venir à cette heure ?

— Monsieur Smith juge cette action d'une extrême urgence, la police regarde la télévision vous savez, ironisa l'agent.

Les deux hommes montèrent dans le bureau de Richard ; les couloirs étaient encore sombres et déserts. L'agent reprit la parole pour s'assurer la conduite des opérations :

— Nous avons l'ensemble des données de monsieur Jacobs, n'est-ce pas ?

— Oui, répondit Richard.

— Personne, en dehors de vous et de monsieur Hoffman, n'a eu accès à ces données ?

— Mise à part sa compagne Emma Iberra, non.

— Nous nous sommes assurés qu'elle ne possédait rien sur son ordinateur ou sur un support quelconque chez elle. Nous pensons que si elle avait été en possession d'une preuve, elle l'aurait fournie à votre fille ou au journaliste qui l'a interviewée. Donc, nous sommes bien d'accord que personne à votre connaissance ne possède une preuve de l'existence des études de monsieur Jacobs, n'est-ce pas ?

— Pas à ma connaissance, rétorqua Richard avec un certain agacement.

— Même pas vous ?

Tout cet interrogatoire pour en arriver à la seule question qui intéressait les Américains.

— Non, même pas moi.

Un bruit dans le couloir interrompit leur joute visuelle. C'était Karl Hoffman qui arrivait dans son bureau du haut, car même s'il était un directeur moderne occupant un bureau qui le mêlait aux ouvriers, il aimait posséder un pied-à-terre à la direction. Étonné par la lumière qui filtrait sous la porte du secrétariat du patron, il avait décidé de venir jeter un coup d'œil.

— Bonjour Richard, bonjour monsieur Martin.

Les deux hommes le saluèrent en retour. Richard n'avait plus de doutes sur le comportement suspicieux de son directeur industriel durant la semaine passée. Martin, lui avait ordonné de le surveiller. Karl fit demi-tour pour se rendre dans sa grotte prolétaire, avant l'arrivée des équipes.

La ligne directe de Richard sonna.

— Richard Gère… D'accord, je descends.

Il se tourna vers Jean Martin, le regard inquiet.

— La police est à l'accueil.

— Très bien. Niez être au courant de ces études…

— Cela va être compliqué ; certaines personnes savent que je suis l'instigateur de ces travaux, ne serait-ce que ma fille.

— Soit. Niez avoir eu connaissance du rapport consignant cette découverte.

— Ceci est moins difficile, c'est la stricte vérité.

— Nous ne nous sommes jamais rencontrés, n'est-ce pas… Et faites-en sorte que la police abandonne rapidement ses recherches.

— Comment puis-je faire cela ? interrogea dubitativement le directeur.

— Vous êtes un homme brillant monsieur Gère, assez intelligent pour cacher votre présence avec monsieur Whitend dans les monts du Lyonnais le jour de son meurtre…

Le visage de Richard était passé brutalement de la simple inquiétude à l'effroi, tandis que Jean Martin quittait son bureau.

*

Richard se ressaisit et descendit à l'accueil à la rencontre de ces messieurs de la police. Enfin « ces messieurs-dame » : sa fille les accompagnait. Il se sentit défaillir et agrippa la rampe de l'escalier. Comment allait-il pouvoir s'en sortir ? Il sentait l'étau se refermer.

— Bonjour messieurs … ? amorça-t-il en tendant une main qu'il espérait la moins moite possible.

— Lieutenants de police Gilles et Da Silva et… lieutenant de police…

— Jacobs… oui merci. Bonjour Julie, continua Richard d'un ton doux mais en retrait.

Julie acquiesça de la tête sans répondre. Richard les invita à le suivre jusqu'à son bureau où Thérèse venait d'arriver.

— Désirez-vous un café ?

— Avec plaisir ; allongés pour nous deux, répondit Nounours en désignant Jojo.

— Thérèse, pourriez-vous nous apporter quatre cafés s'il vous plaît ? Deux allongés, … un ristretto pour ma fille, dit-il en la regardant dans les yeux en souriant, et pour ma part, comme d'habitude, reprit-il rapidement devant l'absence de réaction de Julie.

Tous prirent place à la table de réunion sur l'invitation du directeur.

— Monsieur Gère, entama Nounours, tout d'abord nous vous remercions de nous recevoir pour cette discussion, disons… informelle. Notre objectif n'est pas de vérifier si ce que raconte la télé est vrai, nous sommes informés par ailleurs, dit-il en se tournant vers Julie. Non, notre véritable but est de retrouver Liam Jacobs.

— Je suis à votre disposition afin de vous fournir tout élément qui faciliterait votre enquête.

— Très bien, reprit Nounours. Le docteur Jacobs a disparu immédiatement après avoir réalisé une découverte majeure pour votre entreprise.

— On peut dire ça ! rétorqua Richard sur le ton de l'ironie.

— C'est-à-dire ? coupa brusquement Jojo, percevant le sarcasme du directeur.

— C'est-à-dire qu'il s'agit bien d'une découverte majeure, mais pas nécessairement pour la compagnie, répondit Richard sur un ton empli de sincérité.

— Vous sous-entendez que votre groupe pourrait être associé, de près ou de loin, à la disparition de monsieur Jacobs ? s'étonna Nounours.

— Non, je suggère la possibilité que le docteur Jacobs ait présagé qu'une telle découverte n'avait pas d'avenir ici. Malheureusement pour lui, tout ce qu'il réalise dans le cadre professionnel appartient à l'entreprise.

— Tu insinues que Liam a commis une faute en disparaissant avec une découverte primordiale pour l'Humanité ? Alors que ta direction aurait aimé l'étouffer, s'insurgea Julie en bondissant de son siège.

Nounours la fit se rasseoir doucement.

— Reste-t-il une trace de ses travaux ? reprit-il calmement, pour détendre l'atmosphère après l'intervention de sa collègue préférée.

— A priori aucune, répondit Richard. Mais de vous à moi, je ne suis pas certain que cette découverte existe, je n'en ai jamais vu la moindre preuve.

Julie bouillonnait de rage, lorsque la voix de Thérèse se fit entendre :

— Vous ne pouvez pas entrer Monsieur.

Un homme s'était introduit dans le bureau de Richard, sans y être invité.

— Bonjour messieurs-dame, maître Müller, avocat de la société, j'ai été mandaté pour défendre les intérêts de cette entreprise.

Il prit place à côté de Richard.

— Veuillez excuser mon retard. Où en étions-nous ? dit-il en regardant tour à tour les trois policiers.

— Nous avions terminé, pour l'instant, répondit Nounours en indiquant à ses collègues qu'il était temps de prendre congé. Au revoir, messieurs.

Les policiers sortirent du bureau pour rejoindre leur véhicule garé sur le parking principal.

— J'espère que vous n'avez pas compromis la société, interrogea sèchement Müller.

— Je sais ce que j'ai à faire, Maître. Vous pouvez leur dire que la police n'en sait pas plus qu'hier, répondit Richard sur le même ton.

Le directeur invita l'avocat à sortir et referma la porte derrière lui. Face à sa fenêtre, il réfléchissait au fait que les Américains étaient au courant de sa virée avec Whitend. Pouvaient-ils être responsables de sa mort ? Richard sombrait dans l'angoisse.

*

Il sortit de la poche intérieure de sa veste son petit téléphone noir. Jamais il ne l'avait autant utilisé depuis que Hank en avait fourni un à chaque membre de la bande.

— Charles, c'est Warren.

— Oui Warren, j'attendais ton appel après ce que j'ai pu voir à la télévision.

— La police sort à l'instant de mon bureau. Les Américains sont inquiets et m'ont envoyé un gars de la Sûreté…

— Jean Martin ? coupa Charles.

— Comment sais-tu cela ?

Richard était interloqué.

— Hank le fait surveiller.

— Hank me fait surveiller aussi ? dit Richard troublé.

— Non, Hank te protège, rétorqua Charles d'un ton rassurant. La tournure de l'enquête t'inquiète ?

— Non, ce n'est pas ça ; les Américains sont au courant de ma virée en moto avec Frank et menacent de la révéler si je ne les couvre pas.

— Tu n'as rien à voir avec la disparition de Liam et, de mémoire, tu n'as rien de compromettant à fournir à la police. Fais profil bas et tout se passera bien.

— Merci Charles pour ton soutien, cette situation me terrorise.

— Je t'en prie mon ami, rappelle-moi quand tu as besoin. Salut Warren.

- 14 - BAPTISTE

Paris, le 13 mai, 18 h 45.

— Bonsoir chers téléspectateurs. Nous ouvrons cette édition spéciale avec une interview de dernière minute de Baptiste Augier, le célèbre leader altermondialiste, qui s'exprimera depuis Lyon au micro de notre journaliste, Antoine Swarzinski.

— Oui bonsoir, je suis avec Baptiste Augier qui nous a fait la surprise d'être à Lyon et d'accepter de s'exprimer sur notre antenne ce soir. Pour nos plus jeunes téléspectateurs, j'aimerais, si vous le permettez Monsieur Augier, présenter succinctement votre parcours.

— Bonsoir. Bien entendu, il est important que les plus jeunes d'entre nous sachent que notre combat ne date pas d'hier.

— Bien. Si nous résumons, votre parcours commence en 1983 lorsque, expatrié comme professeur à l'Université Nationale Autonome du Mexique, vous sympathisez avec le professeur Rafael Vicente, qui deviendra par la suite le sous-commandant Marcos, chef de l'EZLN, l'armée Zapatiste.

— C'est exact.

— 10 ans plus tard, en mai 1993, vous assistez à l'évènement fondateur qu'est la rencontre de Mons, en Belgique, au cours de laquelle se crée Via Campesina, un mouvement qui regroupe aujourd'hui 200 millions de paysans à travers le monde. En 1996, vous êtes invité, par votre ami le sous-commandant Marcos, dans les montagnes du Chiapas pour la Rencontre Intercontinentale contre le Néolibéralisme et pour l'Humanité.

Baptiste acquiesça de nouveau en buvant le verre d'eau placé devant lui.

— Vous revenez sur le devant de la scène lors des premières manifestations altermondialistes d'envergure : tout d'abord en 1999 lors des événements de Seattle puis, en 2001 lors du premier Forum Social Mondial à Porto Alegre au Brésil, aux côtés de Francisco Whitaker, son co-fondateur. Nous pouvons conclure que vous étiez présent à la naissance du mouvement, conclut Antoine.

— Sauf si nous considérons que la vision altermondialiste prend racine dans la Révolution Française de 1789, répondit du tac au tac Baptiste.

Antoine ne souhaitait pas débattre de l'historique du mouvement avec un de ses éminents représentants ; il avait l'ambition de traiter le sujet chaud de la semaine, à savoir les résultats de Liam.

— Monsieur Augier, vous avez souhaité profiter de votre présence à Lyon pour intervenir sur une affaire qui agite la ville et le pays depuis hier soir. Tout d'abord, vous m'avez indiqué, hors caméra, connaître Liam Jacobs, le chercheur qui aurait fait cette immense découverte dont tout le monde parle. Pouvez-vous nous en dire plus à ce sujet ?

— Je l'ai rencontré il y a quelques temps, il m'avait entretenu de ses recherches. Ces dernières étaient loin d'être abouties et je n'avais pas vu en lui, sûrement à tort, un lanceur d'alerte.

— Pourquoi nous parlez-vous de lanceur d'alerte ? Le docteur Jacobs aurait inventé un produit qui se révèlerait être une aubaine pour l'Humanité et non pas un danger ?

— Et bien mon cher Antoine, prétendre qu'un produit qui rend les pesticides inoffensifs a été inventé revient à dire que ces mêmes pesticides étaient bel et bien nocifs jusqu'à présent et donne, aux yeux du public, une forte légitimité à ceux qui se battent, depuis des années, contre l'abus de leur emploi. Je rappelle, par ailleurs, que cette étude a été financée par l'entreprise de monsieur Jacobs, entreprise qui défend bec et ongles que les pesticides n'ont jamais présenté de danger.

— Seriez-vous en train d'affirmer que les grands groupes phytosanitaires savent, et depuis longtemps, que leurs produits sont dangereux pour la santé ? lança Antoine en sachant qu'il allait obtenir sa déclaration choc.

— Bien entendu, vous n'êtes pas à ce point naïf. Seul le profit compte pour ces consortiums financiers ; la vie humaine n'a, quant à elle, plus beaucoup de valeur.

— C'est une accusation très grave, monsieur Augier.

— Il y a fort longtemps, quelqu'un a dit qu'un jour viendrait où l'on découvrirait des choses bénéfiques pour l'Humanité et que certains combattraient de toutes leurs forces leur application. Ce jour-là est arrivé, Antoine.

— Nous allons conclure avec cette citation sur laquelle je vous laisse, à tous, le soin de méditer. C'était Antoine Swarzinski, en direct de Lyon.

Antoine retira son oreillette, se leva de son fauteuil et remercia sincèrement Baptiste Augier de lui avoir réservé son intervention. Dans sa mémoire, ce dernier n'était plus apparu à la télévision depuis 2009 ou 2010.

— Merci monsieur Augier, votre dernière phrase va donner à réfléchir à plus d'un, dit Antoine en souriant.

— Ne sois pas inquiet Antoine, « Un autre monde est possible », répondit-il avec un clin d'œil.

*

Richard, rentré plus tôt après cette journée éreintante, avait allumé la télévision afin de simuler une présence ; il se sentait plus seul que jamais dans cette immense maison. Il s'apprêtait à s'affaler dans son fauteuil pour s'ouvrir à feu son épouse quand subitement un visage familier le fit bondir jusqu'à la télécommande pour augmenter le son.

— Scott ! Mais qu'est-ce que tu fous là mon anar ? dit-il tout haut.

Le reportage débutait tout juste et ce qu'il vit ne fut pas des plus plaisants. Son vieux pote était en train de mettre de l'huile sur le feu, comme toujours, sauf que cette fois-ci, c'était lui, Richard, qui allait brûler.

Il décrocha de nouveau son téléphone sécurisé.

— Charles, c'est Warren, as-tu regardé les infos ?

— Non, je suis à l'extérieur. Que se passe-t-il ? demanda Charles, curieux.

— Tu ne me croiras jamais, Scott est réapparu ! Je le croyais au Mexique mais je viens de le voir déblatérer ses vieilles rengaines anti-capitalistes à ce journaliste qui était ami avec Julie.

— Il a pas mal bourlingué à travers le monde jusqu'à ce que le sous-commandant Marcos abandonne la direction du mouvement zapatiste, courant 2014, puis il est revenu s'installer en France, bien qu'il ne doive pas être chez lui très souvent.

— Que vais-je faire s'il monte cette affaire en épingle ? Je ne souhaite pas devenir responsable de tous les travers libéraux de la planète.

— Ne t'inquiète pas ! Scott s'est toujours tiré une balle dans le pied avant d'arriver à ses fins. Passe une soirée sereine, mon vieil ami.

*

— Putain ! C'est quoi ce bordel ? hurla Julie dans son téléphone.

— Excuse-moi, répondit Antoine, mais de quoi me parles-tu ?

— De ce vieux que tu viens d'interviewer, en direct, sans m'en toucher un mot.

— Ma chère Julie, je tiens à te rappeler deux choses fondamentales. Premièrement, je ne travaille pas pour la police…

— Et ton discours gagnant-gagnant ? coupa Julie, furieuse.

— Deuxièmement, tu m'as clairement fait comprendre que je n'étais pas ton petit ami. De ce fait, je n'ai aucune raison d'évoquer avec toi mes rencontres, qu'elles soient masculines ou… féminines, lança Antoine avec malice.

— C'est bas Antoine, même pour un journaliste.

— La vérité ma belle, c'est qu'il m'a contacté en début d'après-midi ; nous avons dû tout préparer en urgence. Je suis désolé de ne pas t'avoir tenue au courant. Mais sinon, j'ai été bon ?

— Comme toujours… Je peux venir à 21 heures ?

— Et ta fille ?

— Ma fille a l'air de mieux vivre sans moi, répondit Julie avec dépit.

*

Julie avait déjà pardonné à Antoine de ne pas l'avoir prévenue pour cette interview. Paisiblement lovée contre lui dans le lit, elle s'avouait être au seul endroit où elle se sentait bien depuis son arrivée à Lyon.

Une notification apparut sur son smartphone, un mail venait d'arriver. Elle ouvrit sa boîte, commença à lire et sursauta.

— Merde alors !

— Que se passe-t-il ? demanda Antoine, sortant de son état de bien-heureux.

— Je viens de recevoir un mail, l'expéditeur est Karl Hoffman et le destinataire John Smith, cet Américain dont nous parlions. Hoffman se plaint de ne pas réussir à joindre un certain Jean Martin pour le prévenir du comportement suspect de mon père depuis la disparition de Liam… Il demande les directives à suivre au cas où il mettrait la main sur des preuves de la découverte de Liam.

— Montre-moi ça !

Antoine ponctuait sa lecture d'« incroyable ! », toutes les dix secondes.

— Qui a pu m'envoyer ça ? Ce n'est tout de même pas Karl.

— bdv@gmail.com ; une adresse difficile à tracer, à mon avis. Peut-être le même gars qui m'a envoyé le mail depuis la boîte de Whitend ?

— Il faut que j'appelle Nounours.

Elle s'enveloppa dans le drap et se leva.

— Nounours, c'est moi.

— Putain Julie, je dormais à moitié. T'as pas de vie ? ronchonna le policier.

— Désolée mon gros mais il va falloir que tu te réveilles encore un peu pour bien saisir ce que je vais te dire : quelqu'un vient de me transférer un mail de Karl Hoffman à l'intention de John Smith, le responsable sûreté du groupe de mon père aux États-Unis.

— C'est qui ce quelqu'un ?

— Je ne sais pas encore. Il faut que tu le lises, il se compromet au sujet de la découverte de Liam, l'implication des Américains…

— Doucement ma belle, qu'est-ce que tu proposes ?

— Une petite discussion avec lui demain matin.

— Ils vont encore appeler leur baveux et on va repartir bredouille. Nous devrions appeler le juge d'instruction mais, même si le nôtre est plutôt cool, il ne doit pas aimer se faire réveiller en pleine nuit, comme la plupart des gens.

Nounours avait bien insisté sur ce dernier point.

— J'ai mon idée, et je n'ai pas besoin du magistrat. Rendez-vous à 6 h 30 demain matin, devant les barrières de l'usine de mon père, reprit Julie, fière de son subterfuge.

— Et tu me laisses dormir peinard jusque-là ? grogna Didier.

— Oui mon gros Nounours, dit-elle en se moquant.

Elle se tourna vers Antoine.

— Je t'autorise un quicky ce soir, dit-elle en riant. Comme tu l'as sûrement compris, je me lève tôt tout à l'heure.

- 15 - BOCCA DELLA VERITÀ

Lyon, le 14 mai.

À 6 h 30, Nounours gara sa vieille caisse devant l'usine. Julie l'attendait, assise sur l'aile de sa voiture postée devant l'entrée du parking.

— Salut Julie, tu comptes faire chier tous les employés jusqu'à ce que l'un d'eux avoue avoir fait disparaitre Liam, ses documents… et tué JFK ? ironisa Nounours.

— Non, t'es con ! répondit-elle en souriant. Karl est toujours le premier arrivé à l'usine ; il veut passer pour le patron exemplaire, ce qui va nous servir aujourd'hui. Et comme c'est un lâche, il parlera.

Nounours prenait connaissance du fameux mail reçu par Julie lorsque la voiture de Karl s'arrêta face à une DS3, l'empêchant d'accéder à « son usine ».

— Mais qu'est-ce qu'elle fout là c'te conne ! hurla-t-il en klaxonnant.

Julie se retourna sans hâte. Karl prit un air exaspéré en ouvrant sa fenêtre.

— Bonjour Karl, pourrions-nous discuter un petit moment ? susurra Julie.

— Je ne vous parlerai qu'en présence de Maître Müller, répondit Karl sans même la regarder.

— Ici vous pouvez, nous ne sommes pas dans l'enceinte de l'entreprise. Par ailleurs, nous ne souhaitons pas la mettre en cause.

— Je ne connais pas grand-chose à la police, mais ne seriez-vous pas en dehors de votre juridiction ?

— Nous ne sommes pas dans une série américaine, monsieur Hoffman, reprit Nounours ; mais peut-être préférez-vous discuter avec moi ?

Nounours lui colla sous le nez le mail incriminant.

— Qu'est-ce que c'est que ça ? s'insurgea Karl.

— À vous de nous le dire, rétorqua Nounours.

Karl parcourait le mail. Au fur et à mesure de sa lecture, ses yeux s'écarquillaient jusqu'à devenir exorbités.

— Où… Où vous êtes-vous procuré cela ? bredouilla Karl, devenu blême.

— La question n'est pas là. Nous aimerions avoir une petite discussion avec vous, en dehors de l'usine si vous préférez.

— C'est un faux ! Vous bluffez !

— Il est vrai que nous ne l'avons pas fait expertiser, répondit Nounours en se tournant vers Julie puis de nouveau vers Karl, mais nous allons y remédier ; ainsi nous pourrons le verser au dossier concernant la disparition de monsieur Jacobs, énonça Nounours avec beaucoup de calme.

— Très bien, concéda l'industriel. Allons discuter au bar du coin, les salariés ne le fréquentent plus depuis que monsieur Gère a décidé la gratuité du café. Toutefois j'exige des garanties.

— Nous verrons ceci là-bas, lança Nounours en montant dans sa voiture.

*

Ils s'installèrent dans l'arrière salle du bar, à l'abri des regards, et passèrent commande. Nounours fixait Karl droit dans les yeux.

— Alors expliquez-nous tout ça ! demanda poliment l'enquêteur.

— Qu'est-ce que vous désirez savoir exactement ? sonda Karl en regardant tour à tour ses deux interlocuteurs.

— Racontez-nous votre version, reprit Julie, on vous dira si elle colle avec celles des personnes que nous avons déjà interrogées.

Karl se mit à table, on ne pouvait plus l'arrêter ; les policiers entendaient enfin une histoire complète et cohérente. Julie touchait au but.

— Vous nous certifiez donc qu'Harry Lee, le grand patron américain de votre groupe, a ordonné la destruction de toutes les preuves concernant les recherches de Liam ?

— C'est exact, il m'a demandé de me rapprocher du responsable sûreté, monsieur Smith.

— Qui lui-même vous a envoyé Jean Martin ?

— Oui, j'ai donné à monsieur Martin l'ensemble des données de Liam, sans néanmoins pouvoir attester du contenu.

— Vous mentionniez toute à l'heure un port USB déverrouillé et une boîte mail. Je suis d'accord pour dire que vous ne pouvez statuer sur la possible extraction des données à l'aide d'un support amovible, cependant le serveur de mail peut être vérifié, non ? interrogea Julie.

Nounours admirait sa collègue ; ils avaient piégé Karl et allaient, il n'en doutait plus, obtenir les informations qu'ils recherchaient.

— En effet, toutefois le serveur central est hébergé aux États-Unis. Quant aux serveurs français, Jean Martin les a tous fait remplacer, nous n'avons plus accès à l'historique des correspondances.

Les policiers sentaient qu'ils ne tireraient plus rien de lui. Avant de partir, Julie posa tout de même une dernière question :

— Et pourquoi vouloir balancer mon père ?

Karl rentra la tête dans les épaules, regarda ailleurs et balbutia :

— … Par jalousie, sûrement…

Enfin une réponse qu'elle jugeait courageuse.

*

Les deux enquêteurs sortaient du bar lorsque Nounours s'exclama en guise de synthèse :

— Les Amerloques étaient donc au courant. Ils ont une fâcheuse tendance à tout vouloir faire disparaître ces temps-ci.

Julie se disait la même chose. Cet ancien gars de la NSA et son acolyte français avaient tout de même une bonne raison pour mettre la main sur Liam. Nounours reprit :

— Ce Jean Martin ne fait pas partie des effectifs du groupe, ce qui n'est pas le cas de John Smith. J'ai un vieux pote à Interpol qui m'en doit une ; Allons déposer ta caisse à l'hôtel et passons le voir, ce n'est pas très loin.

De sa voiture, il appela Maxime pour le prévenir de son arrivée. À cette heure, le parc de la Tête d'Or n'était qu'à un petit quart d'heure. Arrivés à hauteur du bâtiment, Nounours déposa Julie : ces affaires-là se réglaient, depuis toujours, en « loucedé ».

Julie en profita pour faire un petit tour dans la roseraie du Parc, située juste en face. Alors qu'elle passait de noms célèbres en noms célèbres, en sillonnant les trois roseraies, son smartphone lui notifia l'arrivée d'un mail. Elle baissa instinctivement les yeux sur l'écran : l'expéditeur était… bdv@gmail.com. Toute excitée, elle l'ouvrit immédiatement.

« Bonjour madame Jacobs,

J'ai pris sur moi de vérifier les mails envoyés depuis la boîte de monsieur Jacobs, avant que sa hiérarchie ne les détruisent. Ceci m'a pris un certain temps pour m'en assurer, mais monsieur Jacobs n'a envoyé aucune information concernant le résultat de ses recherches. J'ai également profité de l'occasion pour étudier ses adresses personnelles, sans rien trouver qui mérite d'être noté. L'unique mail qui pourrait concerner le sujet est un message adressé à votre père et à K. Hoffman, il ne contient qu'un seul mot : Eurêka.

Ne perdez pas de temps à me chercher, concentrez-vous sur cette affaire.

Bocca della Verità »

Julie regarda autour d'elle pour vérifier qu'aucune personne suspecte ne l'avait suivie jusque-là.

— Bocca della Verità, murmura-t-elle.

Elle se souvenait avoir entendu ce nom lors d'une visite à Rome. N'était-ce pas cette sculpture, aux portes d'une église dont elle avait perdu le nom ? La légende lui revenait par bribes, elle racontait que la Bouche de la Vérité coupait la main de ceux qui ne la disaient pas.

Qui pouvait être cette personne qui lui voulait du bien… ou pas ?

Elle revint au pas de course devant Interpol afin de guetter la sortie de Nounours mais par chance ce dernier l'attendait déjà au pied de l'immeuble.

— Un truc incroyable est arrivé, Nounours ! dit-elle essoufflée.

— Ah bon ? Que j'aie poireauté ? Non ça c'est habituel… Peut-être que j'ai poireauté alors que c'est moi qui était parti bosser ?

Julie leva les yeux au ciel et lui mit son smartphone sous le nez. Nounours agrandit ses yeux.

— Nous allons devoir pister ce gars très sérieusement, affirma le policier. Transfère-le-moi, je vais le soumettre au central de lutte contre la cybercriminalité. Je rentre à la brigade, tu viens avec moi ?

— Non, je suis à deux pas du lycée d'Anaïs, je vais passer la voir.

— Au fait, mon pote va nous arranger le coup avec un de ses collègues de Washington ; je t'expliquerai ça plus tard, lança Nounours en ouvrant sa portière.

Ils se séparèrent et Julie entreprit de flâner le reste de la matinée sur les berges aménagées, le long du Rhône.

*

Julie atteignit enfin la passerelle permettant de traverser le Rhône ; elle se souvenait l'avoir maintes fois empruntée lorsqu'elle était lycéenne. Elle s'engouffra dans le tunnel séparant le collège du lycée, passa devant la vieille chapelle puis entra par la grande porte en bois.

Il n'était que 11 h 30. Elle marcha jusqu'au centre de la cour ; peu de choses avaient changé depuis son départ.

— Bonjour madame, puis-je vous aider ? proposa une voix, dans son dos.

Julie se tourna, surprise de n'avoir entendu personne arriver.

— Bonjour, je suis la mère d'Anaïs Jacobs, et ancienne élève par ailleurs, je souhaitais de nouveau humer cette atmosphère si familière.

— Je suis madame Chaupin, la conseillère principale d'éducation du lycée, dit la petite blonde à lunettes. J'ai appris pour votre mari. Nous sommes, monsieur Dumas et moi-même, inquiets pour Anaïs… Je…

— Monsieur Dumas est en cours ? coupa Julie.

— Nous sommes vendredi… non, il doit être en salle des profs. Souhaitez-vous le rencontrer ?

— Avec grand plaisir, je suis l'une de ses anciennes élèves.

Madame la CPE ouvrit la marche jusqu'à la salle des professeurs. Monsieur Dumas était assis à la place conservée dans son souvenir. Par la porte entrouverte, elle regardait ce petit homme à lunettes, stéréotype du professeur de philosophie. Julie s'avoua qu'il avait tout de même progressé dans l'assortiment de ses vêtements : il ne portait plus sa veste en velours, même si ses chaussettes étaient toujours dépareillées. Il tourna la tête en entendant la porte s'ouvrir. La surprise, lue sur son visage, lui fit lâcher son livre.

— Julie Gère… C'est incroyable, s'exclama-t-il en dépliant son mètre soixante.

— Julie Jacobs, monsieur Dumas, vous ne vous souvenez pas de mon mariage ?

— Si, bien entendu, au temps pour moi, que deviens-tu ? demanda le vieux professeur en l'accompagnant du bras vers la porte. Allons dans une salle de classe vide afin ne pas embêter tout le monde ici avec nos retrouvailles.

— Je suis toujours dans la police à Paris.

Ils marchèrent quelques mètres, puis entrèrent dans une salle. Jean ferma la porte et coupa court aux trivialités.

— Julie, je me suis fait beaucoup de souci pour Anaïs. Depuis la disparition de son père, elle n'allait vraiment pas bien.

— Qui pourrait le lui reprocher ? Je comprends la raison de votre…

Un jeune professeur ouvrit la porte sans ménagement, puis la referma tout doucement après avoir subi une remontrance visuelle de son aîné. Jean reprit en chuchotant :

— Cependant, j'ai été interpellé par un changement radical de son comportement hier matin. De peur qu'elle ne sombre, j'ai décidé de lui proposer une discussion, comme celles que nous avions quand tu avais son âge.

— Et qu'en est-il ressorti ? questionna Julie avec impatience.

— Je lui ai promis de ne rien dire et tu sais que je suis un homme de parole, reprit Jean ; néanmoins je me trouve face à un dilemme. L'unique chose que je m'autorise à te livrer est que Liam n'est peut-être pas en danger, il serait allé se mettre au vert.

— Que voulez-vous dire, monsieur Dumas ?

— Je t'affirme que ta fille sait, de source sûre, que son père n'a pas disparu contraint et forcé.

— Quelle source sûre ?

— La meilleure qui soit.

Julie n'en croyait pas ses oreilles, Anaïs avait été en contact avec Liam.

— Je suis obligée de vous laisser, monsieur Dumas, dit-elle, perturbée par cette nouvelle. Ne dites surtout pas à Anaïs que je suis passée.

— Entendu, porte toi bien Julie… et cesse de m'appeler monsieur Dumas, tu n'es plus mon élève.

— D'accord… Jean.

*

Elle sortit en trombe de l'établissement et courut vers le métro ; sa fille ne devait pas la voir.

Devant l'Opéra, elle décrocha son téléphone.

— Décroche Nounours, décroche.

— Allô.

— C'est Julie. Liam n'a pas disparu… enfin si, il a disparu mais on ne l'a pas forcé à disparaître ; mon père avait peut-être raison.

— Qu'est-ce que tu dis ? Je t'entends très mal, dit Nounours en décollant le téléphone de son oreille pour vérifier le réseau.

— Mon ancien prof, qui est aussi le prof de ma fille, a eu une discussion avec elle ; elle lui a dit qu'elle avait eu son père et que…

— Julie, Julie, arrête-toi… je ne comprends rien de ce que tu me racontes. Viens à la brigade, s'il te plaît.

— Oui j'arrive dans un moment.

Elle raccrocha. Pourquoi Anaïs ne lui en avait-elle pas parlé ? Liam avait dû lui demander de ne pas le faire, mais pour quelle raison ? Elle était de la police, elle aurait pu sûrement l'aider. Tout en réfléchissant, Julie composait un mail :

« Liam, je sais que tu as contacté Anaïs. Je ne l'ai pas appris par elle, donc ne l'engueule pas. Rappelle-moi s'il te plaît. ».

Elle percuta que cette « bouteille à la mer » pouvait être interceptée par Bocca della Verità, mais que pouvait-elle faire d'autre ?

Elle se dirigea vers Marius Berliet pour retrouver ses copains. La jeune femme se sentait beaucoup plus légère, même si elle en voulait à Liam de lui avoir fait passer une si mauvaise semaine.

Julie sortit du métro pour se diriger vers la fac de droit, à pieds comme elle aimait le faire, et regarda instinctivement son portable. Elle lut un texto d'origine inconnue.

« Salut Julie. Je suis en sécurité dans le gîte de notre première rando. Appelle-moi sur ce numéro dans l'heure, après il n'existera plus. ».

Les Bauges ! Il était dans le cœur des Bauges, à la Compôte. Julie le rappela immédiatement.

— C'est moi.

— Salut Julie. Tu vas bien ?

— Je vais mieux depuis que je te sais en vie. Que s'est-il donc passé ?

— Les choses sont allées trop vite et je n'ai pas su gérer les évènements. J'ai voulu prendre un peu de recul mais tout s'est enchaîné si vite avec l'arrivée d'Antoine, le retour d'Emma… Bref, je ne savais plus quoi faire.

— Je ne suis pas sûre que tu sois en sécurité si tu reviens à Lyon. Laisse-moi un peu de temps pour organiser ton retour en douceur.

— On y arrivera tu crois ? dit-il d'un ton inquiet.

— Nous en avons surmonté d'autres.

*

Julie arriva dans le bureau de ses collègues avec le sourire, sourire qui s'effaça devant l'atmosphère électrique qui régnait dans la pièce ; Barbara Goudde était là.

— Tu tombes bien Julie, dit la commissaire très énervée, je viens de me faire passer un savon par le directeur de la PJ, qui lui-même en avait reçu un du ministre de l'Intérieur.

— À quel sujet ? interrogea Julie, faussement incrédule.

— Au sujet du « merdouillage » dans l'affaire Whitend, hurla Barbara. Les Américains nous mettent la pression, leur opinion publique commence à gronder et je vous laisse imaginer l'attitude de Fox News. Julie, j'ai appelé le 36 ; fais une croix sur tes congés, tu es détachée chez nous le temps de l'enquête.

— Entendu commissaire, répondit Julie sans cacher sa satisfaction.

— Gilles, Da Silva, vous arrêtez tous les autres dossiers immédiatement et vous allez renforcer les équipes actuelles. Lieutenant Gilles, c'est vous qui reprenez l'enquête, j'ai confiance en vous, alors ne merdez pas !

— Bien madame, je ne vous décevrai pas, répondit Nounours.

— Je vous donne le week-end pour vous reposer mais je vous veux sur le pont dès lundi matin. Il n'y aura plus de répit avant d'avoir bouclé ce merdier. Capisce ?

— Oui commissaire, répondirent simultanément les trois enquêteurs.

Barbara quitta le bureau de Nounours sans un sourire.

— Putain ! Je ne l'avais jamais vue dans cet état, siffla Julie.

Nounours et Jojo arboraient un air gêné.

— Eh les gars, qu'est-ce qui vous arrive ?

— Tu comprends qu'il va nous être difficile de passer autant de temps sur la disparition de ton ex, dit Nounours désolé.

— Oui bien sûr, reprit Julie, surprise que Nounours ne se souvienne pas de leur discussion de la matinée.

*

Un officier de la PJ entra dans la pièce.

— Une déclaration de la garde des Sceaux à la télé…

Les trois collègues se précipitèrent dans la salle de repos, où trônait une télévision, allumée en continu. La journaliste annonça de nouveau :

— Une déclaration de madame Armelle Prigent, la ministre de la justice, enregistrée lors de sa sortie de l'hôtel Beauvau.

Sur l'écran, la ministre entrait dans une voiture, puis prononçait quelques mots par la fenêtre devant les micros tendus… une déclaration officielle-officieuse, concoctée par les meilleurs experts en communication :

— Grâce à des coopérations internationales, nous allons élargir les recherches concernant le meurtre de monsieur Whitend, meurtre qui ne serait peut-être pas un crime crapuleux, comme envisagé de prime abord, mais pourrait trouver son origine dans les milieux activistes.

La voiture démarra en laissant les journalistes crier des « Madame la Ministre ! Madame la Ministre ! ».

Nounours, Julie et Jojo se dévisagèrent, ils s'attendaient à recevoir des directives des offices centraux d'ici très peu de temps. Peut-être fallait-il aller dormir ? Une dernière fois avant longtemps.

Julie appela Antoine :

— On peut se voir ? J'ai quartier libre jusqu'à lundi, dit-elle d'emblée.

— Je suis sur un coup, je prépare une émission pour dimanche midi.

— Tu peux m'en dire plus ? sonda la policière.

— Parce que c'est toi ! Baptiste Augier m'a donné son accord pour un reportage exclusif et d'après ce que je viens d'entendre, mon choix se révèle être le bon puisque l'enquête concernant le meurtre de Whitend s'oriente sur le milieu activiste.

— En effet, tu as encore eu le nez creux… mais tu n'as pas répondu à ma question.

— Passe ce soir si tu veux, mais j'aurai sûrement la tête ailleurs.

— Ce n'est pas important, ce n'est pas ta tête qui m'intéressera, dit-elle d'un ton coquin.

Antoine raccrocha, troublé par cette dernière phrase… Il n'avait cependant pas le temps de se laisser distraire. Son projet ressemblait à la réalisation d'un reportage sur Led Zeppelin pour un journaliste rock, un retour aux sources du genre et de l'inspiration des groupes actuels.

*

Cette après-midi, Julie se reposait chez Liam, suivant ainsi le conseil de la commissaire. Alors qu'elle rejoignait sa chambre, elle passa devant celle d'Anaïs. L'irrésistible envie de fouiner, comme toute mère, l'envahit. Mais elle était une mère particulière, rompue aux techniques d'investigation.

L'enquêtrice fut décontenancée… rien ne lui apparaissait suspect. Julie, bien que fière, éprouvait un léger malaise, comme si sa fille lui lançait : « Bien que tu sois absente, je suis une fille bien ».

16 h 30, la porte de l'entrée s'ouvrit, Anaïs devait finir plus tôt le vendredi. Elle quitta précipitamment la chambre de l'adolescente, vérifiant que rien ne laissait suspecter une intrusion. Anaïs posa son sac et ses clefs, monta à l'étage et passa la tête par la porte de la chambre d'amis.

— Ah c'est toi, tu es revenue ! dit-elle déçue.

Julie ne releva pas, elle savait que sa fille avait, un court instant, espéré que les bruits provenant de l'étage annonçaient le retour de son père.

— Je ne suis pas là ce week-end, reprit Anaïs, je vais dormir chez une copine. Le numéro de sa mère est sur le buffet, pour le cas où tu souhaiterais jouer ton rôle.

Julie ressentit toute la détresse de l'adolescente dans ces propos blessants qui lui rappelaient combien Anaïs jugeait sévèrement la manière dont elle avait quitté son père.

*

Julie partit quelques minutes après sa fille et arriva dans le cocon de son amant aux alentours de 19 h 30. À sa plus grande surprise, ce havre n'était plus que désordre : de nombreuses feuilles étaient étalées à même le sol, l'ordinateur était sur le lit, allumé, et Antoine, debout au centre de la pièce, paraissait très agacé.

— Que se passe-t-il, tu as un problème, ché…Antoine ?

Elle rougit à l'idée d'avoir failli à son engagement de ne pas l'affubler d'un surnom niais, et surtout, pas de celui que donnait son père à sa mère.

— Oui, j'ai eu une grosse couille, dit Antoine sans lever la tête. Fox News m'a niqué mon reportage, il va falloir que je le remonte complètement avant la diffusion. J'ai un nouveau rendez-vous avec Baptiste Augier demain matin.

— Tu veux que je te laisse tranquille ce soir ?

— Non mais laisse-moi quelques minutes, s'il te plaît, pour réorganiser ce merdier.

— Peux-tu m'expliquer tout de même comment Fox News a pu te… « niquer ton reportage » ? interrogea-t-elle dubitative.

— Ils ont passé des images d'archives de 2009 où ce con d'Augier balançait des phrases un peu extrémistes sur une pauvre chaîne de merde que personne ne regarde.

— Et comment se fait-il qu'ils soient allés déterrer ces vieux trucs ?

Antoine regarda Julie en riant.

— Je ne sais pas, peut-être qu'une petite fouineuse est allée un peu trop titiller leurs copains ?

Julie saisit l'allusion et s'excusa en arborant ses yeux de biches.

*

Julie s'endormit avant qu'Antoine n'ait fini ses « quelques minutes » de travail, il était aux alentours de 2 h 30 du matin.

Lorsqu'elle se réveilla, ce dernier était encore sur son ordinateur mais il était installé sur le petit bureau, déjà habillé.

— Désolé Julie, j'ai rendez-vous avec l'équipe et Augier pour réaliser cette nouvelle interview.

— Quelle heure est-il ? dit-elle en s'étirant.

— 7 h 10.

Elle se rendormit aussitôt et n'entendit pas la porte claquer. Antoine descendit la colline pour rejoindre la presqu'île, lieu du rendez-vous.

— Veuillez m'excuser de vous avoir mis dans la merde, fit Baptiste en guise de bonjour à l'équipe.

— On va arranger ça, ne vous inquiétez pas, répondit Antoine avec sincérité.

Ils commencèrent à tourner l'entrevue et la bouclèrent dans les temps pour l'inclure au montage.

- 16 - REPORTAGE EXCLUSIF

Lyon, le 16 mai.

Dimanche à 12 h 40, Antoine prit la parole, pour une émission d'une vingtaine de minutes.

— Bonjour, le reportage que nous vous proposons aujourd'hui est consacré à Baptiste Augier, l'un des chefs de file du mouvement altermondialiste. Comme nombre de ceux qui aspirent à changer le monde en profondeur, Baptiste Augier présente tour à tour une face claire et une face plus sombre. Après un résumé succinct de sa vie et de son combat, monsieur Augier répondra à nos questions et, en particulier, aux accusations portées contre lui par les médias outre-Atlantique.

Après un bref aperçu du parcours peu commun de Baptiste Augier entre 1983 et 2001, le narrateur détailla plus particulièrement les années 1999 à 2001, des événements de Seattle jusqu'aux émeutes anti-G8 à Gênes. Le reportage situait entre ces deux dates, le revirement de Baptiste vis-à-vis du recours à la violence. De fortes présomptions existaient sur sa participation à des black-bloc, groupuscules éphémères, masqués de noir, qui s'attaquent aux intérêts du capitalisme et du néo-libéralisme. Pourtant l'absence d'image le montrant de noir vêtu, ainsi que son farouche militantisme pour convaincre les black-blocs de s'orienter vers des actions non-violentes à la suite du drame survenu en Italie, entretenaient le doute. Lors des émeutes anti-G8 de Gênes, qui avaient causé la mort d'un homme et fait des centaines de blessés, les exactions policières avaient été qualifiées par Amnesty International comme *« la plus grave atteinte aux droits démocratiques dans un pays occidental depuis la fin de la Seconde Guerre mondiale »*.

En 2002, l'altermondialiste fit une rencontre capitale pour sa compréhension du monde, celle de Joseph Stiglitz, prix Nobel d'économie, avec lequel il resta en contact jusqu'en 2008. Après la crise financière de septembre 2008, les déclarations d'Augier deviennent confuses et dérapent de temps à autres, comme en témoigne la création du site « cracheluialagueule.com » en 2010.

Un extrait des explications de Baptiste, lors de sa présumée dernière intervention télévisée, passait maintenant à l'écran :

— Il existe en ce monde des accumulateurs géants, capturant l'ensemble des ressources finies, à la seule fin de se comparer les uns aux autres. L'aspirateur dédié à cette tâche est le système financier qui permet d'effectuer le captage des richesses à une échelle et une vitesse toujours plus grandes. Les perdants sont, bien entendu, ceux qui appartiennent à la population qui produit les biens nécessaires à l'Humanité. Réduits au statut d'ustensiles, ils sont soignés et bien rangés tant que leurs contributions sont jugées satisfaisantes, et jetés quand ils deviennent usés ou obsolètes ou encore quand un ustensile estimé plus efficace peut les remplacer.

— N'exagéreriez-vous pas, monsieur Augier ? coupa son interlocuteur.

— J'utilise volontairement des images fortes et percutantes car nos accumulateurs mettent leur grande intelligence au service de la manipulation. Ainsi, ils font croire à la population qu'ils exploitent, la base comme ils aiment la nommer, que cela pourrait être pire, que chacun est libre et peut même, par la force de son travail, rejoindre cette élite qui lui est vantée chaque soir sur son écran de repos.

— Revenons-en au sujet principal, s'impatienta le journaliste, pensant à son effet de scoop qui tardait à se produire.

— J'aimerais clore ce point en l'illustrant par un exemple : les ménages placent leurs économies, par peur du lendemain, dans des fonds. Ceux-ci demandent une rentabilité hors norme qui exige à son tour des gains de productivité que les salariés, appartenant à ces mêmes familles, sont chargés d'assurer. Sur ce cercle vicieux, gouverné par la peur, les financiers ponctionnent des commissions et transvasent ainsi l'argent détenu par le plus grand nombre vers nos accumulateurs.

— Soit, mais parlez-nous de cette idée saugrenue de site Internet.

— Elle trouve sa source dans l'arrivée, depuis quelques années, des psychopathes, au sens psychiatrique du terme, à la direction des entreprises. La morale, telle qu'on l'entendait avant les années fric, les « eighties », a disparu. Ces dirigeants psychopathes, qui parlent de leur chien comme d'un compagnon attachant qui leur coûte chaque mois le salaire de un à dix ouvriers suivant l'endroit du globe où leur esprit vagabonde alors, n'hésitent pas à briser la vie de plusieurs centaines de personnes dans le même geste qui les conduit à se séparer d'un vieux moulin à café après avoir vérifié - tout de même - qu'il ne peut pas devenir un objet de collection.

— Oui, mais…

— Partant du principe que ces dirigeants dépourvus de morale vivent, ne serait-ce que physiquement, dans notre monde, je pense sincèrement que nous pouvons leur en interdire l'accès. J'ai donc imaginé un site qui n'est autre qu'un trombinoscope, non exhaustif, de ces personnages afin que le quidam moyen puisse, lorsqu'il en reconnaît un, lui cracher au visage pour lui marquer son profond désaccord. J'imagine que risquer d'être arrosé de crachats à chaque sortie de sa tour d'ivoire fera réfléchir même le plus salaud d'entre nous.

La narration du reportage reprit après cet extrait datant de 2010. L'action initiée par Baptiste n'avait pas été suivie, en tout cas pas sous cette forme. De peur d'être confrontés à la Justice, pour le caractère insultant du crachat, les participants s'étaient rabattus sur le simple geste de lancer de l'eau. Ainsi, il n'était pas rare de croiser des cadres supérieurs trempés, de la tête aux pieds, dans les quartiers d'affaires de certaines capitales. Cependant, comme souvent, l'effet d'annonce passé, tout était rentré dans l'ordre et chacun avait repris son poste pour alimenter la machine.

L'émission se poursuivit sur les mouvements non-violents tels les Indignés en Espagne et Occupy Wall Street aux États-Unis qui prirent de l'ampleur en 2011. C'est lors de ce dernier évènement que Baptiste Augier eut cette réplique malencontreuse au micro d'un média américain.

Antoine réapparut à l'écran, face à son invité.

— Bonjour monsieur Augier, nous vous remercions de vous être de nouveau rendu disponible, hier matin, pour la reprise de notre interview.

— Je vous en prie, il me semble primordial d'éclaircir quelques points pour les téléspectateurs français.

— Vendredi, sur Fox News, on vous a entendu citer cette phrase polémique, datée de 2011. Je la traduis pour nos téléspectateurs : « Nous ne pouvons plus agir contre les parasites que sont devenus les grands financiers, ils ne craignent plus rien. La seule chose qui pourrait encore leur faire peur serait de recevoir deux balles dans la tête en sortant de chez eux ». Vous comprendrez, monsieur Augier, que cette phrase résonne étrangement avec l'actualité.

— J'avoue que cette phrase constitue une maladresse ; en aucun cas je n'appelais au meurtre de quiconque. Je relatais seulement que j'avais vu, depuis la constitution du fameux « comité pour sauver le monde » en 1999, la Société s'enfoncer dans un absolutisme de la Finance que plus rien ne peut stopper.

— Mais vous êtes une voix écoutée dans le milieu altermondialiste, et en connaissance de cause, vous vous devez de prendre garde.

— Vous vous trompez, les voix importantes sont, par exemple, celle de La Boétie lorsque dans son « Discours de la servitude volontaire », il pose cette question : *« Comment tant d'hommes, tant de villes, tant de nations endurent quelquefois un tyran seul, qui n'a de puissance que celle qu'ils lui donnent ? »*. Ce discours n'a jamais été aussi actuel si l'on considère la cupidité comme un tyran.

— Vous légitimez votre maladresse par une référence à La Boétie ? questionna Antoine afin de relancer son interlocuteur. Mais n'est-il pas justement à la base de la désobéissance civile, à l'origine du concept actuel de non-violence ?

— C'est exact. En 1849, Henry David Thoreau reprend les idées de La Boétie dans ce pamphlet qu'est « La désobéissance civile ». Lui-même inspirera, entre autres, Tolstoï, Gandhi et Martin Luther King. J'essaie, chaque jour, de me conduire en faisant mien l'adage de cet auteur : « *La seule obligation qui m'incombe est de faire en tout temps ce que j'estime juste* ».

— Ces propos pourraient être entendus autrement et légitimer une certaine violence… Une dernière question monsieur Augier : nous avions perdu votre trace depuis 2011, où étiez-vous ces dernières années ?

— A l'instar de Thoreau lorsqu'il choisit l'étang de Walden pour se retirer, je n'étais ni trop près, ni trop loin de la société, juste assez pour vous observer sans être vu.

— Merci monsieur Augier, l'émission touche à sa fin.

— Merci à vous, monsieur Swarzinski.

Antoine reprit la parole pour clore son reportage et remercier les télé-spectateurs d'avoir suivi cette exclusivité.

*

Antoine salua son équipe et débuta son ascension jusqu'à sa nouvelle demeure. Il pressentait avoir réussi un grand coup dont il ne parvenait pourtant pas à apprécier les retombées.

Absorbé par ses pensées, ses jambes le guidèrent tout droit chez ses parents : peut-être était-il temps d'aller leur rendre visite et de se faire chouchouter par Maman ? Il rejoindrait Julie ce soir.

Ses parents avaient suivi toutes ses prises de parole, en se demandant chaque fois à quel moment ils auraient la chance de recevoir sa visite. Ils discutèrent tout au long de l'après-midi, avant de se mettre à table pour dîner devant le journal télévisé, génération oblige.

— Madame, Monsieur bonsoir, dans l'actualité de ce dimanche 16 mai…

Antoine fut frappé de surprise lorsque la présentatrice annonça l'interview de Baptiste Augier en fin d'émission. Quelques heures avaient suffi au JT le plus regardé d'Europe pour reprendre son scoop, juste le temps pour Baptiste de regagner Paris.

Après le « problème des migrants », les actes de terrorisme de la journée et les quelques faits divers sordides servis à chaque repas, la journaliste reprit la parole :

— Bonsoir monsieur Augier, nous vous recevons ce soir pour éclaircir certaines déclarations que vous avez tenues par le passé, déclarations commentées sur une chaîne concurrente ce jour même.

Le ton était donné, la présentatrice allait exiger du sensationnel. L'instinct d'Antoine le sentait, il espérait que le vieil anarchiste ne pécherait pas par trop d'honnêteté, les téléspectateurs n'étaient plus habitués.

— Bonsoir madame, répondit très sobrement Baptiste.

— Vous avez dernièrement réaffirmé votre conviction selon laquelle le comportement des financiers permet de les assimiler à des parasites. Pouvez-vous développer votre pensée ?

— Un parasite est un être qui vit aux dépens d'un autre organisme, je pense que la métaphore s'applique parfaitement au monde de la finance.

— Pourtant l'économie réelle a besoin des financiers pour exister, récita la présentatrice.

— Le monde de la finance est devenu un casino géant : les bourses, inventées pour soutenir l'innovation, la création et le développement d'entreprises n'ont plus aucun sens. Comment pouvez-vous affirmer croire dans l'avenir d'une entreprise lorsque vous en prenez le contrôle pour une durée de quelques microsecondes ?

— Vous mettez en cause le trading à haute-fréquence, né du progrès de la technologie...

— Ce n'est pas le progrès technologique que j'attaque mais la cupidité qui utilise la spéculation à outrance, spéculation qui s'exerce désormais sur des matières premières indispensables à la vie comme l'air et l'eau par exemple.

— Comment pensez-vous que le système en soit arrivé là ?

Baptiste sentit le piège, la présentatrice cherchait une exclusivité, un bon mot qui participerait à l'objectif premier de la chaîne : augmenter l'audimat. Il décida d'offrir ce plaisir à cette jolie jeune femme.

— Parce que les hommes se la mesurent, de l'enfance à l'âge adulte.

La journaliste eut un rire étouffé. Toutefois celle-ci, ou bien le « génie de son oreillette », désirait plus, et Baptiste ne l'avait pas vu venir, concentré qu'il restait sur sa blague potache.

— Alors, pour vous monsieur Augier, lui demanda la journaliste le regard planté dans ses yeux, monsieur Whitend méritait de mourir ?

Le visage de Baptiste apparut en gros plan, au moment même où ce dernier comprit qu'il ne pourrait pas s'en tirer, cette fois-ci, par une pirouette. Il lui fallait entamer son ultime sortie. Il prit, à cette fin, le temps de répondre :

— Personne ne mérite de mourir, néanmoins on ne peut sacrifier le groupe au profit d'un individu ou d'une élite.

La journaliste jubilait : elle avait réussi à arracher au leader alter-mondialiste qu'il ne regrettait pas la mort de Whitend.

Antoine était abasourdi par ce qu'il venait d'entendre, le vieil anarchiste s'était mis dans une position inconfortable. À quelques kilomètres de là, Richard regardait, hébété, la fin de cette interview. Il décrocha, une nouvelle fois, son téléphone noir :

— Salut Warren, fit Charles en décrochant avant que Richard ne puisse dire un mot. Ne t'avais-je pas dit que Scott avait pour habitude de se tirer une balle dans le pied ?

— Cela me fait tout de même mal au cœur qu'il soit dans ce merdier par ma faute, répondit Richard.

— Ne sois pas inquiet, Scott n'a jamais eu besoin de personne pour se foutre dans la merde… ni pour en sortir d'ailleurs.

*

Julie était arrivée devant le Gourguillon et attendait Antoine lorsque son mobile sonna :

— Julie ? Barbara à l'appareil, avez-vous regardé les informations ce soir ?

— Non madame, j'aurais dû ?

— Avez-vous toujours le numéro de votre ami, le journaleux ?

— Antoine Swarzinski ?

Julie était subitement inquiète.

— Qu'a-t-il fait ?

— Il a foutu la merde mais ça, c'est son métier... j'aimerais savoir s'il peut contacter rapidement ce Baptiste Augier pour le faire redescendre sur Lyon. Je le veux à la boutique demain à 14 heures.

— Oui madame, je vois ce que je peux faire.

— Je viens encore de me faire assaisonner par ma hiérarchie, ajouta Barbara, alors il va falloir faire un peu plus que ça, ma petite Julie.

— Entendu commissaire.

Le coup de fil prit fin et Julie appela immédiatement Antoine. Celui-ci se garda de lui préciser qu'il était chez ses parents, à deux pas de l'hôtel. Il ne voulait pas vivre l'embarrassante situation de sa première petite-amie se présentant de nouveau à sa mère. Il lui assura simplement qu'il serait auprès d'elle dans les dix minutes.

Lorsqu'il arriva à l'hôtel, Julie était tout énervée.

— Que se passe-t-il ? Un problème ? demanda-t-il, inquiet.

— Ma chef vient de m'appeler, peux-tu joindre ton ami Augier ? Nous aimerions l'entendre demain après-midi dans nos bureaux.

— Il est malheureusement sur Paris.

— Il y a des TGV demain matin ! rétorqua Julie d'un ton déterminé.

Antoine, qui connaissait depuis l'adolescence l'issue d'une dispute avec Julie, capitula. Il s'écarta de quelques mètres pour téléphoner.

— Demain, 14 heures à l'hôtel de police, cela convient à madame ? lança-t-il, avec fierté.

— Non, cela convient à la taulière ; ce qui me conviendrait a sans doute besoin de durcir.

Elle l'embrassa fougueusement, le prit en main et l'attira sous le porche qui conduisait aux chambres. Elle lui fit l'amour à même le mur sans vraiment craindre que quelqu'un ne sorte de sa chambre et les surprenne.

- 17 - BAPTISTE À LA CRIM'

Lyon, le 17 mai.

Nounours et Jojo étaient venus accueillir leur invité à la sortie du train. Baptiste en descendit et se dirigea vers les brassards orange.

— Bonjour messieurs, prenez-vous la carte bleue ?

— Bonjour monsieur Augier. Merci de vous être rendu disponible aussi rapidement, nous connaissons votre passion pour les conversations avec les forces de l'ordre, blagua à son tour Nounours.

— Que voulez-vous, je ramollis avec l'âge.

La voiture s'immobilisa sur le parking de Marius Berliet. Ils claquèrent les portes et se dirigèrent directement vers le bureau où deux femmes les attendaient.

— Bonjour monsieur Augier, Barbara Goudde, commissaire de la section criminelle et de la répression du banditisme.

— Ah, comme...

— Non, rien à voir ! coupa net la commissaire, et voici Julie Jacobs, lieutenant de la PJ.

Les présentations étant faites, Barbara désigna une salle de réunion vide afin de procéder à l'entrevue.

— Vous savez pourquoi vous êtes là monsieur Augier ? attaqua Nounours.

— J'ai une vague idée même si je reste perplexe sur mon statut.

— Pensez-vous avoir besoin d'un avocat ? interrogea le lieutenant.

Le jeu avait commencé.

— Je ne pense pas. Elle est cependant en route et ne devrait pas tarder, répondit Baptiste, marquant son entrée dans la partie.

— Le juge d'instruction vous a accordé le statut de témoin assisté ; pouvez-vous nous indiquer son nom ?

Le policier, par cette question, pensait déjouer le bluff de l'ancien.

— Caroline Fisher ! rétorqua-t-il dans un magistral « check-raise ».

Nounours, sonné, se résigna à prévenir l'accueil d'orienter Maître Fisher à son arrivée.

— Bien, pour patienter, pouvez-vous nous dire si le nom de Frank Lloyd Wright vous est familier ? demanda l'enquêteur.

— Bien entendu… il s'agit de l'homme qui a dit : *« l'architecture moderne américaine serait incomplète sans la sage observation du sujet élaborée par Thoreau ».*

— Thoreau ! Va-t-on me barber, tous les jours, avec ce mec dont j'ignorais jusqu'au nom il y a encore deux jours ? s'agaça Nounours.

— Tant que mon avocate n'est pas là, nous pouvons discuter de tous les sujets qui ne concernent pas Frank Whitend, lieutenant Gilles.

On frappa à la porte.

— Bonjour, je suis Maître Fisher. Désolée, j'ai été retardée par mes multiples appels aux rédactions destinés à les informer de la détention arbitraire de mon client.

— Mais ce n'est pas le cas ! s'insurgea Nounours.

— Je suis confuse lieutenant ; comme je n'ai pas été avisée préalablement de l'audition de mon client, ni eu accès au dossier de la procédure, j'ai tout de suite pensé à une détention arbitraire. À moins que ce dernier n'ait été placé en détention provisoire ?

Nounours enrageait, il ne pourrait poser aucune question au prévenu ; rien ne permettait une mise en examen : les déclarations ambigües de la veille, une possible présence sur Lyon le jour du meurtre et la colère de toute sa chaîne de hiérarchie ne constituaient pas des motifs légitimes.

Julie fixait Maître Fisher depuis le début de son intervention, le visage de la trentenaire lui rappelait vaguement quelqu'un. Elle espérait que ce salopard n'avait pas profité de son passage à Paris pour ramener un as du barreau dans ses valises.

Bien qu'ils aient, devant leurs yeux, le panneau indiquant une impasse, ils désiraient tout de même s'engager, quitte à faire volte-face très rapidement.

— Très bien ! énonça Nounours. Pouvons-nous tout de même questionner votre client à propos du vendredi 7 mai ?

— Vous pouvez. Néanmoins étant donné qu'il n'est ni mis en examen ni témoin assisté, faute du respect de la procédure, je lui conseillerai de ne pas répondre, dans l'attente de l'éclaircissement de son statut.

Nounours fulminait, elle commençait vraiment à le faire chier.

— Je sais lieutenant Gilles, dit-elle en lisant dans ses pensées.

— Vous pouvez disposer. Nous devrions nous revoir sous peu, croyez-moi, répondit-il d'un ton rageur.

Maître Fisher scruta par la fenêtre ; ceux qu'elle attendait étaient arrivés.

— En effet, il est l'heure. À la prochaine, lieutenant.

L'avocate et son client sortirent devant les caméras, auxquelles elle s'adressa d'emblée :

— Les procédures judiciaires ont une nouvelle fois été bafouées par la police aujourd'hui. Mon client a été privé de liberté pendant quelques heures sous prétexte de trop aimer celle-ci. Je vous donne rendez-vous d'ici peu pour une nouvelle déconvenue de cette police qui s'attaque à un innocent par facilité, au lieu de se poser les bonnes questions.

Les journalistes s'époumonèrent en interrogations mais la déclaration était terminée. Caroline et Baptiste montèrent en voiture et disparurent dans le flot de circulation.

— Putain mais quelle connasse !

Nounours ne décolérait pas.

— On s'est fait avoir comme des bleus, rétorqua Julie en levant les yeux au ciel.

La commissaire entra en trombe dans la salle d'audition.

— Je viens de regarder la télé, avec les envoyés spéciaux devant chez nous. Bravo ! J'ai eu le magistrat, on reprend dans les règles et on le convoque de nouveau demain.

*

Le juge d'instruction, irrité par l'attitude de Caroline Fisher, renouvela la procédure le soir même. L'audition était fixée au lendemain matin dans les bureaux de la brigade criminelle.

Baptiste arriva avec son avocate un peu avant dix heures. Nounours les attendait, devant le bâtiment, fumant cigarette sur cigarette.

— Bonjour Maître, bonjour monsieur Augier. Avez-vous pu prendre connaissance du dossier, Maître ? demanda Nounours sur un ton d'énervement à peine dissimulé.

— Oui, merci, répondit-elle avec un sourire. Même si j'eus préféré ne pas être dérangée par un policier pendant mon dîner.

— Désolé, je pensais que les terrasses des Brotteaux étaient une annexe des cabinets d'avocats, ironisa-t-il.

— Non, ils n'ont pas les mêmes fonctions que les PMU pour la police, répliqua-t-elle avec un plus grand sourire encore.

Nounours ferma son visage, puis les accompagna vers la pièce où allait se dérouler l'audition. Après les différentes questions et procédures d'usage, il s'éclaircit la voix :

— Bon, reprenons. Monsieur Augier, où étiez-vous lors du meurtre de Frank Whitend ?

— Quel jour était-ce exactement ? Je n'ai pas la mémoire des dates.

— Le vendredi 7 mai.

— Laissez-moi réfléchir… Je n'étais pas ici.

— Ce n'est pas exactement ma question. Maître, pouvez-vous demander à votre client d'être précis, s'il vous plaît, demanda Nounours d'un ton qu'il espérait aussi désagréable que possible.

— Allez-y Baptiste, cela sera connu tôt ou tard, concéda l'avocate.

— Et bien, reprit-il, je souhaiterais que ceci ne s'ébruite pas…

Nounours se demandait quelle allégorie ce vieux con allait encore lui sortir pour l'emmerder.

— J'étais, si mes souvenirs sont justes, chez vos collègues de la douane, à Roissy. Ils me taquinaient pour un petit peu d'herbe que j'avais ramenée du Mexique dans ma chaussure, vous avouerez que ce n'est pas de bol de se faire contrôler à l'arrivée.

— Nous allons vérifier ceci tout de suite, dit Nounours en regardant Jojo qui sortit de la pièce. Et pourquoi ne pas l'avoir indiqué hier ? Cela vous aurait évité de revenir.

— Connaissez-vous les réseaux sociaux, lieutenant Gilles ? interrompit Maître Fisher.

— Oui bien sûr, mais que vient faire mon compte Facebook là-dedans ?

— Le vôtre ? Pas grand-chose, répondit-elle en regardant la rue où des centaines de gens s'étaient agglutinés autour des journalistes, sans un bruit.

Jojo revint après quelques minutes.

— J'ai eu la douane de Roissy ; monsieur Augier a atterri vendredi matin en provenance de Mexico et passé la majeure partie de la journée dans leurs services.

— Un moment très convivial, rétorqua ce dernier en riant, tout en se levant de sa chaise.

— J'imagine que nous pouvons partir ? demanda Caroline Fisher.

Elle se retourna vers Julie, restée muette durant l'audition, et lui chuchota :

— Ravie de vous avoir revue, lieutenant Jacobs.

— Nous nous connaissons ? interrogea la policière qui n'arrivait pas à remettre ce visage pourtant familier.

— On m'a tellement parlé de vous.

Ils quittèrent le bureau en direction de la tribune qui les attendait en bas du bâtiment. Lorsque Caroline prit la parole, elle constata que depuis son dernier regard le rassemblement silencieux avait doublé.

— Mon client est remis en liberté puisqu'aucune charge n'est retenue contre lui. La police tente désespérément de trouver un bouc émissaire. Certes le passé de mon client peut paraître houleux, mais est-ce une raison pour le soupçonner du meurtre de Frank Whitend au seul prétexte de sa présence dans notre pays ?

— Maître, pour quelle raison votre client est-il en France, après tant d'années d'expatriation et de silence ? questionna un journaliste.

— Mon client n'est pas éternel. Il désire désormais laisser une empreinte de son passage, de manière pacifiste je vous l'assure. Il est venu à Lyon afin de répondre à la question que la police oublie de se poser.

— Quelle est cette question ? reprirent quelques journalistes en tendant leurs micros.

— Pourquoi Frank Whitend était à Lyon ? Il est difficile de croire que son assassin n'était pas au courant de cette visite fortuite. Je vous remercie de vous être déplacés, mon client désire maintenant aller à la rencontre des anonymes venus le soutenir.

Baptiste se dirigea vers une partie du public, serra des mains, embrassa des joues, accueillit des bras pour des étreintes franches et sincères, devant des caméras au plus près de l'émotion. Il ne manquait plus grand-chose pour que cette belle société médiatique ne le transforme en prophète dans leurs prochaines éditions.

Julie scrutait le tableau par la fenêtre en maugréant :

— Quel cours de com' !

Dépitée, elle tourna le dos à la scène et prit conscience qu'avec cette effervescence, elle ne savait même pas si Anaïs était bien rentrée de son week-end. Quelle mère était-elle pour ne pas appeler sa fille de seize ans durant quatre jours ? Elle avait pris pour habitude de se reposer sur Liam pour tout ce qui concernait leur fille.

La discussion fut brève mais eut le mérite d'exister : elle allait bien. Cette gamine n'avait déjà plus besoin de ses parents, enfin d'au moins l'un des deux.

- 18 - MOUVEMENT POPULAIRE

Dès le soir, les réseaux sociaux furent saturés d'informations et de faits concernant la vie de Baptiste Augier.

Une page Facebook, créée pour l'occasion, reproduisait à l'identique la teneur du site « cracheluialagueule.com » et commentait les actions menées par les adhérents à la cause lors de sa mise en ligne initiale. Cette page devint rapidement virale et les hashtags sur Twitter se multiplièrent : des #liberté, #Augier, à de plus complexes tels que #contrecesparasitesdefinanciers. Quelques heures suffirent pour que #freedom inonde les comptes américains.

Les rendez-vous étaient fixés devant les bureaux des grandes entreprises, des banques, des compagnies d'assurance… chaque participant était muni d'une bouteille d'eau. Toutes les personnes qui s'apprêtaient à entrer dans ces firmes étaient poursuivies et aspergées. Des images affluaient du monde entier, montrant ces manifestations de révolte. Le mot d'ordre était Liberté à Paris, mais aussi Libertà à Rome, Libertad à Madrid et en Amérique du Sud, Freedom dans le monde anglophone, Freiheit à Berlin et plus étonnant, on pouvait entendre 自由 à Pékin et свобода à Moscou. Pour la première fois, un mouvement lancé sur les réseaux sociaux prit une dimension planétaire en moins de vingt-quatre heures.

Sur le parvis de la Défense, les vendeurs de parapluie, qui apparaissaient à chaque averse comme par magie, s'étaient déjà recyclés dans la vente de bouteilles d'eau, qu'ils n'avaient pas besoin de maintenir au frais, sauf peut-être pour quelques sadiques qui en faisaient la demande.

Les chaînes d'information du monde entier diffusaient les images de colonnes d'individus trempés des pieds à la tête et décrivaient les actions entreprises par les polices de chaque pays pour enrayer ces agressions aqueuses.

Le préfet de police de Paris, interviewé à la télévision, soulignait la complexité pour contenir un tel mouvement : toute personne était susceptible de se livrer à cet acte de révolte collective, aucune loi n'interdisant la possession d'une bouteille d'eau. Néanmoins il avait pris la décision de déployer les forces de l'ordre pour tenter de sécuriser quelques bâtiments.

Un journaliste intervint :

— Monsieur le préfet, est-ce au contribuable de payer le dispositif mis en place pour protéger des salariés d'entreprises privées ?

— La sécurité de chaque citoyen est de notre ressort...

— En quoi le fait d'être aspergés d'eau met-il en jeu leur... sécurité ?

— Chaque homme et chaque femme de ce pays jouit du droit de se rendre sur son lieu de travail sans être la cible d'intérêts plus ou moins malsains...

— C'est exactement le mot d'ordre de cette manifestation...

Le préfet agita la main pour ordonner à sa protection rapprochée d'éloigner le malotru.

*

Paris, le 19 mai.

À l'Assemblée Nationale, le mercredi après-midi est réservé aux questions au Gouvernement. Le mouvement de révolte tombait à point nommé pour l'opposition. Après la citation d'un illustre connu que chacun ajoutait en début d'intervention pour lui donner un peu de consistance philosophique, un député continua :

— Monsieur le Ministre de l'Intérieur, comment pensez-vous enrayer ces manifestations qui s'attaquent aux intérêts des fers de lance de notre pays ?

Le ministre de l'Intérieur se leva et s'éclaircit la voix :

— Nous sommes en train d'étudier, avec ma consœur de la Justice, un plan qui permettra de réduire ces agressions et rendra illégal ce type d'actions qui discriminent d'honnêtes citoyens.

— Vous ne pensez tout de même pas interdire la vente de bouteilles d'eau dans les centres d'affaires ? reprit le député, devant une moitié de salle hilare.

— Ne soyez pas puéril, monsieur le député, nous devons aux Français de nous attaquer, avec dignité, aux problèmes qui les préoccupent.

Après cette séance hebdomadaire de détente, de citations et de bonnes blagues, la séance fut levée.

— Que fait-on ? demanda Armelle Prigent au ministre de l'Intérieur.

— On va transiger avec cet Augier, lui seul pourrait endiguer cette connerie. Il faut être réaliste, notre remède serait pire que le mal, et surtout du pain béni pour l'opposition. Je vais essayer de le faire intervenir au journal télévisé de ce soir.

Il décrocha son téléphone pour joindre le chef de la police judiciaire, qui téléphona à Barbara, qui convoqua Julie, qui appela Antoine, qui en discuta avec l'intéressé :

— Bonjour Baptiste, le ministre de l'Intérieur aimerait que vous interveniez au JT ce soir afin d'éviter une intervention policière qui pourrait potentiellement dégénérer.

— Et surtout de ne pas perdre la face, répondit l'ancien avec amusement.

— Oui en effet, accorda Antoine, réprimant un sourire. Votre TGV part dans 25 minutes de la gare de la Part-Dieu.

— Je suis sur le chemin, je vous laisse les prévenir ?

— Sans problème. Au revoir et bonne chance.

Antoine raccrocha, puis rappela Julie, qui rappela… Quelques minutes plus tard, le ministre de l'Intérieur fut informé de la bonne nouvelle. Il ne lui restait qu'à demander au patron de la chaîne de bouleverser un tant soit peu son programme, mais le probable audimat supplémentaire le convaincrait aisément.

*

Paris, 20 heures, le journal de la rédaction. Le journaliste annonça un bouleversement exceptionnel des titres, lié à une interview exclusive de Baptiste Augier, l'homme qui serait à l'origine des évènements survenus dans la journée à travers le monde. Après cinq longues minutes d'un monologue d'autopromotion, le présentateur se tourna vers son invité :

— Bonjour monsieur Augier, merci d'avoir choisi notre chaîne pour...

A priori, la publicité n'était pas terminée. À la fin de cette seconde tirade, Baptiste put enfin placer un mot :

— Bonjour.

— Pour commencer, monsieur Augier, une question de fond : pourquoi s'attaquer de la sorte aux symboles du capitalisme ?

— Et bien on m'a souvent reproché ces derniers jours de citer les grands auteurs, en tout cas ceux que je considère comme tels. Je vais donc formuler une explication simple, spécialement à votre intention, issue d'une image que j'ai aperçue dernièrement.

Le journaliste était impatient d'avoir son scoop, de plus intelligible par tout le monde. Il jubilait intérieurement, il était le meilleur de sa profession, ses employeurs avaient eu raison de l'embaucher. Il manqua le début de l'explication, perdu dans son autosatisfaction... *« un pingouin et un ours polaire sur la banquise »* :

— Le pingouin dit à l'ours polaire : « Plus on augmente notre capital poisson, moins il y en a dans l'océan. Moins il y en a dans l'océan, plus la valeur de notre poisson augmente et plus on a intérêt à vider l'océan. Tu comprends ? ».

Le présentateur acquiesça en se frottant le menton, sans se rendre compte que cette interrogation ne lui était pas adressée.

— L'ours rétorqua : *« Et quand il n'y aura plus de poisson dans l'océan ? ».* Et le pingouin de répondre : *« Comment veux-tu bâtir ton bonheur avec une attitude aussi négative ? ».*

Le journaliste éclata de rire, bien qu'il ne fût pas certain que cela répondait à sa question initiale. Quand bien même, il allait faire un tabac avec cette anecdote. Baptiste jugeait que les téléspectateurs avertis ne se formaliseraient pas s'il ne répondait pas exactement aux interrogations du playboy qui lui faisait face.

— Votre mouvement s'attaque à d'honnêtes gens qui ne sont finalement pas pour grand-chose dans la situation actuelle, telle que vous la décrivez.

— Tout d'abord, il ne s'agit pas de « mon mouvement », puisque je ne suis en rien responsable de la diffusion de ces idées, même si je les ai exprimées sous diverses formes par le passé.

— Oui, mais…

— De plus, les « collabos » durant la Seconde Guerre mondiale étaient, au départ, d'honnêtes gens qui n'ont pas suffisamment pesé les conséquences que leur comportement impliquait. De la même façon, j'affirme que les personnes qui travaillent actuellement dans ces entreprises qui exploitent ouvertement les peuples, participent activement à cette fin. Je modèrerai mon propos au sujet du « petit personnel » de ces groupes, ce dernier est dans la pire position puisqu'il participe malgré lui, à la mise en place de sa propre exploitation.

Le présentateur était mal à l'aise, la pire des choses s'était produite : l'amalgame entre la collaboration avec le régime nazi et une chose existante. La France n'avait pas digéré cette période, et n'en avait pas tiré les enseignements. Il se rebella :

— Vous ne pouvez pas comparer ces personnes à des collaborateurs du régime nazi ?

— Non, je souhaitais juste, par cette provocation, les amener à réfléchir à leurs impacts sur l'intérêt général. Cependant, je vous concède que l'on ne peut pas s'attaquer au grand capitalisme et aux grands accumulateurs en arrosant et en humiliant des personnes, coincées entre la connaissance lucide de participer à une entreprise maléfique et la nécessité de nourrir leur famille.

— Vous laissez entendre que la véritable cible est le top management de ces entreprises, dit le présentateur sur le ton affirmatif destiné à provoquer la venue du scoop ultime.

— C'est vous qui le dites… mais vous utilisez, pour une fois et à bon escient, votre liberté d'expression.

Le présentateur, confondu, bafouilla, répétant sans cesse qu'il s'agissait d'une supputation des idées de Baptiste. Il eut le farouche sentiment de s'être fait… baiser. Son oreillette lui ordonna de libérer son invité avant qu'il ne soit trop tard et d'enchaîner sur la suite du journal. Baptiste sortit du plateau pour rejoindre les loges, quand son téléphone sonna :

— Bonsoir Antoine. Vous allez bien ?

— Bonsoir Baptiste. Je voulais juste vous féliciter de votre intervention et surtout, vous remercier de ne jamais m'avoir fait un coup aussi tordu.

— Vous valez mieux que cela mon cher Antoine. Bonne soirée, je prédis que nous allons nous revoir très prochainement à Lyon.

Le ministre de l'Intérieur était furieux, il était sûr de se prendre une sévère réprimande dès que son chef se serait fait engueuler par les grands patrons. Sa seconde résolution serait de demander à ce que cet enfoiré d'Augier ne soit plus jamais invité dans une émission. Le mode de gestion financière de la presse française - qui appartient au grand capitalisme - devrait aplanir les difficultés.

*

Julie se dirigeait vers le Gourguillon pour retrouver son amant. Il lui avait laissé une clé afin qu'elle puisse venir à sa guise. La jeune femme avait énormément apprécié ce geste, qui la désignait comme l'unique conquête du journaliste, au moins pour la durée de son séjour à Lyon.

En l'absence d'Antoine, elle s'installa sur la terrasse pour contempler la ville. Liam occupait ses pensées ; elle espérait son retour rapide mais n'avait pas encore trouvé le moyen de le faire venir sans le mettre en danger.

Elle n'avait pas entendu son homme entrer avant qu'il ne lui prenne la taille d'une main et lui tende une coupe de champagne de l'autre. La ville Lumière se reflétait dans le précieux liquide.

— Avez-vous passé une bonne journée, ma douce amie ? dit-il d'un ton snob.

— Très bonne et vous-même, cher ami ?

— J'ai vu un de mes confrères se faire humilier en direct, mais c'était amplement mérité, depuis le temps qu'il a oublié qu'une carte de presse ne sert pas uniquement de coupe-file dans les cocktails mondains.

— Le vieux a bien manipulé son monde, nous avons ordre de ne plus l'importuner sans preuves accablantes.

— Je l'admire tout de même, dit Antoine le regard planté au loin, il a toujours fait ce qui lui semblait juste.

— Tu préférerais être avec lui en ce moment ?

— Non, répondit-il en la soulevant pour l'amener vers la chambre en vue d'une nouvelle soirée sex-friends.

Après leurs ébats, Julie se fit un topo : Liam était en sécurité, Augier était inattaquable, sa hiérarchie était focalisée sur les mouvements de « rébellion aqueuse », aucune nouvelle piste ne se profilait sur le meurtre de Whitend et son intime conviction selon laquelle John Smith était l'une des clés de l'affaire n'avait toujours pas reçu la confirmation d'Interpol. Sa journée du lendemain risquait d'être chiante… à moins qu'elle ne puisse mettre la main sur ce Jean Martin.

- 19 - RICHARD ET FRANK

Lyon, le 20 mai.

Julie se leva tranquillement vers 10 heures. Antoine était parti quelques heures auparavant, elle avait senti son baiser sur le front. Elle décida de passer à l'usine de son père pour glaner quelques informations sur l'homme invisible, à commencer par ce que pourrait lui raconter ce froussard de Karl.

Arrivée sur le site industriel, elle se présenta à l'accueil et demanda un badge. L'hôtesse accéda, sans se faire prier, à sa requête de peur que sa journée ressemble à celle où elle avait eu le malheur d'appliquer les procédures en présence de madame Jacobs. Julie emprunta l'escalier qui la mena au bureau de Karl où elle constata son absence. Elle tenta sa chance dans le bureau situé en zone de production et aperçut le directeur industriel, occupé à surveiller ses équipes au travers de la grande vitre. Il grimaça en la voyant venir.

— Que me voulez-vous encore ? dit-il, énervé.

Il se ravisa en se remémorant leur dernière rencontre.

— Une simple visite de courtoisie pour vous indiquer que je dépendais désormais de la police judiciaire de Lyon. Je vous sens ravi, ironisa-t-elle.

Karl grogna. C'était vraiment la dernière chose dont il avait besoin.

— Et que puis-je faire pour vous ? reprit-il d'un ton doucereux, proche de celui de Triste Sire.

— Je suis à la recherche de Jean Martin. Vous qui l'avez rencontré plusieurs fois, pouvez-vous me le décrire ?

— Un physique très commun : une taille moyenne, des cheveux châtains, des yeux marron… rien de bien spécial.

— Aucun signe distinctif ?

— Si, percuta-t-il en réfléchissant pour choisir ses mots, un regard de sadique, mais pas celui qui regarde les petites filles… non, celui qui vous fait comprendre qu'il pourrait vous arracher les ongles tout en vous demandant, avec sincérité, si cela fait mal.

— Quand l'avez-vous rencontré ici ?

— Attendez… le lendemain de la disparition de Liam, le mercredi, pour la première fois. La seconde, c'était le jeudi matin de la semaine suivante, juste avant votre descente de police, il était dans le bureau de votre père.

Julie n'en croyait pas ses oreilles, son père lui avait sciemment menti. Elle devait l'affronter sans plus tarder. Elle remonta rapidement à l'étage de la direction.

— Tiens ! Bonjour Julie, fit Thérèse surprise de la voir arriver. Si tu veux voir ton père, cela n'est pas possible aujourd'hui, il est en déplacement en Allemagne.

— Bonjour Thérèse. Quand revient-il ? demanda-t-elle en essayant de ne pas laisser transparaître sa colère.

— Il sera là demain, il fait l'aller-retour dans la journée.

Julie tourna les talons et redescendit à l'accueil. Elle s'accouda à la banque en attendant que l'hôtesse raccroche.

— Madame Jacobs, que puis-je faire pour vous ?

— Merci de m'appeler le responsable de la sécurité, s'il vous plaît. Et dites-lui qu'il a intérêt à se déplacer fissa cette fois-ci.

L'hôtesse décrocha son téléphone et un grand gaillard se présenta moins de deux minutes plus tard :

— Bonjour madame Jacobs, je suis Blazej Nowak. Je vous prie de m'excuser pour la fois précédente, dit l'armoire à glace avec un fort accent d'Europe de l'Est.

— Vous avez une chance de vous racheter, répondit Julie. J'aimerais avoir accès à vos enregistrements de vidéosurveillance.

— Vous savez que je n'ai pas le droit de vous les montrer et que vous ne pouvez en aucun cas m'y obliger, dit-il légèrement provoquant.

— Légalement, c'est vrai qu'il me faudrait rédiger un tas de paperasse ennuyeuse. Non, je me propose de vous contraindre autrement.

— Et comment pourriez-vous faire cela ma petite dame ?

— Et bien, votre fort accent et votre patronyme me font parier que vous connaissez très bien la Pologne, et a fortiori son histoire.

— En effet Madame, mais je ne vois pas où vous voulez en venir.

— Même si l'un des principes fondamentaux préconisé par Imi Lichtenfeld est d'éviter de se placer dans une situation dangereuse, ma ceinture noire de krav-maga me laisse espérer que je pourrais vous forcer un peu la main.

— Vous me menacez physiquement madame Jacobs ?! s'esclaffa le molosse.

— Non pas du tout, je vous propose simplement de vous humilier sur un parking devant tous vos collègues.

Le gros réfléchit rapidement ; il n'avait pas grand-chose à gagner à mettre une raclée à une fliquette de cinquante kilos. En revanche, il avait beaucoup à perdre…

— Suivez-moi, reprit-il résigné.

Il la conduisit jusqu'au réduit où était stocké l'ensemble des vidéos de surveillance. Julie fut déçue : seuls le parking et l'accueil étaient surveillés par caméra. Son père s'était opposé au flicage des bureaux.

Cela allait prendre un certain temps avant de repérer ce monsieur Martin, Blazej disait ne l'avoir jamais rencontré. Pendant qu'ils vérifiaient les bandes sur lesquelles il aurait pu apparaître, Nowak demanda :

— Pourquoi m'avoir demandé si je connaissais bien l'histoire de mon pays avant de proposer de me tabasser, madame Jacobs ? Je pensais que le krav-maga était une méthode de combat israélienne.

— Le krav-maga est à l'origine une méthode juive ashkénaze, elle a été notamment utilisée par ces derniers pour défendre le ghetto de Varsovie.

*

Nounours était arrivé plus tard que d'habitude ce matin-là, il accusait une légère baisse de moral. Jojo essayait bien de le remonter avec quelques blagues, mais rien n'y faisait ; la douche froide de la veille les avait amenés à la même conclusion que leur copine : ils piétinaient.

Son téléphone de bureau sonna.

— Allô.

— Allô, Didier ? C'est Max, d'Interpol. Heureusement que vous avez des standardistes parce que si vous répondez sur ce ton-là, le mec préférera se faire buter plutôt que d'être sous la protection de neurasthéniques.

— Arrête Max, j'ai pas la pêche. On n'avance pas, on va se faire déboîter par la hiérarchie. Vous embauchez à Interpol ?

— Je te rappelle que le patron de la PJ est également celui d'Interpol, mais tu es chanceux, je vais égayer ta journée : mon pote de Washington m'a envoyé les résultats que tu m'avais demandés.

— Alors ? fit Nounours en se redressant sur sa chaise, en alerte.

Jojo s'interrompit, tandis que son collègue actionnait le haut-parleur.

— Il n'a pas trouvé de connexion business forte avec Lyon ; a priori les grosses boîtes qui l'intéressent sont plutôt sur Paname. Pas de femme, pas de mec, ni de maîtresse selon nos renseignements.

— Bref, vous n'avez rien ?

— Si, mais c'est vraiment léger : un ancien camarade de promo à Harvard.

— Quoi ? Un pote de fac. Balance son blase, ça nous permettra toujours de décaler notre branlée quotidienne.

— Un certain Richard Gère, comme l'acteur. Je me suis bien fendu la gueule quand je l'ai lu, ce gars est directeur de la succursale d'un gros groupe américain...

— Putain, c'est pas vrai ! hurla Nounours.

— Tu le connais ? dit Max, surpris. Pourtant ces gars-là ont rarement affaire à vos services.

— Je pensais connaître un membre de sa famille mais je n'en suis finalement plus très sûr. Je te laisse, Max. Merci beaucoup de ton aide, je te revaudrai ça.

— J'espère bien. Tchuss.

Jojo était ahuri.

— Nounours, tu ne vas pas me dire que celui que l'on cherche depuis le début, c'est le père de Julie ?

— La mère Jacobs nous doit une explication, et elle a intérêt à être bonne.

Il décrocha de nouveau son combiné pour joindre sa prétendue amie ; ses doigts tremblaient de colère.

— Salut Nounours, je suis sur un coup, là ; j'ai pisté la trace de Jean Martin. Je pense avoir son signalement grâce aux enregistrements vidéo de l'usine de mon père.

— Tu aurais dû me le dire, nous t'aurions accompagnée, répondit le gros Didier. Ce n'est pas bien de cacher des choses à ses équipiers.

Julie restait circonspecte.

— Je ne vous ai rien caché, j'ai eu cette idée hier soir car l'enquête n'avançait pas.

— Peut-être n'avance-t-elle pas du fait qu'un membre de l'équipe ne joue pas le jeu ? Va savoir…

— Eh Nounours, t'as un truc en travers, j'ai fait quelque chose de mal ? Tu commences un peu à me saouler avec tes allégations masquées, crache ta Valda ! rétorqua-t-elle, remontée.

— Lorsque tu as débarqué à Lyon, ou quand la taulière nous a confié l'enquête, tu n'aurais pas trouvé utile de mentionner le fait que ce putain d'Amerloque était le pote de ton père ?

La fin de la phrase manqua de faire perdre l'audition à Julie. Surpris, Nowak se retourna vers elle pour la voir sortir du cagibi.

— Écoute Nounours, c'est un peu plus compliqué que ça : mon père m'a juré n'être pour rien dans la venue de Whitend. Ce mec, vu sa position, devait connaître plein de monde.

— Et bien non, figure-toi ! D'après Interpol, ton père est la seule connaissance personnelle de Whitend à des lieues à la ronde. Alors je te veux dans mon bureau asap[5] !

***

[5] As soon as possible : Aussi vite que possible

Il raccrocha violemment. Il ne s'était jamais adressé à elle de la sorte mais il fallait reconnaître qu'elle avait merdé. Elle prit les vidéos que Nowak lui tendait, puis partit immédiatement rejoindre ses futurs ex-copains.

*

C'était la première fois que Julie ressentait une telle appréhension en se garant sur le parking de l'hôtel de police. Elle décida d'avaler un anxiolytique avant d'affronter le jugement de son vieux pote.

— Te voilà enfin ! cria le lieutenant Gilles.

— Écoute Nounours, je suis désolée, je me sens super mal de ne pas t'avoir parlé de cette amitié mais…

— Ne t'inquiète pas, répondit le grand gaillard, j'ai réfléchi et, bien que tu le détestes, ton papa reste ton héros.

Julie se sentit insultée mais elle savait discerner les situations qui commandent de s'écraser.

— Bon raconte nous tout ça, déclara Nounours en désignant une chaise du menton.

Julie s'assit et débuta par l'histoire que son père lui avait racontée lorsqu'elle était adolescente :

— Mon père a rencontré Frank Whitend à Harvard à la fin des années 70. Ils sont devenus de bons amis, en compétition sur tous les domaines, et si Frank a remporté la gloire professionnelle… mon père a gagné ma mère dont ils étaient tous les deux amoureux.

— L'as-tu déjà rencontré ?

— Il me semble l'avoir aperçu à l'enterrement de ma mère, mais je ne suis pas certaine. J'étais jeune et lui n'était pas encore celui qu'il est devenu.

— Sais-tu si ton père l'a vu le jour de sa mort ?

— Je n'en ai aucune idée. Il m'a affirmé que non lorsque je lui ai posé la question, répondit Julie avec sincérité, cependant il est vrai qu'il n'a cessé de me mentir depuis toujours.

— Nous allons le convoquer demain. Bien entendu, afin d'éviter tout conflit d'intérêt, tu n'assisteras pas à l'audition.

— Oui, évidemment, répondit Julie en se mordant nerveusement la lèvre.

Elle rageait de s'être, une nouvelle fois, laissé berner par son père.

— Rentre chez toi et repose-toi, nous te tiendrons au jus.

Julie sortie, le lieutenant Gilles reprit son téléphone pour composer le numéro professionnel de Richard Gère. Sa secrétaire indiqua au policier que celui-ci était en Allemagne pour la journée, mais qu'il serait libre le lendemain en fin d'après-midi. Nounours demanda, cordialement mais fermement, à Thérèse de bouleverser l'agenda de son patron pour lui permettre de se rendre à sa convocation dès le matin. L'assistante de Richard était estomaquée, elle comprenait parfaitement l'impact qu'aurait sur les salariés une éventuelle interpellation du directeur. Hors du commissariat, Julie appela Antoine et tomba sur sa messagerie.

— Antoine, il faut qu'on se voie, j'ai fait une grosse connerie, je t'attends chez toi.

Elle arrivait tout juste dans le Vieux Lyon lorsque son mobile sonna, son amant la rappelait enfin pour partager cette horrible journée. Mais le nom inscrit sur l'écran n'était pas celui qu'elle espérait, c'était celui de son père. Les idées fusèrent dans sa tête avant que son pouce ne prît la décision de refuser l'appel… elle n'avait pas encore digéré les couleuvres précédentes.

*

Richard venait d'apprendre, depuis l'aéroport de Munich, sa convocation à la brigade criminelle. Une crise d'angoisse montait en lui. Il sortit son téléphone noir tout en dénouant sa cravate pour respirer.

— Allô Charles, c'est Warren.

— Bonjour Warren, peux-tu patienter quelques secondes ?

Ces secondes semblaient des heures, Richard suait à grosses gouttes.

— Oui Warren, excuse-moi, que puis-je faire pour toi ?

— Je viens d'avoir Thérèse, ma secrétaire, je suis convoqué à la brigade criminelle demain matin. J'ai peur, je ne sais pas quoi faire.

— En effet, ceci est fâcheux… Que savent-ils ? Et surtout que sait ta fille ?

— Je ne sais pas ce qu'ils ont découvert. Quant à Julie, elle connaît la nature de ma relation avec Whitend.

— Soit. Dis-leur la vérité…

— Toute la vérité ? Mais je vais aller en taule…

— Non, tu mentionneras votre repas au restaurant, le fait qu'il soit venu dormir chez toi, dans l'hypothèse de prélèvements ADN, puis votre séparation au petit matin. S'ils cherchent à creuser, demande à être mis en examen… ton avocat sera alors averti.

— Quel avocat ? Le mien n'est pas vraiment spécialisé en pénal.

— Je m'en occupe, Warren.

— Merci Charles. Au fait, as-tu vu Scott ? Il a encore foutu un beau merdier, continua Richard, comme pour apaiser son anxiété.

— Oui, et mon petit doigt me fait dire que ce n'est pas fini, renchérit Charles sur un ton plus léger.

L'avion de Richard était prêt pour l'embarquement, il éteignit ses téléphones avant de monter à bord.

*

Antoine arriva au Gourguillon, inquiet depuis le coup de fil de Julie. Lorsqu'il ouvrit la porte, il la découvrit sur le lit, le regard vide, la télévision allumée. Il s'allongea auprès d'elle et l'enlaça. La jeune femme ne put retenir ses sanglots plus longtemps.

— Que se passe-t-il Julie ? demanda Antoine, plein d'égards.

— Mon père s'est encore bien foutu de moi. Je suis certaine que Whitend était venu le rencontrer à Lyon, la veille de sa mort.

Antoine se redressa d'un coup.

— Refais-la moi, s'il te plaît. Whitend et ton père se connaissaient ?

— Oui, depuis Harvard, ils étaient amis et se sont disputés ma mère, entre autres.

— En ce qui concerne la relation gagnant-gagnant, tu la places à quel niveau cette information ?

— Ne commence pas, Nounours m'a déjà engueulée comme une petite fille.

— Il a eu raison, répliqua Antoine en se servant un verre d'alcool fort.

— Tu continues à me faire la gueule ou tu me fais l'amour pour que j'oublie cette journée de calvaire ? supplia Julie.

— Je réfléchis… que peux-tu me dire pour m'aider à te faire de nouveau confiance ?

— La police désire entendre mon père demain, à son retour d'Allemagne…

— Non, quelque chose de personnel, où tu t'exposes.

— Je tiens plus à toi aujourd'hui que lorsque nous étions ensemble, mais pas au point de vivre une grande histoire d'amour.

— Très bien, cela me paraît sincère, bien que je le sache déjà. Aurais-je tout de même la primeur des infos sur cette affaire ?

— Ils m'ont écartée pour l'audition de mon père à cause du conflit d'intérêt qui pourrait leur être reproché par la suite. J'imagine que Nounours, même s'il est très en colère, veut surtout me protéger.

— Cela ne sert plus à rien que je couche avec toi alors, lança le journaliste en riant.

— Salaud ! répondit-elle avec ce regard étincelant qui en dit long sur le désir d'une femme.

L'étreinte qui s'ensuivit fut libérée, bestiale et sans complexe.

- 20 - RICHARD À LA CRIM'

Lyon, le 21 mai.

Richard ne dormit pas de la nuit, il était rentré la veille et angoissait depuis sur cette unique question : que savait la police ?

Il allait pourtant le découvrir aujourd'hui. Son cerveau ne cessait d'imaginer des scenarios, finissant tous derrière les barreaux. Bien qu'il lui manquât une partie de son courage, son épouse adorée, il trouva la force de se préparer à ce qui risquait d'être capital pour le reste de sa vie. Il se sentait abattu, si démuni sans elle. Allait-il pouvoir affronter les questions des policiers ?

Il descendit les marches menant à la salle à manger. Elsa avait préparé, comme tous les matins de la semaine, son petit-déjeuner. Mais ce matin-là, il ne pouvait rien avaler ; il revêtit son manteau puis claqua la porte.

Le temps était exceptionnel, pourtant il n'avait pas le goût d'aller à moto. Il monta dans une de ses voitures sans se demander si elle correspondait à son humeur. Il ne possédait, de toute façon, pas de corbillard.

Arrivé sur le parking de Marius Berliet, il se présenta à l'accueil en mentionnant son rendez-vous avec le lieutenant Gilles.

— Bonjour monsieur Gère, lança Nounours avec un grand sourire, depuis les dernières marches de l'escalier.

— Bonjour lieutenant.

— Veuillez me suivre, j'ai retenu une salle afin que nous puissions bavarder tranquillement.

La montée des marches parut longue à Richard : que cachait ce sourire ? Était-ce une tactique pour le mettre en confiance ?

Nounours le fit entrer dans une pièce où le lieutenant Da Silva les attendait.

— Plus la peine de faire les présentations, entama Nounours en riant. Installez-vous, s'il vous plaît.

Richard quitta son manteau et s'installa en face de Jojo.

— Bien, reprit Nounours. Nous vous avons convoqué afin de vous entendre sur votre relation avec Frank Whitend, assassiné à Lyon il y a pile deux semaines aujourd'hui. La semaine dernière, vous ne nous avez pas mentionné connaître cet homme. À votre décharge, il est vrai que notre entrevue ne portait pas sur ce sujet bien que vous en ayez parlé avec votre fille, le lieutenant Jacobs, deux jours auparavant. Tout ceci est-il exact ?

— Oui, opina Richard. Dois-je faire appel à un avocat ?

— Non, à moins que vous ayez quelque chose à vous reprocher ? Nous vous interrogeons, pour l'instant, en tant que simple témoin. Vous êtes la seule personne qu'Interpol a pu relier à monsieur Whitend dans la région.

— Interpol ? Mais qu'ai-je à voir avec Interpol ?

— Vous ? Pas grand-chose a priori. Disons que l'assassinat du plus puissant banquier de la planète intéresse de très près les services américains. Ce sont ces derniers qui ont découvert que vous étiez un copain de fac de la victime.

Richard écarquilla les yeux. Nounours reprit :

— Vous semblez surpris que votre fille ne nous en ait pas touché un mot ? Je vous avoue que je l'ai également été. C'est d'ailleurs pourquoi elle n'est pas parmi nous.

— Elle risque des problèmes ? s'inquiéta Richard.

— Cela dépendra de notre petite discussion d'aujourd'hui, mentit Nounours. Alors racontez-nous tout depuis le début, en synthétisant bien entendu. Je vous demanderais d'éclaircir certains points, le cas échéant.

Richard prit une grande inspiration et attaqua son récit. Il était ami avec Frank Whitend depuis leur rencontre à Harvard, à la fin des années 70. Bien que cette amitié ait perduré dans le temps, ils ne se voyaient que très rarement. À la suite du refus de son groupe de financer la découverte de Liam Jacobs, il avait contacté Whitend, le seul, à ses yeux, capable de l'aider à concrétiser ce projet qu'il jugeait d'une importance capitale pour l'Humanité. Par chance, Whitend était à Genève et avait proposé à Richard une rencontre le jour même à Lyon.

— Stop ! Vous êtes en train de nous dire que vous avez vu Frank Whitend, la veille de sa mort ?

— Oui, nous avons dîné ensemble chez Guy Lassausaie, à Chasselay.

Les deux enquêteurs n'en revenaient pas, ils approchaient des derniers instants de la vie de Frank Whitend.

— Puis, vous vous êtes séparés après ce dîner ?

— Non.

Un pesant silence s'installa dans la salle, avant que Richard ne poursuive :

— Je l'ai invité à dormir chez moi, afin d'achever de le convaincre du bien-fondé de la découverte de Liam. Nous nous sommes quittés le lendemain matin, il devait reprendre son avion pour rentrer aux États-Unis.

— Vous êtes une des dernières personnes à avoir vu la victime vivante, et vous n'en parlez pas à la police ? dit Nounours, légèrement irrité.

— J'ai eu peur que son meurtre ne soit lié à cette découverte et j'ai paniqué.

Nounours était estomaqué, il ne se passait jamais rien dans cette ville qui méritait les honneurs de la presse nationale, et voilà que deux affaires, simultanées et liées, avaient ce privilège.

— Vous comprendrez, monsieur Gère, que le juge risque de vous mettre en examen.

— Je comprends, répondit Richard en baissant la tête.

Sa vie s'écroulait. Nounours retourna dans son bureau, laissant Jojo et Richard dans la pièce. Il revint, dix minutes plus tard, en mentionnant que le magistrat procédait à la mise en examen de Richard qui pouvait désormais faire appel à un avocat pour assurer sa défense. S'agissant d'une affaire de meurtre, il n'avait pas la possibilité de quitter l'hôtel de police et était de fait placé en garde à vue.

Un policier passa la tête dans l'intervalle de la porte :

— Gilles ! Maître Fisher pour toi à l'accueil.

— Qu'est-ce qu'elle me veut encore cette conne ! Dis-lui que je ne peux pas la recevoir pour le moment.

— Elle m'a demandé de t'informer qu'elle assurait la défense d'un certain Richard Gère… J'ai d'abord cru à une blague, mais vu vos bobines…

— C'est quoi ces conneries ? hurla Nounours.

Il descendit à la rencontre de l'avocate.

— Maître, je suis très étonné de vous voir ici, dit-il d'un ton mielleux.

— Ne faites pas semblant lieutenant, mon client est-il mis en examen ? répondit-elle dans un rictus.

— À l'instant. Dites-moi, Maître, avez-vous des pouvoirs surnaturels comme dans certaines séries américaines ?

— Non, dit-elle en riant, nous dirons plutôt que la logique et l'expérience me guident.

L'expérience, mon cul, se disait Nounours en regardant la trentenaire.

Caroline Fisher, après l'écoute des chefs d'accusation, demanda immédiatement à s'entretenir avec son client dans un endroit prévu à cet effet.

*

Devant l'hôtel de police s'était installé un petit groupe autour d'une caméra. À 400 kilomètres de là, une journaliste parisienne prit la parole en direct à la télévision.

— Nous interrompons nos programmes pour vous livrer une information exclusive. Nous retrouvons immédiatement notre confrère Antoine Swarzinski, en direct de Lyon.

— Oui bonjour Maud, je me trouve devant l'hôtel de police de Lyon où les enquêteurs de la brigade criminelle entendent Richard Gère, le directeur et ex-beau-père de Liam Jacobs, ce chercheur qui aurait réalisé une découverte majeure dans le domaine des pesticides, il y a quelques semaines.

— Cependant, monsieur Gère n'est pas interrogé sur la disparition du scientifique mais sur l'autre affaire qui secoue le monde des affaires actuellement : le meurtre de Frank Whitend, le PDG de Jones & Hesse.

— En effet, nous avons appris d'une source proche de l'enquête que Frank Whitend et Richard Gère étaient de vieux amis d'université.

— La police croit-elle que monsieur Gère puisse être mêlé à cet assassinat ?

— Je viens de croiser Maître Fisher, son avocate, qui m'a confirmé qu'elle assurait la défense de l'industriel, ce qui laisse présager une mise en examen.

— Cette même Caroline Fisher que l'on a découverte dernièrement aux côtés de Baptiste Augier ?

— Exactement. Je pense que cette jeune femme est destinée à devenir un ténor du barreau.

— Merci Antoine. N'hésitez pas à revenir vers nous si de nouveaux faits se produisent.

*

Caroline et Richard s'étaient installés dans une petite salle exiguë, dédiée à la rencontre entre les défenseurs et leurs clients placés en garde à vue.

— Bonjour monsieur Gère, je suis Caroline Fisher, votre avocate comme vous l'avez sans doute deviné. Nous avons trente minutes devant nous, et je ne pense pas que mes nouveaux amis nous laissent un délai supplémentaire. Racontez-moi l'audition de ce matin, s'il vous plaît.

Richard reprit point par point l'entrevue, marquant un arrêt sur le moment où Frank sortait de la maison. L'avocate l'interrompit et poursuivit le récit. Richard était abasourdi, il écoutait avec attention cette jeune femme - sortie de nulle part - expliquer ce qu'il fallait dire ou taire aux enquêteurs.

La demi-heure prit fin et un policier vint les chercher pour les escorter dans la salle d'interrogatoire.

— Installez-vous, fit Nounours. Maintenant que vous êtes assisté de votre conseil, nous allons pouvoir reprendre notre conversation. Vous avez quitté la victime le matin de son meurtre, juste avant qu'il ne reparte, selon vos dires, pour les États-Unis.

— C'est exact, répondit simplement Richard.

— Nous savons que monsieur Whitend n'est jamais arrivé à l'aéroport. La question est donc : Où étiez-vous le jour du meurtre ?

— Nous nous sommes séparés très tôt, je devais également prendre l'avion.

— Ah bon ! Et où vous rendiez-vous ? demanda l'enquêteur en exagérant la surprise.

— Sur l'île de Houat, je devais me ressourcer après la forte déconvenue liée à la découverte de Liam Jacobs.

— Excusez mon faible niveau de géographie, précisa Jojo, mais où se trouve cette île ?

— En Bretagne, dans le Morbihan.

— Vous êtes parti, pour le week-end, sur une île de Bretagne, afin de vous ressourcer. Je résume bien ? ironisa Nounours.

— Plus précisément, j'ai pris l'avion jusqu'à Nantes, un taxi m'a conduit à La Turballe, où j'ai emprunté le bateau jusqu'à Houat… de plus, ce n'était pas pour le week-end puisque je suis rentré samedi soir : ma petite fille me rendait visite le dimanche.

— Donc, vous partez deux jours sur une île de Bretagne… il n'y avait rien de plus près ?

— Vous connaîtriez l'île de Houat, lieutenant, vous ne me poseriez pas la question.

— Avez-vous des preuves de ce voyage ?

— J'ai les factures du taxi sur moi… Je vous laisse le soin de contacter la compagnie aérienne et le port de la Turballe.

Nounours bouillonnait intérieurement… ils allaient tous lui faire le coup de l'avion cette semaine ! Mais il allait vérifier minutieusement cet alibi et c'est la raison qu'il indiqua à Maître Fisher pour lui notifier que la garde à vue n'était pas levée. Richard essayait de paraître impassible, se demandant comment Hank, car cela ne pouvait être que lui, avait réussi un tel tour de passe-passe.

Barbara passa la tête dans l'entrebâillement de la porte.

— Lieutenant Gilles, vous m'accordez un instant, s'il vous plaît ?

Nounours quitta la salle pour rejoindre sa chef dans le couloir.

— Où en êtes-vous lieutenant ?

— A priori, il n'était pas sur Lyon. Nous allons tout de même vérifier les informations qu'il nous a données.

— Très bien, faites, mais relâchez-le rapidement ! Nous avons reçu des consignes d'en haut ; monsieur Gère connaît du beau monde. C'est toujours le problème avec ces grands patrons, dit-elle avec dépit.

— Quelle altitude à peu près ?

— L'Annapurna, Gilles, l'Annapurna, répondit Barbara en s'éloignant.

Il retourna dans la salle pour notifier à Richard et à son avocate la levée de la garde à vue, puis les raccompagna à la sortie du bâtiment.

— Contente de vous avoir revu lieutenant Gilles, conclut Caroline Fisher en guise d'au revoir.

Nounours enrageait après ces décisions politiques qui l'empêchaient de faire convenablement son boulot.

— Vous savez, madame Prigent ne sera pas toujours là pour vous sauver les miches, reprit-il, énervé.

Il se retourna et aperçut ce journaleux qui écrasait sa cigarette, nonchalamment appuyé sur le mur contigu à la porte.

— Vous êtes toujours au mauvais endroit, vous.

— Toujours ! répondit Antoine.

Nounours retourna à son bureau, dans un état de colère noire.

*

— Maître Fisher, monsieur Gère, pourrais-je avoir une déclaration ? tenta Antoine en les rattrapant.

— Pourquoi pas, répondit Caroline. Vous êtes bien le journaliste qui a interviewé Baptiste Augier ?

— Lui-même.

L'équipe prit place autour des deux invités d'Antoine afin de réaliser la prise.

— Bonjour monsieur Gère, bonjour Maître Fisher, vous sortez à l'instant de l'hôtel de police, que s'est-il passé ?

— Frank Whitend, répondit Caroline, est venu à Lyon pour aider mon client à financer la découverte de Liam Jacobs, après que son groupe ait refusé de le faire.

Jean Martin avait certes menacé Richard, mais il était temps de prioriser les dangers. Les Américains auraient du mal à prouver la présence de Richard sur les lieux du meurtre sans se mouiller. Il écouta de nouveau la déclaration de son avocate.

— Et quelle aide apporta Frank Whitend à votre client ? interrogea Antoine.

— Elle ne fut pas à la hauteur de ce qu'il désirait. Monsieur Whitend était convaincu que l'important n'était pas l'efficacité de la molécule ou la dangerosité des pesticides. Pour lui, l'axe primordial était que l'opinion publique considérait les pesticides comme un danger et que le marché pour un produit qui répondait à cette peur, fondée ou non, ouvrait la voie à des profits gigantesques. Je précise que mon client n'était pas en phase avec ce discours.

— D'un cynisme incroyable, reprit Antoine. Votre client a été mis en examen aujourd'hui ; s'il demeure libre à vos côtés, est-ce parce que toutes les charges retenues contre lui ont été annulées ?

— En effet, la police a identifié mon client comme étant la dernière personne connue à ce jour ayant vu la victime. Ils vérifiaient, à juste titre, son emploi du temps. Fort heureusement, mon client se trouvait à 600 kilomètres du lieu du meurtre ; les enquêteurs vont devoir se tourner vers quelqu'un d'autre.

— Une dernière question : le nom d'Armelle Prigent a été prononcé ; quel a été le rôle de la Garde des sceaux dans la libération de votre client ?

— Sincèrement, répliqua Caroline, je n'en ai pas la moindre idée. L'alibi de mon client ne nécessitait aucune intervention d'une tierce personne.

— Merci d'avoir pris le temps de répondre à nos questions.

Richard et Caroline s'éloignèrent vers leurs voitures respectives, tandis que le journaliste appelait sa chaîne pour signifier l'envoi d'une séquence à diffuser le soir même.

- 21 - LA FRONDE GRONDE

Vendredi 21 mai, 18 h 50.

Les téléspectateurs écoutaient avec attention l'interview de l'avocate de ce grand patron qui se trouvait au centre de la tourmente. Une auditrice était plus irritée que toutes les autres en entendant ce discours : sa fille Julie. Elle hurlait de rage, lançait des objets au mur, sautait sur le lit. Antoine était rentré peu de temps avant la diffusion et espérait que ses documents de travail survivraient à « l'ouragan Julia ». À l'issue du reportage, elle s'effondra en pleurs, ne pouvant supporter plus longtemps que son père lui ait menti en la regardant droit dans les yeux, comme ce jour où il lui avait juré que sa mère n'allait pas mourir.

Elle sortit son téléphone de sa poche et composa un numéro.

— Allô ? dit une voix d'un ton surpris mais heureux.

— Richard, c'est moi. Es-tu chez toi ?

— Oui, je suis revenu.

— Je passe, il faut qu'on parle.

Elle raccrocha sèchement, prit son manteau, embrassa Antoine et sortit. Peu de temps après, elle se garait devant chez son père, avec moins d'appréhension que lors de sa dernière visite. Dès l'ouverture de la porte, Julie entra et, sans un regard pour son père, se précipita au salon, se servit un cognac, le but puis s'en servit un autre.

— Je suis furieuse contre toi !

— Je comprends, répondit Richard, penaud.

— Non ! Tu ne comprends pas, je suis furieuse contre toi parce que tu m'as encore menti. Tu m'as menti quand maman est tombée malade, tu m'as menti quand elle était condamnée et tu me mens encore aujourd'hui avec une facilité déconcertante.

— Tu te trompes Julie, il n'a jamais été facile de te mentir. Pour ta mère, je voulais t'épargner… même si cela s'est révélé la pire erreur de ma vie. Cette fois-ci, c'était pour me protéger, moi et ce en quoi je crois.

Il avait les larmes aux yeux en évoquant les jours où il avait fait ces choix qui s'étaient avérés destructeurs pour sa famille.

— Mais merde Papa, j'aurais pu t'aider ! hurla Julie, hors de contrôle.

Au mot Papa, Richard s'écroula en pleurs sur son fauteuil, il n'espérait plus entendre ce mot dans la bouche de sa fille. Julie fut, elle aussi, très perturbée lorsqu'elle s'en rendit compte, et vint s'asseoir sur les genoux de son père comme l'enfant qu'elle redevenait un instant. Elle ajouta :

— Je vais te sortir de là, laisse-moi t'aider cette fois-ci.

Il la regarda dans les yeux et lui fit un bisou sur le front, une habitude oubliée depuis bien longtemps.

Il était déjà 20 heures. Julie alluma la télévision, les journalistes aborderaient nécessairement le sujet. Étonnamment, les journaux télévisés ouvraient sur les rassemblements soudains qui s'étaient constitués dans plusieurs villes de France. Les participants interrogés reprenaient en chœur les arguments de Baptiste Augier et notamment celui qui supposait que tout bienfait était désormais combattu par une élite pour son seul bien. À Toulouse, un professeur de lycée commenta avec ironie l'intervention d'Armelle Prigent, en citant Thucydide : « *Du fait que l'État, chez nous, est administré dans l'intérêt de la masse et non d'une minorité, notre régime a pris le nom de démocratie* ».

Richard s'éclaircit la voix et réclama l'attention de sa fille.

— Ma chérie, éteins s'il te plaît, j'ai une chose importante à te dire.

Julie coupa la télévision, inquiète de ce qui allait suivre.

— J'y étais ! dit-il après avoir expiré bruyamment.

— Que veux-tu dire ? demanda Julie sans saisir de quoi il parlait.

— Le jour du meurtre, j'étais avec Frank.

— Quoi ? cria Julie sans mesurer sa réaction.

— Ce matin-là, nous sommes partis faire un tour à moto dans les monts du Lyonnais. Après quelques kilomètres, je me suis arrêté pour satisfaire un besoin naturel derrière une cabane… c'est à ce moment que j'ai entendu les coups de feu… je me suis enfui et lorsque je suis revenu sur les lieux, il était mort.

— Papa, tu perds la boule, Whitend a été tué à l'Est de Lyon.

— Non, il a été transporté, mort, à l'Est de Lyon.

— Mais pourquoi n'as-tu pas prévenu la police ?

— Je ne suis pas sûr que Frank était la cible, il conduisait l'une de mes motos. Surtout, je craignais pour l'avenir de la découverte de Liam, mon rêve d'enfant, mon héritage légué à la postérité.

Julie devint blême. Son père était dans une merde noire et elle était sûrement la seule à pouvoir l'en sortir. Malheureusement elle était flic, et avait prêté serment. Sa tête ne demandait qu'à exploser.

Le réflexe de l'enquêtrice reprit le dessus :

— Et comment le corps s'est-il retrouvé vers Jonage ?

— Et bien, …

— Non, ne réponds pas, je ne pense pas être en mesure de l'entendre. Appelle Anaïs et demande-lui de venir passer le week-end avec toi.

Julie fit de nouveau une bise à son père, avant de repartir chez Antoine où elle souhaitait éclaircir ses idées. Ce dernier l'attendait avec impatience, il venait de recevoir un mail surprenant, auquel était attaché un message audio. L'avis de la policière était requis avant toute action de sa part.

*

Julie monta les quelques marches qui menaient à la chambre d'Antoine, frappa et entra simultanément.

Antoine se délassait dans le jacuzzi, le regard voguant à travers la baie vitrée, grande ouverte. Elle ne se déshabilla pas immédiatement, trop curieuse qu'elle était d'écouter ce fameux message.

Antoine lui désigna de la main la tablette et le casque associé. Le message audio était au premier plan, elle le lança… il était en anglais.

— Bonjour Harry, c'est Frank à l'appareil.

— Bonjour Frank, comment vas-tu ?

C'était une discussion entre Frank Whitend et un certain Harry. Julie, pourtant concentrée sur la traduction de la conversation, comprit rapidement que le second Américain était le patron de son père. L'avis des deux hommes différait sur l'appréhension de la découverte de Liam, néanmoins ils s'accordaient sur l'idée que Frank devait absolument convaincre Richard de ne pas ébruiter l'information. La dernière phrase prononcée avait perturbé Julie, à tel point qu'elle l'avait réécoutée plusieurs fois. Elle ôta le casque de ses oreilles.

— Alors ? lança Antoine. Surprenant, non ? Ce Harry est celui auquel je pense ? Harry Lee ?

— Oui, aucun doute là-dessus.

— Je trouvais déjà la réponse de Whitend cynique, mais celle de Lee est un modèle du genre.

— Je n'ai pas bien saisi, reprit Julie, il propose de rendre publics les résultats de Liam, après s'être assuré d'avoir découvert la substance qui la rendrait inopérante. Ainsi la stagnation du taux de cancers, malgré l'intégration de la découverte de Liam, disculperait, de fait, les pesticides.

— En gros c'est ça : il mettrait ainsi fin à cinquante ans de bataille juridique sur la nocivité des pesticides...

— Et Whitend n'était pas d'accord avec ça ?

— Non, il restait une part d'humanité en lui, dit-il en riant. Whitend était Vador, Lee est l'Empereur.

— La dernière phrase m'a interpelée, reprit Julie. Lee enjoignait Whitend de convaincre mon père avant qu'un drame ne survienne ? J'entends souvent les noms d'Harry Lee et de John Smith en ce moment, surtout que Whitend n'était peut-être pas la cible ?

— Qui cela aurait-il pu être d'autre ? s'étonna le journaliste.

— Mon père... Whitend était sur une des motos de mon père. Qui t'a...

— Hé ho ! Freine Mimosa ! Une moto de ton père ? s'exclama le journaliste, las des surprises de cet acabit.

— Ouais je t'expliquerai ! Alors, qui t'a envoyé cet enregistrement ? reprit Julie pressante.

— Un certain Bocca della verità….

Julie ne put cacher sa surprise. À la vue de cette moue, Antoine comprit qu'elle n'entendait pas ce nom pour la première fois.

— Tu le connais ? demanda Antoine, piqué dans sa curiosité.

— C'est lui qui m'a envoyé le mail de Karl Hoffman destiné à John Smith, ainsi que des infos issues de la boîte mail de Liam : le fameux bdv@gmail.com !

— L'adresse est différente… Penses-tu que ce gars veut nous aider ou qu'il nous embobine ?

— Pour l'instant il nous aide, mais soyons vigilants. Je peux te rejoindre ? J'en ai besoin.

Julie se déshabilla et se glissa, sans dire un mot, dans le jacuzzi. Ils restaient dans leurs pensées : que faire de cette information ? Aucun ne voulait froisser l'autre. Antoine prit les devants, il devenait nécessaire de statuer.

— Julie, que fait-on de ça ?

— Aucune idée, tout cela me fait peur.

— Si je la révèle au grand public, l'ensemble du monde verra une nouvelle fois le vrai visage de ces multinationales.

— Les contestations actuelles risquent de s'amplifier et de dériver vers la violence. De plus, mon père est un témoin de premier choix. S'ils ont tué Whitend, ils n'hésiteront pas à le supprimer à son tour.

— Tu crois sincèrement qu'ils tueraient l'un des leurs ?

Julie se retourna, cachant un regard qui mélangeait colère et tristesse.

— Il n'est pas l'un des leurs !… Il ne l'a jamais été finalement.

La discussion se termina sur leur décision d'ajourner la diffusion de cette information. Malheureusement, ils ne savaient pas si d'autres avaient eu accès à cet enregistrement et comment réagirait Bocca della Verità si Antoine gardait le silence. Ce dernier rédigea une réponse, expliquant sa décision et priant de garder secret le contenu de leur échange. La réponse vint quasiment instantanément : l'adresse n'existait plus.

*

Les deux amants avaient traîné au lit ce samedi matin. Julie se sentait débarquée de l'enquête. Antoine, lui, avait du mal à se positionner dans ce climat explosif. Son téléphone sonna, c'était la rédactrice en chef.

— Mets I-Télé.

Le journaliste s'exécuta. Un confrère apparut, micro à la bouche, devant une agence bancaire, lyonnaise d'après le bandeau incrusté. Le directeur de l'agence avait été agressé par un colonel à la retraite. Choqué, il était aux côtés du reporter.

— Monsieur Rossi, entama le journaliste, racontez-nous ce qui s'est passé.

— J'avais rendez-vous avec monsieur Rosier, un de nos plus anciens clients, pour effectuer un point sur ses contrats. Celui-ci est entré dans mon bureau, m'a regardé froidement puis m'a giflé, en me traitant de voyou. Il m'a ensuite déclaré que la honte devrait m'envahir d'exercer un métier de parasite et qu'à son époque, les gens ne se seraient pas contentés de m'arroser.

— Le colonel Rosier a ensuite été maîtrisé par votre agent de sécurité jusqu'à l'arrivée des forces de l'ordre.

— C'est exact. Je ne comprends pas ce qui se passe, nous n'avons rien à voir avec les reproches faits à la finance, je ne m'occupe même pas de professionnels.

Le journaliste conclut son interview par le rituel associé avant de rendre l'antenne.

Antoine reprit le combiné pour parler à sa patronne.

— Tu ne veux tout de même pas que j'aille couvrir ça.

— Non, mais reste sur le qui-vive ; qu'un vieux qui n'a jamais rien fait de malhonnête prenne rendez-vous pour gifler son banquier ne restera sûrement pas un fait isolé.

Antoine raccrocha et regarda Julie, interloqué. Il se passait vraiment des choses insensées ces derniers temps.

Ils flânèrent le reste de la journée dans les rues de Lyon en croisant de temps à autre des sit-in de protestation, devant les endroits définis, par les participants, comme des symboles du capitalisme.

Dimanche matin. Après s'être promenée sur le « quai des artistes », Julie commençait à éprouver une sensation désagréable. Elle n'était pas faite pour rester inactive et décida de décrocher son téléphone.

— Nounours, c'est moi.

— Salut Jay-Jay, tu vas bien ?

— Je voulais qu'on fasse la paix, répondit-elle avec sa voix de petite fille.

— Nous ne sommes pas en froid, rétorqua Nounours. Je ne t'ai pas appelée ce week-end car je suis au vert moi aussi. On piétine dans cette affaire, on a les infos au compte-gouttes…

— As-tu creusé le côté américain ?

— Tu lis dans mes pensées, c'est justement celui-ci qui tourne au ralenti et je ne pense pas que cela soit lié au décalage horaire. Quelqu'un fait en sorte de gripper la machine.

— Je passe demain au bureau alors ? demanda Julie.

— Bien sûr Bichette.

Julie se sentit légère et rentra pour retrouver Antoine, toujours devant le poste de télévision.

— Les associations appellent au calme et à la non-violence. Le mouvement des bouteilles d'eau, comme ils l'appellent désormais, semble se calmer.

— En même temps, nous sommes dimanche, toutes les cibles sont de repos aujourd'hui, rétorqua Julie en riant.

— Tu crois que le marché de l'eau minérale a grimpé ? Il faudrait regarder l'action Danone, répondit Antoine déjà tout rouge.

— À leur place, je jetterais de la Contrex, renchérit Julie en se mettant deux doigts dans la bouche.

Le week-end se termina paisiblement.

- 22 - DES AGRESSIONS

Lyon, le 24 mai.

Julie se leva tôt pour rejoindre ses collègues, ces deux jours de repos avaient été trop longs pour elle. Antoine émergeait à peine, tandis qu'elle appelait Anaïs pour savoir si le week-end auprès de son grand-père s'était bien déroulé.

— Bonjour Maman.

— …

Julie ne put sortir un mot. Elle comprit ce qu'avait ressenti son père, le vendredi soir, et se mit à pleurer à chaudes larmes.

— J'ai eu une discussion avec Papy Dick, je veux que l'on réessaie toutes les deux.

Julie se demandait comment il pouvait y avoir autant de maturité dans sa petite fille ; la réponse était qu'elle n'était plus une petite fille.

— Bien sûr ma chérie, rien ne me ferait plus plaisir. Je serai à la maison ce soir.

— D'accord, je dois partir au lycée maintenant, reprit Anaïs avant de raccrocher.

Julie regarda la ville s'éveiller depuis la terrasse, elle était heureuse. Antoine vint la prendre dans ses bras pour partager son bonheur. Bien qu'il l'ait accepté, il avait toujours regretté de ne pas avoir été choisi pour être le père d'Anaïs.

Il la laissa partir pour le boulot.

*

— Salut Nounours, dit Julie en le prenant dans ses bras, avant de renouveler l'étreinte avec Jojo.

— Je te trouve bien câline aujourd'hui. Tu as rompu avec ton journaliste ? dit ce dernier, taquin.

— Qu'est-ce que tu racontes ?

— Eh ! Julie, je te rappelle que nous sommes enquêteurs prôffesssionnels, reprit-il avec un accent exagéré du Sud de la France.

Elle rougit.

— Bon les gars, du nouveau ?

— Tu n'as pas la télé au Gourguillon ? reprit Nounours en rigolant.

— C'est bon, vous allez me la faire toute la journée ? Je n'ai pas regardé ce matin, nous étions trop occupés à faire… vous savez le truc que vous ne faites plus…

— Haha ! C'est bon de te revoir comme ça, remarqua Jojo. Trêve de conneries, il y a eu des agressions sur le parvis de la Défense ; des gars en costard se sont faits tabasser par des mecs cagoulés. A priori, les groupes étaient au nombre de trois, composés de quatre à six individus chacun.

— Les blessures ne sont pas très belles, reprit Nounours. D'après Paris, elles ont été infligées à l'aide de battes de baseball, de clés à molette, de clubs de golf… Ta chef veut que l'on monte immédiatement afin de confirmer ou d'infirmer un lien avec Lyon. Notre TGV part dans une heure.

— J'ai promis à ma fille de rentrer ce soir, je ne peux pas lui faire ça. Laisse-moi l'appeler s'il te plaît.

— OK, mais fais vite.

Julie appela Anaïs et s'excusa sur la messagerie de ne peut-être pas pouvoir, une fois de plus, tenir sa promesse.

*

Nounours et Julie arrivèrent au 36, quai des Orfèvres, adresse mythique de la police judiciaire. Ils avaient laissé Jojo à Lyon, en réserve.

— Bonjour Julie, Bonjour lieutenant… ?

— Gilles, répondit Julie.

— Très bien, je suis la commissaire divisionnaire Amélie Combes, la chef de section de la Brigade Criminelle, entre autres.

Nounours trouvait que Barbara était une femme de poigne mais Amélie la surclassait encore. Il était heureux que la profession soit de moins en moins misogyne.

La commissaire divisionnaire avait relaté, en chemin, des faits similaires qui s'étaient produits à Londres, Francfort et Zürich. Les deux enquêteurs la suivirent vers les salles d'interrogatoire, derrière les miroirs sans tain, tandis qu'elle poursuivait son récit afin d'établir les éléments déjà connus.

— Toutes les victimes sont à l'hôpital. Les blessures sont de différentes gravités, mais aucun pronostic vital n'est engagé. Nous avons arrêté douze personnes sur les quinze auteurs présumés, d'après les témoignages.

— Belle perf ! siffla Julie.

— Les arrestations n'ont pas été compliquées, ils se sont livrés.

— Comment ça ? lança Nounours, incrédule.

— Ils se sont rendus au centre de l'esplanade de la Défense, ont ôté leur cagoule, mis les mains sur la tête et se sont agenouillés en attendant les équipes de police.

— Ça n'a pas de sens, reprit Julie. Et ont-ils pu dénoncer leurs complices ?

— Et bien la difficulté, c'est qu'ils affirment ne pas les connaître. Il s'agirait d'un black-bloc organisé sur les réseaux sociaux et je les crois, malheureusement, sincères.

— Black-bloc, répéta Nounours… les trucs de Seattle dont la télé a parlé lors du reportage sur Baptiste Augier ?

— Oui, d'où votre présence ici. Nous aimerions savoir si vous pouvez identifier l'un ou plusieurs des suspects. Vous en profiterez pour nous mettre au parfum de votre enquête.

— Nous aurions pu le faire en visioconférence, plaisanta Julie.

— Dès qu'on abandonne les fax, je vous proposerai ça, répondit sa supérieure avec un rire jaune. Non, ce qui m'inquiète, c'est qu'aucun d'eux n'est fiché.

— Qui est l'instigateur du black-bloc ? demanda Julie.

— Il semblerait qu'il ne soit pas là. Fait-il partie des trois qui se sont enfuis ? Nous n'en avons aucune idée, une fois de plus.

Nounours et Julie naviguaient derrière chaque vitre pendant qu'on leur présentait tour à tour les suspects... Ils n'en reconnaissaient aucun.

— Soit, reprit la taulière, nous aurons tenté. Venez dans mon bureau, nous allons discuter de votre enquête.

Julie et Nounours hésitaient à aborder le piétinement dont ils faisaient preuve mais ils n'avaient pas le choix. Ils n'avançaient pas et ce n'était plus un secret au cœur de la PJ. La conversation s'orienta tout de même sur John Smith, ancien de la NSA et salarié du groupe par lequel le scandale était arrivé. La commissaire parut perplexe mais envisageait toute piste comme possible, il était prouvé que les intérêts de ces grandes firmes les avaient déjà poussés, par le passé, à franchir la ligne jaune.

— Dites-moi Julie, n'est-ce pas la découverte de votre ex-mari qui a déclenché cette « affaire Whitend » finalement ?

Julie était arrivée à cette conclusion depuis quelques jours.

— En effet, sans cette découverte, Whitend ne serait pas venu à Lyon et n'aurait pas été assassiné... du moins pas en France.

— Puis-je vous demander où vous en êtes au sujet de la disparition de Liam ? demanda innocemment Amélie.

Julie redoutait cette question, elle espérait que le meurtre de Whitend avait éclipsé sa disparition.

— Je pense l'avoir retrouvé, dit Julie de but en blanc.

— Très bonne nouvelle, fit la commissaire en se levant.

Nounours foudroyait Julie du regard, mais elle se contenta de hausser les épaules et de lui murmurer : « je t'expliquerai ».

Ils sortirent du bureau de la taulière. Pour résumer, ils étaient en présence d'agressions commises au hasard, sur des salariés d'entreprises financières, par des personnes inconnues de la police. Ces suspects ne se connaissaient pas mais avaient agi de concert grâce à un appel sur les réseaux sociaux.

— Putain merde Julie, qu'est-ce que c'est que cette connerie encore ? cria Nounours.

— Chut !

Julie entraîna son collègue à l'abri des oreilles indiscrètes avant de reprendre :

— Je te l'ai dit le jour où tu es allé voir Max, ton contact chez Interpol, mais tu ne m'as pas écoutée ; de plus je ne l'ai réellement retrouvé qu'hier. J'allais te demander de m'aider à organiser son retour sur Lyon et d'assurer sa protection.

— C'est marrant, tu veux toujours me parler de tout plein de trucs, mais toujours après que je les découvre, dit-il passablement énervé.

Elle regarda sa montre, cette « journée » à Paris n'avait pas été si longue. Elle tiendrait la promesse faite à Anaïs.

À bord du TGV, elle se rendit aux toilettes pour rédiger un mail :

« Liam, je t'en prie, rentre sur Lyon dès demain. Je t'attendrai chez toi. ».

- 23 - APAISEMENT ?

20 heures, gare de la Part-Dieu. Le temps de sauter dans un taxi, Julie serait auprès de sa fille dans la demi-heure. À son arrivée, l'adolescente était affalée devant la télévision et dormait à poings fermés. Sa mère s'approcha d'elle pour l'embrasser.

— Ah, tu es rentrée ? murmura-t-elle à demi éveillée. J'ai essayé de t'attendre mais j'ai eu une grosse journée aujourd'hui.

— Ne t'inquiète pas, va te coucher, nous discuterons demain matin.

La jeune fille se leva, divagua dans la pièce avant de trouver le chemin des escaliers qui menaient à sa chambre. Julie, avant de faire de même, scruta ses messages à la recherche d'une confirmation du retour prochain de Liam. Malheureusement, aucune nouvelle de celui-ci n'y figurait.

Elle émergea très tôt le lendemain afin de préparer le petit-déjeuner de sa fille. Elle ne connaissait pas ses habitudes et avait pris la liberté de composer un assortiment de tout ce qui se trouvait dans la cuisine. Lorsqu'elle entendit le son de la douche, Julie regarda une dernière fois si tout était parfait sur la table et s'assit. Des pas résonnèrent enfin dans l'escalier : ce qui n'était qu'une scène banale pour beaucoup de parents représentait, pour Julie, un des moments les plus stressants de sa vie, celui où elle allait peut-être réussir à recoller les morceaux avec son être le plus cher.

— Salut Maman, désolée de m'être endormie hier, dit Anaïs en embrassant sa mère.

— Salut ma chérie, répondit Julie sentant ses larmes monter, je ne sais pas comment tu déjeunes, je t'ai donc préparé plusieurs choses.

— Je ne déjeune rien habituellement, mais tout ceci m'a l'air tellement bon, confia-t-elle en s'asseyant.

— Ma chérie, j'ai quelque chose d'important à te dire.

Julie poursuivit immédiatement, voyant l'effroi se dessiner dans le regard de sa fille.

— Non, ne sois pas inquiète. Je voulais te dire que j'ai contacté ton père pour qu'il rentre aujourd'hui, il devrait être en sécurité désormais.

— Vous m'expliquerez un jour ce qu'il s'est réellement passé ? interrogea la lycéenne en finissant de beurrer une tartine.

— Oui, quand tout ceci sera fini.

Si Julie consentait à l'idée que le retour de Liam était nécessaire pour freiner ces mouvements devenus incontrôlables, elle craignait de ne pouvoir assurer totalement sa sécurité. Surtout face aux Américains qu'elle pressentait dangereux et sans limites.

À 7 h 15, Anaïs prit ses affaires, embrassa sa mère et se dirigea vers la porte de la maison. Julie se retrouva seule, dans la peau de la mère au foyer ayant terminé sa première tâche… Elle ne comptait pas accomplir les autres, sinon d'attendre patiemment son mari.

*

La ménagère d'un jour s'était installée dans le canapé et zappait entre les différentes chaînes d'informations. Toutes, qu'elles soient françaises ou étrangères, tournaient en boucle sur les agressions de cadres financiers en Europe. Différents leaders politiques se bousculaient pour récupérer les faits, en soutien de leur idéologie. Tous affirmaient avoir pressenti les évènements ; seules les causes différaient, de manière à étayer le discours habituellement tenu par chacun.

Une ministre déclarait sur l'ensemble des chaînes qu'elle allait ordonner la fermeture de Facebook, jusqu'à ce qu'un journaliste ose lui expliquer que ceci ne relevait pas de son pouvoir et qu'elle ne pouvait pas toujours aller dans le sens du vent. Cette dernière, coutumière du fait, vexée, dut affronter ses contradictions lorsque ce même journaliste lui rappela qu'elle avait demandé, au cours d'un même trimestre, l'interdiction de parution de Charlie Hebdo et le soutien à ce même journal après la mobilisation des Français en janvier 2015.

Les anticapitalistes, les néolibéraux et l'ensemble des girouettes débattaient sans jamais aborder les problèmes de fond... mais concluaient à l'unanimité par : « *Je l'avais bien dit, c'est la faute de ... »*.

Après trois heures d'informations identiques, entrecoupées de pubs, Julie entendit la porte s'ouvrir. Liam apparut sur le seuil en souriant ; elle bondit du canapé et l'embrassa telle une furie.

— Dois-je te rappeler que nous sommes séparés ? dit Liam en riant.

— Je suis tellement contente de te voir vivant, répondit-elle. Enfin vivant ! Ils ont condamné les douches dans les Bauges ? reprit-elle en se pinçant le nez.

— C'était un peu compliqué. Je vais me décrasser et on en discute. Anaïs va bien ?

— Je pense qu'elle a eu très peur pour toi, cria Julie, alors que Liam disparaissait dans les escaliers.

Quelques minutes plus tard, il revint propre et rasé. Julie avait préparé un café et s'était installée sur le canapé. Le son de la télévision était coupé.

— Bon, par où commençons nous ? demanda Liam en s'asseyant sur le fauteuil situé face au canapé.

— Peut-être pouvons-nous débuter par la raison de ta disparition, alors qu'il était prévu que tu partes avec Emma.

— Soit. Lorsque je suis revenu à la boîte, le mardi après-midi, j'ai aperçu Karl et la sécurité qui vidaient mon bureau. J'ai alors dû changer mes plans afin de préserver Emma.

— Ont-ils pu mettre la main sur un indice qui pourrait vous mettre en danger ? demanda Julie, très imprégnée de son métier.

— Aucun risque, il n'y avait rien sur mon PC ou dans mes classeurs. Aucune info compromettante n'a pu fuiter par mail non plus.

— Pourquoi n'as-tu pas prévenu Emma ? Te rends-tu compte du sang d'encre qu'elle a pu se faire ?

— Je l'ai pourtant prévenue que je ne l'accompagnais pas. Je suppo-sais qu'elle n'entendrait pas parler de tout cela depuis l'étranger.

— Sauf que je l'ai appelée... merde, tu aurais pu me prévenir.

— J'ai paniqué, tout s'est enchaîné si rapidement, et puis il y a eu cette histoire de meurtre…

— C'est vrai, d'autant plus que sans ta disparition, Whitend serait sûrement en vie.

— Qu'est-ce que tu racontes ? dit-il éberlué. Qu'ai-je à voir là-dedans ?

— À la suite du refus du groupe, mon père l'a appelé pour financer ton projet.

— Putain ! Quelle merde ! maugréa Liam.

La discussion se poursuivait dans l'optique de coupler une solution aux évènements avec le maintien en sécurité de Liam.

— Nous devons voir Antoine, conclut Julie.

— Il est resté sur Lyon ?

Julie récupéra son manteau, ses clés de voiture et fit signe à Liam de la suivre. En route, ils ne s'adressèrent quasiment pas la parole ; chacun était noyé dans ses réflexions pour sortir de cette situation qui paraissait inextricable. Après avoir frappé à la porte d'Antoine, Julie sortit sa clé pour entrer.

— Tiens ! ironisa Liam. Tu as les clés de la chambre d'Antoine. Les relations sont au beau fixe entre la police et la presse.

— Tu es jaloux ? demanda Julie.

— Un petit peu, c'était tout de même mon meilleur pote.

— C'est marrant, cela ne t'a pas posé de problème quand tu t'es mis avec Emma.

Liam se tut et contempla la vue sur la ville, tandis que Julie laissait un message à Antoine.

Lorsque ce dernier poussa la porte, il laissa tomber ses clés de surprise. Liam se trouvait sur sa terrasse en train de siroter une bière avec Julie. Comment allait-il lui expliquer qu'un imprévu avait mis son ex-femme dans son lit ?

— Salut mon pote ! lança Liam en s'approchant d'Antoine pour l'embrasser.

— Salut Liam, ça me fait plaisir de te voir, tu nous as bien fait flipper. Je vais chercher une bière et je vous rejoins.

Antoine prit quelques biscuits apéritifs et alla s'asseoir auprès de ses amis, sur la terrasse. Après avoir résumé la discussion du matin, Julie se tourna vers les garçons.

— Que fait-on maintenant ?

— Même si la disparition de Liam a certes provoqué la venue de Whitend à Lyon, elle n'a pas déclenché les violences, expliqua Antoine, devenu grave. La violence, outre le meurtre de l'Américain, s'est manifestée suite aux interventions de Baptiste Augier. Sa première intervention concernait ta disparition, Liam ; peut-être que l'annonce de ton retour aura un impact sur les évènements.

La stratégie était posée. En préambule, Julie préviendrait son père et la police, tandis que Liam organiserait une réunion à laquelle participeraient les quatre amis.

Les Jacobs acquiescèrent en vidant leur bouteille de bière. Julie décrocha son téléphone et s'éloigna de la terrasse.

— Salut Nounours, c'est moi, je te dérange ?

— Pas du tout, on se demandait où tu étais depuis ce matin.

— J'attendais Liam… il est rentré.

— Bonne nouvelle ! Vous passez en début d'après-midi pour débriefer ?

— J'aimerais prendre un peu de temps, pour qu'il ait confiance en moi. Antoine annoncera son retour ce soir pour tenter de calmer la folie actuelle.

— Raison de plus pour venir au plus vite. Si le juge voit cette info ce soir, il va nous envoyer le cueillir et crois-moi, il serait plus judicieux qu'il vienne de son plein gré. Je te rappelle que le lien entre ton père et l'Amerloque fait de Liam un témoin, à défaut d'un suspect.

— D'accord Didier, nous passerons avant la prise d'antenne.

Julie avait imaginé gagner quelques jours avant que Liam ne voie ses collègues. Elle se tourna vers lui, il était au téléphone avec Emma, heureux de lui dire que tout allait bien, qu'il l'aimait et qu'ils seraient bientôt de nouveau réunis. Bien que leur histoire soit terminée, Julie ressentait un léger pincement à le voir amoureux d'une autre.

Elle poursuivit sa mission en appelant son père. Un doute lui vint à l'esprit quand il décrocha : se pouvait-il que les Américains l'aient mis sur écoute ? Elle renonça à lui formuler distinctement l'information, tout en essayant de la lui faire saisir par des images qu'il était seul à même de comprendre.

Richard s'interrogea sur les rapports de sa fille avec les substances illicites…

*

À 14 heures, Julie et Liam arrivèrent devant Berliet, lieu de leur rendez-vous avec les lieutenants Gilles et Da Silva. La discussion pouvait rapidement se transformer en interrogatoire si les deux policiers devenaient suspicieux. Ils montèrent directement dans le bureau, anxieux de l'accueil qui leur serait réservé.

— Salut les gars, lança Julie pour amorcer l'entretien de manière informelle.

— Bonjour vous deux. Merci d'être passés nous voir, rétorqua Nounours. Nous sommes très heureux de vous savoir sain et sauf monsieur Jacobs. Sur ce, nous aimerions avoir quelques éclaircissements sur votre soudaine disparition.

— Bien évidemment, répondit Liam, l'air désolé.

— Allons droit au but, continua Nounours, une seule chose intéresse ma hiérarchie : Où étiez-vous le jour du meurtre de Frank Whitend ?

— S'il s'agit bien du vendredi juste après mon départ, j'étais à la Compôte, dans le cœur des Bauges.

— Quelqu'un peut-il l'attester ?

— Oui, les gens qui me louaient la chambre d'hôtes. Ce jour-là, j'étais parti randonner avec eux pour la journée. Voici leurs coordonnées, dit-il en tendant une carte de visite décorée de manière champêtre.

— Et pourriez-vous m'expliquer pourquoi ces personnes n'ont pas prévenu la gendarmerie lorsqu'elles ont vu que vous étiez recherché ?

— Ils n'ont pas de téléviseur, lieutenant. J'avais même espéré, à raison, qu'ils s'étaient gardés d'en acheter un depuis notre dernière semaine passée chez eux.

Nounours regarda Julie qui acquiesça pour lui signifier que l'histoire était plausible.

— Bien monsieur Jacobs, répéta Nounours pour éviter toute familiarité. S'agissant d'une affaire de meurtre, je devrais vous mettre en garde à vue le temps de vérifier votre alibi. Mais étant donné que vous êtes sous la surveillance de notre meilleure enquêtrice, je vais exceptionnellement vous laisser en liberté. Nous vous demandons de ne pas quitter la ville au cours des prochaines quarante-huit heures.

— Entendu Nounours, remercia Julie. Je vais le tenir à l'œil.

— Dis-moi Jay-Jay, ton pote le journaleux compte foutre encore la merde ce soir ?

— Non, il va tenter d'apaiser ce bordel.

Liam et Julie quittèrent l'hôtel de police avec soulagement. Tout s'était bien passé, ils seraient à la maison pour accueillir Anaïs à sa sortie du lycée.

*

— Papa !

Anaïs avait ouvert la porte, une lueur d'espoir dans les yeux, avant de se précipiter dans les bras de son père, en pleurs. La joie de le retrouver se mêlait à la peur de l'avoir perdu.

— Je suis tellement content de te voir mon bébé, confia Liam, les yeux mouillés par les larmes. Je suis désolé que tu aies dû subir cela.

— Ne t'inquiète pas Papa, je ne t'en veux pas.

Julie vint se joindre à eux et pour la première fois depuis très longtemps, ils s'étreignirent tous les trois. Ils continuèrent à discuter comme une vraie famille jusqu'à ce que Julie regarde Liam en lui désignant le téléviseur.

18 h 50, les infos débutaient. La présentatrice introduisit le sujet du jour avant de passer l'antenne à Antoine :

— Bonsoir, je suis de nouveau en direct de Lyon pour vous annoncer une très grande nouvelle. Nous nous souvenons tous que les événements actuels sont liés à la disparition du docteur Jacobs ; or ce dernier est réapparu sain et sauf et j'ai pu m'entretenir avec lui aujourd'hui même.

— Mais où était-il ? Le savez-vous ? reprit la présentatrice, feignant la surprise.

— Il était dans un massif des Alpes, un endroit isolé, sans télévision. C'est la raison pour laquelle il n'a pu être au courant des évènements qui ont suivi son départ, et notamment du meurtre de Frank Whitend, meurtre qui, je le rappelle, a engendré les violences.

La présentatrice s'arrêta et réfléchit quelques secondes : son passé de journaliste lui intima de poser la question qui la taraudait, une interrogation non suggérée par son oreillette.

— Certes la barrière de la violence a été franchie à la suite du meurtre de ce banquier américain mais les mouvements de protestation n'ont-ils pas été engendrés par le refus du groupe de monsieur Jacobs de financer sa découverte ? Il me semble que vous-même avez révélé ceci sur notre antenne, créant de surcroît un lien entre les deux affaires.

Antoine redoutait cette question. Il ne voyait pas comment ne pas exposer Liam et, avec lui, ses amis. Il devait répondre… la question avait été posée depuis cinq secondes déjà et le direct ne lui permettait pas de prolonger sa réflexion.

— C'est exact. J'ai d'ailleurs demandé une interview exclusive à Liam Jacobs qui répondra à mes questions dès qu'il aura repris ses esprits auprès de sa famille.

— Merci Antoine. Nous retrouverons rapidement les suites de cet évènement, en exclusivité sur notre chaîne.

La retransmission s'arrêta. Antoine n'avait pas trouvé meilleure esquive ; il espérait toutefois ne pas avoir mis ses copains dans l'embarras. Ils profiteraient de la réunion du lendemain pour élaborer une stratégie.

Le journaliste partit pour son hôtel de charme, qui en aurait un peu moins ce soir : Julie avait prévu de rester auprès d'Anaïs et de Liam.

Richard, devant son poste, comprit enfin le langage codé de sa fille : elle avait voulu l'informer du retour de Liam. Il allait remettre la main sur sa découverte la semaine où il renouait avec sa fille ! Les voies du Seigneur étaient décidément impénétrables.

- 24 - DES MEURTRES

Le 26 mai, très tôt.

Antoine n'arrivait pas à dormir cette nuit-là, il se tournait et se retournait dans son lit : Était-ce la subite tournure de l'affaire ? L'absence de Julie, à laquelle il n'était plus habitué ? Ou bien la bouteille de vin blanc, sifflée pour oublier les deux premières raisons ?

Son téléphone sonna à 3 h 12. Qui pouvait l'appeler au beau milieu de la nuit ? Il souhaitait ardemment entendre Julie lui annoncer qu'elle débarquait faire un câlin… C'était sa patronne ! Que pouvait-il y avoir de si urgent ?

— Salut Antoine. Allume ta télé sur BFM, ça part en sucette en Asie.

Antoine aurait préféré un « Salut Antoine, excuse-moi de te réveiller, c'est très important… », bref, un semblant de tact, un début de politesse. Il s'exécuta tout de même et vit les images d'un immeuble appartenant à HSBC devant lequel stationnait une ambulance entourée de dizaines de journalistes, de passants et de policiers. L'envoyé spécial racontait qu'un individu, non identifié, s'était présenté devant la banque muni d'un sabre et avait sauvagement agressé l'un des salariés, un certain Tobias Peeters, trader de profession. Il ne savait rien d'autre pour le moment, si ce n'est que la victime souffrait de blessures multiples et que son pronostic vital était engagé.

— Tu me réveilles pour ça ? Je ne vais pas aller traiter un meurtre à Hong-Kong ! Va savoir si ce Peeters n'a pas baisé la femme de son agresseur.

— Oui, ou bien c'est lié à ton affaire et dans ce cas, il se peut qu'une révolte globale contre le système financier soit en train d'éclore.

Antoine expliqua gentiment à sa supérieure qu'il allait se rendormir sagement et qu'ils y verraient plus clair en début de matinée. En réalité, il craignait qu'elle eût raison et savait qu'il était vain de se recoucher. Il resta focalisé sur les chaînes d'infos en français, en anglais et en allemand, étant donné le nom de la victime. Cela faisait longtemps qu'il n'avait pas pratiqué la langue de Gœthe mais il fut surpris du bon niveau qu'il avait conservé.

À 7 heures, heure de Paris, Antoine se fit une rapide synthèse de la situation : un homme, encore inconnu, avait assassiné, à l'aide d'un katana, un trader sur le trottoir de la HSBC de Hong-Kong. Les journalistes du monde entier spéculaient sur les raisons d'un tel geste et nombreux étaient ceux qui raccordaient ce meurtre aux évènements nés en France une semaine auparavant.

Certains ressortaient les scandales qui avaient éclaboussé HSBC ces dernières années, tel Swissleaks, pour justifier cette attaque. Antoine acquiesçait en son for intérieur : depuis de nombreuses années, cette banque était citée dans des affaires de blanchiment d'argent, de manipulation de taux d'intérêts et de vente de produits financiers toxiques, sans jamais avoir provoqué la moindre réaction.

Deux heures plus tard, son téléphone sonna de nouveau.

— Salut Antoine, c'est Julie. Tu as vu ce qu'il s'est passé à Hong-Kong ? Dis-moi que ce n'est pas lié à notre affaire.

— Ce n'est pas lié, répondit Antoine.

— Comment le sais-tu ?

— Je ne le sais pas.

— Je suis au boulot, reprit-elle après un long silence, je te rappelle dans la journée.

*

Il était 12 h 45 quand les différentes chaînes d'information annoncèrent le meurtre, à Zürich, de Hans Zammer, un manager de la division de Wealth Management d'UBS, unité qui prodigue ses services pour permettre à ses clients les plus fortunés d'aspirer de l'argent, sans interrompre leur séance de bronzage sur leur yacht. Il avait été assassiné, durant sa pause déjeuner dans l'Alter Botanisher Garten, de deux balles en pleine tête. Les journalistes avaient désormais la certitude qu'une vague d'attaques était en cours contre les intérêts des grandes sociétés financières. Le fait qu'UBS ait été impliquée, plus que toute autre banque, dans les scandales financiers à répétition, depuis les comptes en déshérence de la communauté juive jusqu'à l'évasion fiscale massive française en passant par les subprimes, Madoff, Libor, révélait que les attaques ne choisissaient pas leurs cibles au hasard.

Quelques minutes après l'annonce de l'assassinat, on apprenait que le meurtrier s'était rendu à la police mais que, malheureusement, rien n'avait fuité pour le moment. Le téléphone d'Antoine retentit une nouvelle fois, Julie devait être paniquée.

— Je ne peux vraiment pas te dire que ce n'est pas lié, répondit Antoine sans même lui laisser dire un mot.

— Que va-t-on faire ? dit Julie d'une voix tremblante. La police a reçu l'ordre de sécuriser le quartier de La Défense, on se croirait en état d'urgence.

— Il n'y a pas grand-chose à faire, si ce n'est espérer que ce cauchemar n'aille pas plus loin, confia Antoine sans trop y croire.

Antoine zappa sur Bloomberg TV, les bourses commençaient à vaciller ; New York allait ouvrir. Comment allaient réagir les marchés à cette annonce d'attentats terroristes, comme les nommaient désormais les différentes télévisions du monde ?

13 h 30. L'Europe basculait de nouveau dans l'horreur. À Paris, les employés des grandes sociétés financières avaient été priés de rester confinés dans leur bureau le temps du déploiement des forces de police ; « Wood Street » n'avait pas pris cette disposition. Il est vrai que la City était plus difficile à protéger, si difficile que William Murphy fut retrouvé égorgé au bord de la Tamise, à proximité d'un chantier proche du London Bridge. William était, d'après les journalistes anglais, un salarié de la banque Barclays ; son poste exact n'était pas connu et sa société ne souhaitait pas commenter l'information. Les traces de pas, laissées dans le sang de la victime, avaient permis aux enquêteurs de recueillir de précieux indices sur la scène de crime.

Les chaînes de télévision tournaient en boucle entre Hong-Kong, la Suisse, le Royaume-Uni et le dispositif mis en place à Paris. Le coup de fil de Julie tardait à arriver. Antoine, inquiet, prit les devants.

— Julie, c'est moi. Tout va bien ?

— Comment veux-tu que tout aille bien ? répondit Julie.

Son stress semblait porté par les ondes.

— La machine s'emballe, il nous faut absolument réagir.

— Je pensais appeler Jean Dumas pour notre réunion de ce soir, lui seul pourrait nous guider vers la bonne décision.

— C'est possible. Nous n'avons rien à perdre à demander son aide. À ce soir, conclut Antoine.

Ils continuèrent à scruter leur écran sans pouvoir intervenir sur ce qui se déroulait sous leurs yeux.

*

À 15 h 30, les premiers détails sur le meurtrier présumé de Zürich furent donnés par la presse suisse alémanique. Friedrich Wald était un citoyen tout ce qu'il y avait de plus ordinaire jusqu'à aujourd'hui. L'homme, qui s'était servi de son fusil militaire, n'avait jamais eu de déboires avec la police, si ce n'est quelques infractions au code de la route. Le seul signe distinctif était un cancer du poumon en phase terminale qui avait nécessité sa conduite au service des urgences de l'hôpital.

Le téléphone d'Antoine sonna de nouveau, il pariait désormais sur chaque appel. Ce coup-ci il avait misé sur sa chef : gagné !

— Oui allô, que puis-je faire pour toi ? dit-il d'un ton préoccupé.

— Où en es-tu de ton interview de Liam Jacobs ? répondit-elle, pressante.

— Pas avant vendredi, au mieux.

— Ce n'est pas acceptable, il me faut quelque chose que les autres n'ont pas.

— Je te propose un reportage pour l'émission de dimanche midi, et une interview exclusive.

Cela permettrait aux quatre amis et leur ancien professeur de prendre une décision ce soir et surtout de lancer les actions nécessaires, le cas échéant.

— Si je n'ai pas le choix, je m'en remets à toi, mais ne me déçois pas, s'il te plaît.

Il avait réussi à gagner un peu de temps. Il vérifia une nouvelle fois sur Bloomberg les cours de bourse, la tendance baissière était franche, la panique gagnait les marchés.

*

À 18 h 50, Julie était chez Antoine depuis une dizaine de minutes et quémandait un câlin avant l'arrivée des autres. Antoine la pria de patienter ; même les jours où il n'intervenait pas, il mettait un point d'honneur à regarder ses collègues.

À 18 h 54, la présentatrice stoppa le cours du prompteur pour annoncer un nouveau meurtre. Celui-ci s'était produit dans Battery Park, à l'extrême pointe sud de Manhattan, juste en face de Liberty Island et de la célèbre Statue de la Liberté. Aux dires des témoins, un homme était arrivé en courant, avait asséné cinq coups de marteau sur le crâne de la victime, dont trois alors que l'homme était à terre, puis était reparti en sprint sans que personne ne tente rien. La victime, selon ces mêmes témoins, était connue dans le quartier. Elle occupait un bureau situé à quelques centaines de mètres, chez JP Morgan Chase. Jonas Hansen, c'était son nom, travaillait pour un hedge-fund de la banque, le deuxième plus important au monde si l'on en croit les spécialistes.

Les journalistes essayaient de relier ce meurtre avec ceux d'Europe et d'Asie. À cette fin, ils ressortirent le passé trouble de la banque, remontant jusqu'à sa participation à la traite des esclaves aux États-Unis. Sa spécificité était d'avoir été impliquée pour délit d'initiés dans le procès de Lehman Brothers, lors de sa faillite retentissante, et mêlée à l'assureur Allstate dans une affaire de vente frauduleuse de titres toxiques. En somme, une entreprise capable d'escroquer les escrocs.

Antoine et Julie étaient abasourdis, le cauchemar ne s'arrêtait pas. L'envie de faire l'amour était retombée comme les indices boursiers qui flirtaient avec leur plus bas niveau historique depuis 2009. Il ne semblait pas que le mercredi avait été affublé du qualificatif « noir » par les économistes, il n'existerait bientôt plus de jour vierge pour un krach.

- 25 - RÉUNION DE CRISE

Liam et Emma arrivèrent au Gourguillon en début de soirée, suivis de quelques minutes par Jean Dumas.

— Bonjour à tous, dit Jean d'un ton enjoué, je suis très content de vous revoir, bien que les circonstances actuelles ne soient pas des meilleures.

— Bonjour monsieur Dumas, reprirent en chœur les quatre amis en riant.

Antoine invita tout le monde à s'asseoir autour de la table et servit une bière à chacun tandis que Jean prenait la parole :

— Les enfants, je suis désolé de vous avoir mis dans cette merde, mon idée s'est révélée finalement moins judicieuse que prévu.

— Vous n'y êtes pour rien Jean, répondit Liam. Vous ne pouviez pas prévoir que Richard appellerait Whitend à la rescousse.

— Et encore moins imaginer que ce dernier se ferait buter pendant cette visite, reprit Antoine.

Julie ne comprenait rien à ce début de conversation :

— Excusez-moi les gars, mais de quoi parlez-vous ?

— Je suis désolé, reprit Jean, je pensais que tu avais compris puisque c'est toi qui m'as invité ici. Il est alors temps que je te donne quelques clés, ma chère Julie ; je pense qu'Antoine a saisi pour sa part.

Jean résuma le « Plan » initial. Ce plan avait dérapé à un moment qu'il convenait de rechercher. Ils devraient ensuite définir ce qu'il était encore possible de faire pour arrêter les tueries qui sévissaient à travers le monde.

L'objectif du Plan était de démontrer que la Société humaine avait pris un mauvais chemin en plaçant à sa tête des personnes capables, pour sauvegarder leurs intérêts, d'interdire l'aboutissement d'une invention, aussi bénéfique soit-elle à l'ensemble de l'Humanité. C'était un débat auquel personne n'avait jamais réellement apporté de preuve tangible. Ils avaient eu l'idée d'apporter cette preuve lors d'une discussion du groupe EIP.

Jean avait passé plusieurs années à préparer le scénario, s'arrangeant pour que chaque protagoniste ne découvre son rôle qu'au moment de l'interpréter. Ceci permettait, en cas d'échec en cours de route, de ne pas mouiller l'ensemble de l'équipe.

— Voilà pourquoi vous n'étiez pas au courant, dit-il en regardant Julie et Antoine.

— Et nous avions parlé de cela lors du groupe EIP ? interrogea Julie, sceptique.

— Oui, répondit Antoine, j'ai eu cette révélation lorsque j'ai interviewé Emma chez elle, cela ressemblait vaguement à un débat de cette époque. Je me suis ensuite servi de cette intuition pour mon premier entretien avec Augier. Je me rappelle pourtant que tu étais présente, peut-être que je te troublais, déclara-t-il en riant.

Tous se mirent à rire avant que Jean ne reprenne son explication :

— Liam devait annoncer la découverte d'un produit miracle, puis partir une petite semaine le temps que Richard percute et en fasse part à sa direction.

— Donc la disparition de Liam était prévue ? demanda, estomaquée, Julie. Et vous n'auriez pas pu me tenir au courant pour éviter que je ne panique ?

— Ce n'est pas exactement cela, reprit Jean. Il était bien prévu, initialement, que Liam disparaisse, mais plus tard. Pourrais-tu cesser de m'interrompre ? Je me crois revenu vingt ans en arrière, plaisanta-t-il. Liam devait préalablement installer un traceur permettant d'enregistrer toute l'activité de son PC durant son absence. Le plan reposait sur l'honnêteté de Richard qui, dans l'excitation, annoncerait l'incroyable nouvelle à sa direction. Et si mes hypothèses étaient fondées, cette même direction ferait en sorte de détruire toutes les traces prouvant l'existence d'une découverte potentiellement nuisible à leurs intérêts financiers. Après une semaine, Liam réapparaîtrait à l'usine et découvrirait que les résultats de ses recherches avaient été volontairement effacés.

— Mais comment prouver cela ? demanda Antoine.

— Le logiciel espion devait générer, dans le journal des évènements, des suppressions de fichiers qui en réalité n'existaient pas. C'est alors que tu entrais dans le jeu pour médiatiser l'affaire et mettre au jour les malveillances de l'entreprise, à l'aide du traceur.

— Tandis que des centaines de personnes auraient croisé Emma et Liam lors d'un colloque, précisa Antoine.

— Quelques jours plus tard, Julie serait avertie de la disparition inquiétante de Liam et demanderait à participer à l'enquête. En espérant que Barbara Goudde n'aurait pas d'objection, Julie aurait toute latitude pour prouver que la destruction de cette découverte majeure n'était pas le fait de Richard.

— Et Emma dans tout cela ? demanda Julie.

— Emma était chargée de la caution scientifique ; en tant que cancérologue de renom, elle certifierait les résultats de l'étude face à l'armée d'avocats qui nieraient son existence. Avec un peu de chance, ce plan permettrait d'affaiblir le tyran cupide que représente cette firme. Ce géant du monde des affaires qui réussit toujours à se dédouaner de ses exactions, aurait été pris au piège de cet art qu'il manie avec tant de dextérité : le mensonge.

— Mais ça a foiré, dit Julie après un long silence.

— Oui, et nous devons réparer cette connerie, s'exclama Antoine.

Jean reprit la parole. D'après les renseignements qu'ils avaient consignés durant de longs mois, Richard n'aurait dû se rendre compte de la disparition de Liam qu'après quelques jours. Il aurait alors vérifié dans ses mails que Liam ne l'avait pas averti de manière officieuse comme il en avait l'habitude et serait tombé sur le fameux mail. Cela faisait deux ans que Liam éduquait Richard à cette façon de fonctionner.

— Pourquoi cela ne s'est pas passé ainsi ? demanda Antoine, irrité.

— Parce que Liam a mis Karl en copie, n'est-ce pas ? fit Julie d'un air entendu.

Liam baissa la tête. C'était vrai, il avait voulu faire un pied de nez à ce connard qu'il endurait depuis tant d'années.

— Merde ! lança Antoine, de plus en plus énervé. Pourquoi n'es-tu pas rentré comme prévu ? Il suffisait de leur laisser le temps nécessaire à leurs manipulations.

— Je n'avais pas installé le traceur ; je suis revenu le mardi après-midi pour le faire mais ils étaient déjà en train de vider mon bureau.

— Et pourquoi ne l'as-tu pas dit ? Tout aurait été stoppé ! Certes tu aurais été viré, mais Emma n'aurait pas détruit sa crédibilité en répondant à mon interview, cria Antoine.

— Mais je l'ai dit ! s'insurgea Liam.

— Ah oui et à qui ? hurla le journaliste.

— À moi…

Jean venait de reprendre la parole d'un ton désolé. Tout le monde le fixa.

— Liam m'a averti. J'ai pensé que l'on pouvait passer à la phase suivante sans que le résultat final ne s'en trouve modifié. J'ai appelé Julie, le vendredi, pour qu'elle découvre les malversations des Américains.

— Et Emma dans tout ça ? reprit Antoine complètement abasourdi.

— J'ai donné mon accord Antoine, répondit-elle d'une voix douce, je ne pouvais pas laisser Liam être responsable de l'échec.

Un long silence s'installa de nouveau avant que Julie ne reprenne ses esprits et la parole :

— Ce qui est fait est fait. Que faisons-nous maintenant pour résoudre la crise que nous avons engendrée ?

— Je suppose que nous devons, Liam et moi, nous sacrifier, répondit Emma d'un ton neutre ; c'est la seule façon d'éviter que vous ne soyez inquiétés.

Julie balbutia qu'une autre solution devait exister, bien que tous savaient que la meilleure venait d'être énoncée.

- 26 - LES PREMIÈRES ARRESTATIONS

Les cinq complices se levaient ce matin avec la gueule de bois, pas celle causée par l'alcool, non, un mal-être dû à la sensation d'être allé trop loin. Julie avait même pris un hôtel pour la nuit afin de pouvoir réfléchir, seule.

Jean avait été le premier à se lever, bien qu'il n'ait pas réellement dormi. Il devait se rendre au lycée et affronter sa chouchoute alors qu'il venait de ruiner la vie de ses parents. Devant le miroir de la salle de bain, en slip, tenant son blaireau couvert de mousse, il était perdu dans ses réflexions : comment en était-il arrivé à mettre en danger ceux qu'il considérait comme ses enfants ? Ceux qu'il avait réussi, à l'aide de son programme pour élèves précoces, à intégrer dans la société. Il aurait dû les protéger ; pourtant il s'était laissé prendre au jeu et convaincre qu'il participait à un projet dont l'enjeu le dépassait.

Julie sortit de l'hôtel miteux trouvé en urgence, pour rallier l'hôtel de police et rejoindre ses collègues. Elle ressentait le poids de la trahison auquel s'ajoutait celui de ne rien pouvoir avouer à ses « grands frères ».

Après s'être mêlée à tous ces étudiants pleins de rêves et d'espoir, elle parcourut le chemin habituel, sans entrain.

— Salut Nounours, salut Jojo, lança-t-elle en entrant dans le bureau. Vous êtes tombés du lit ?

— On est toujours présents à cette heure-ci ma belle, répondit Jojo. Tu veux un café ?

— Oui merci.

Nounours n'avait toujours pas dit un mot. Elle s'installa, les fesses sur le bureau de Jojo.

— Tout va bien Nounours ? s'inquiéta Julie.

— Nous avons vérifié l'alibi de ton ex-mari, ça tient ! Mais mon petit doigt me dit qu'il y a quelque chose qui pue dans cette affaire.

— Comme quoi ? répondit-elle d'un ton surpris.

— Je ne sais pas mais il y a un truc qui pue et j'espère que tu n'y es pas mêlée.

Jojo revint pile au bon moment avec son café, l'ambiance était électrique.

*

Antoine s'étirait dans son lit, il ne voulait pas se lever. Il avait rendez-vous avec Liam et Emma dans la journée pour préparer l'émission de dimanche mais, pour le moment, il était assommé. Il alluma la télévision pour voir ce qui se passait dans le monde : le côté masochiste de la chose ne lui échappa pas.

Des images de Londres et de la Tamise apparurent à l'écran. En augmentant le volume, Antoine comprit que Scotland Yard avait retrouvé l'assassin du banquier de la Barclays. Il s'agissait d'un père de famille, sans emploi et sans casier judiciaire, mais qui n'était pas complètement inconnu : il était apparu lors d'une affaire de discrimination liée à sa séropositivité dans les années 90. N'étant pas un assassin professionnel, il s'était vite fait coincer par toutes les preuves qu'il avait laissées sur le lieu du crime. D'après les journalistes anglais, le meurtrier présumé était en état de choc à l'hôpital et n'avait pu donner de raisons expliquant ce qui l'avait amené à égorger un homme.

Antoine zappa brièvement pour s'arrêter sur Bloomberg, l'écran différait de l'habitude, le bandeau défilant de cotations boursières avait disparu. Il écouta attentivement le journaliste expliquer que les cours étaient suspendus et les marchés financiers fermés jusqu'à nouvel ordre.

Antoine fut ému de voir le monde financier entamer un deuil international pour saluer la mémoire de ses martyrs. Son émotion s'envola immédiatement lorsque le présentateur indiqua que cette fermeture était liée à une trop grande volatilité des marchés.

Ayant un aperçu global de la situation, il appela Liam et Emma. Ces derniers s'étaient levés, chacun de leur côté, bizarrement sereins. Peut-être ressentaient-ils la résignation des condamnés menés à l'échafaud. Le journaliste était convenu avec eux de se retrouver chez Emma dans l'après-midi afin d'affiner la stratégie de l'émission.

*

Julie était sortie s'aérer l'esprit, l'atmosphère devenait trop pesante. Jojo la rejoignit en bas pour fumer une clope.

— Ne t'inquiète pas Jay-Jay, ça va lui passer. Il nous emmerde avec ses intuitions qui ne viennent de nulle part.

— Elles ont quand même souvent réussi à résoudre des affaires, répondit-elle en baissant le regard, tout en écrasant son mégot.

Ils restèrent là, sans dire un mot, jusqu'à ce que Jojo ait terminé sa cigarette, puis remontèrent. Nounours était tout excité.

— Ils ont chopé le meurtrier de Hong Kong, enfin son corps. Il s'agirait d'un ancien cadre de Nomura, la banque d'affaires japonaise. Le gars a été retrouvé dans un temple, éventré avec un poignard. Les enquêteurs pensent à un suicide traditionnel : le seppuku.

— Tu veux dire que le gars s'est fait hara-kiri après avoir assassiné le trader d'HSBC ? reprit Jojo. Il souhaitait sans aucun doute se repentir de son péché impardonnable.

Ses collègues le regardèrent avec stupéfaction.

— Les samouraïs m'intéressaient beaucoup à l'adolescence, mais c'était avant CR7, dit-il en gloussant.

Les trois amis rirent de bon cœur en imaginant Jojo lire des bouquins d'Histoire japonaise ; la tension qui s'était installée s'estompa. Julie jeta un regard à Nounours, qui ne put que fondre face à celle qu'il avait pris sous son aile dès qu'elle avait franchi, pour la première fois, la porte de la Crim'.

— Il ne manque que le meurtrier de New York ; tu as eu des nouvelles des Yankees ? lui demanda-t-elle.

— Non, je vais tenter de joindre Max, peut-être a-t-il eu des news depuis la dernière fois.

Maxime lui rapporta qu'Interpol était en ébullition à cause de ces crimes perpétrés aux quatre coins du monde ; ils ne savaient plus où donner de la tête. Les Américains venaient de choper un gars pour le meurtre de New-York mais le gars répondait à leurs questions à l'aide d'une unique phrase, que l'on pouvait traduire aisément par : « Je m'en fous, je suis bientôt mort ».

Julie tiqua :

— Attendez les gars ! interrompit-elle, tout excitée.

Les deux policiers se tournèrent, surpris par cette vigueur. Nounours masqua de la main le micro du téléphone afin que Maxime n'entende pas sa collègue.

— Ne trouvez-vous pas étonnant que tous les suspects aient ce rapport avec la mort ?

— …

— Je m'explique : nous avons des gars qui, a priori, n'ont rien à voir les uns avec les autres, qui n'ont jamais eu de démêlés avec la justice mais qui sont soit morts, soit gravement malades, ou encore se contrefichent de mourir.

— Et ? questionna Nounours.

— C'est peut-être ce qui les relie tous ! Je vais fouiner sur les réseaux sociaux. Demande à Maxime si les mecs de Hong-Kong et de New-York n'étaient pas gravement malades.

Julie sortit en trombe du bureau et se précipita sur un ordinateur, tandis que Nounours reprenait sa conversation avec Maxime, en s'excusant. Après quelques instants, il consentit à relayer la question de Julie. Le flic d'Interpol parut réceptif, la piste n'était pas moins bonne que celles qu'ils avaient puisqu'ils n'en possédaient aucune.

Julie cherchait sur la toile, ne trouvant aucun lien qui puisse étayer son hypothèse. Elle se rendit à l'évidence : la vraie vie n'était pas un film. L'enquêtrice abandonna son idée, mais n'avait pas envie d'avouer immédiatement sa défaite à ses collègues ; elle profita alors de ce moment pour surfer et relever ses mails.

Un libellé interpella son attention : « *Julie, n'est-ce pas cela que vous cherchez ?* ». Même si cela ressemblait à ces spams envoyés par les sites de rencontre, la policière fut troublée et cliqua dessus.

« Madame Jacobs,

À la lumière des évènements actuels, j'ai pris la liberté encore une fois de faire quelques recherches.

Je suppose que le lien ci-dessous devrait vous intéresser.

Cordialement,

Bocca della Verità… ».

Julie sentit une bouffée d'adrénaline et de stress : comment ce hacker, car c'est le mot qui convenait, pouvait savoir ce que Julie cherchait ? Était-il possible qu'il surveillât les conversations des policiers lorsque ceux-ci étaient à proximité de leurs ordinateurs ou… de leurs smartphones ? Julie se raidit, elle éteignit son portable avant de se précipiter vers ses collègues. Elle se ravisa avant de franchir la porte, sa curiosité était piquée ; elle devait étudier ce mail plus en détail. La jeune femme fit une première découverte qui la rassura un tant soit peu : le message était daté de 5 heures du matin, ce hacker ne les écoutait pas, il les devançait.

Par précaution, Julie se connecta sur un poste qui n'était pas relié au réseau de la police. Elle ne voulait pas être une pièce avancée qui déclencherait une bombe dans l'informatique de la PJ, surtout que ses collègues de la cybercriminalité avaient fait chou-blanc en essayant de tracer ce Bocca della Verità.

Le lien renvoyait sur une page Facebook, écrite en anglais, qui enjoignait les malades, en phase terminale, de libérer l'Humanité de ces « salauds de banquiers ». À la suite de cette entrée en matière figurait une liste de l'ensemble des scandales financiers des dernières années.

Bien entendu, tous les employeurs des victimes de la veille y apparaissaient. Julie tenait quelque chose d'important. Elle imprima la page et fonça dans le bureau de Nounours.

— Ça y est les gars, je crois que je tiens quelque chose, dit-elle en brandissant des feuilles.

— Il était temps, reprit Nounours en riant, Interpol a bientôt bouclé l'enquête.

Julie baissa les bras, triste de ne pas être la première à le découvrir.

— Non, je déconne ! reprit-il. Ils ont néanmoins vérifié pour l'état de santé des suspects…

— Et alors ? se languit Julie.

— Le suspect de Hong-Kong souffrait d'une grave dépression, tandis que celui de New-York a été diagnostiqué d'un cancer fulgurant il y a un mois. Max te remercie, ils vont explorer cette piste plus en détail.

— Tu peux déjà leur envoyer la réponse si tu le désires, rétorqua Julie fièrement, en jetant ses pages sur le bureau de son collègue.

— Qu'est-ce que c'est ?

Il lut les impressions, écarquillant de plus en plus les yeux au fur et à mesure de sa lecture.

— Je rappelle Max tout de suite ! Tu es vraiment un génie, Bichette.

— Merci, susurra-t-elle en rougissant. Elle oubliait d'avouer que cette découverte n'était pas la sienne mais on ne gâche pas un moment de gloire comme celui-ci.

*

Dans l'après-midi, Julie appela Antoine. Il était avec Liam et Emma afin d'élaborer leur stratégie de communication. Malheureusement, ils butaient constamment sur des aspects à ne pas divulguer. Antoine avait choisi d'enregistrer l'interview afin d'éviter les faux-pas en direct, chose que sa chef n'appréciait guère. Advienne que pourra, il l'amadouerait en l'effectuant chez Emma ; cela amenait plus de sincérité et d'émotion, en langage journalistique.

Julie trépignait d'impatience. Le téléphone de Nounours sonna enfin, en indiquant le numéro de Maxime.

— Alors Max, vous avez quelque chose ? Je te mets sur haut-parleur.

— Oui et remercie Julie, dit l'interlocuteur de Nounours avec une certaine excitation dans la voix, les Américains sont remontés à la page incriminée et sont allés déloger son auteur.

— Comment ont-ils pu le trouver aussi rapidement ? interrogea Julie, très surprise.

— Il a suffi d'aller le chercher au collège, votre leader criminel est un gamin de douze ans, habitant à Philadelphie. Il a avoué tout de suite être à l'origine de cette idée, imaginant une version plus trash d'« *Un monde meilleur* », le film avec Kevin Spacey.

— Quoi ??? lachèrent les trois flics de la Crim'.

— Et oui, désormais n'importe qui peut communiquer une idée au monde entier. D'après lui, il énonçait une simple pensée philosophique : si les mourants pouvaient sauver l'Humanité, la fatalité de leur maladie serait plus facilement supportée.

— C'est à peine croyable, reprit Julie après vingt longues secondes où personne n'avait ouvert la bouche. Sinon, vous avez des nouvelles sur l'implication des Américains dans le meurtre de Whitend ?

— Rien pour le moment. Mon contact à Washington doit me rappeler demain, je vous tiens au jus.

La discussion s'interrompit sur ces mots.

Julie décida de quitter ses collègues pour rejoindre Antoine au Gourguillon. Le journaliste n'était toujours pas rentré lorsqu'elle ouvrit la chambre, elle s'installa sur la terrasse pour l'attendre.

Antoine rentra vers 20 heures. Julie avait bu la moitié de la bouteille de vin, ouverte pour patienter. Son amant s'assit auprès d'elle, un verre à la main également, et lui demanda de raconter sa journée. Elle n'omit aucun détail, et notamment l'incroyable histoire de ce jeune Pennsylvanien qui avait sûrement déclenché cette vague d'assassinat. Le journaliste cessa d'écouter, pensif : pouvait-il se servir de cela ? Non, ce serait trop gros… cependant toute cette affaire était trop grosse.

— A quoi tu penses, mon lapin ? plaisanta Julie.

— J'ai peut-être une idée, ma poule, répondit Antoine en se dirigeant vers son ordinateur.

Julie voulut le suivre pour comprendre ce qu'il manigançait mais son dernier verre l'empêcha de se lever. Elle planta son regard sur la ville et sirota ce breuvage, oubliant un instant la folie ambiante.

Vers minuit, Antoine la récupéra sur la terrasse et la porta jusqu'au lit ; elle avait pris une cuite solitaire pour évacuer le trop-plein de stress.

∗

Antoine se leva tôt ce samedi et descendit prendre un petit noir dans le Vieux Lyon avant de se rendre chez Emma. L'interview était prévue en début d'après-midi, mais il avait prévenu le couple qu'il avait besoin de les voir avant l'arrivée de l'équipe de tournage.

Julie se réveilla vers 10 heures, elle tapota de l'autre côté du lit, son compagnon avait disparu. Grand bien lui fasse, elle avait une haleine de dragon. Que le bouquet d'un vin puisse se transformer en cette odeur fétide après seulement quelques heures l'avait toujours étonnée. Il vieillissait pourtant durant des années.

La jeune femme émergea doucement, s'étira longuement avant de rejoindre son amant sur la terrasse… sauf que ce dernier n'y était pas. Elle cria son nom mais aucune réponse ne vint, il était parti en douce. Délaissée, elle s'accorda une matinée de break.

Arrivée au commissariat, elle fut surprise de ne pas voir Nounours et Jojo. Pour des mecs matinaux !... Ils avaient dû être appelés sur une autre affaire. En patientant, elle surfa un peu : l'histoire de Nathan, le gamin à l'origine des meurtres de banquiers, avait fait le tour des rédactions américaines. Il était fort probable que les rédactions françaises prennent la suite à la mi-journée. Julie se déplaça de quelques mètres, jusqu'à la « salle-télé », il était bientôt 13 heures.

Bingo ! L'ensemble des journalistes ne parlait que de cela. Ce gosse qui avait déclenché des meurtres à l'aide d'une page Facebook était traité au même rang que ceux qui faisaient la propagande de Daesh. À entendre les journalistes surenchérir les uns sur les autres, ce gamin, qui n'avait finalement dit qu'une connerie en se basant sur toutes les pratiques répréhensibles des banques, était élevé au Panthéon de la lie humaine. Julie ressentit un malaise face à ce parti-pris médiatique penchant du côté des oppresseurs, même si certains de ceux-ci étaient finalement propriétaires des organes de presse.

Nounours et Jojo arrivèrent aux alentours de 14 heures.

— Tu es déjà là Jay-Jay ? lança Jojo.

— Oui, je suis arrivée un peu avant midi. Rassurez-vous, Maxime n'a pas encore appelé. Et vous, vous étiez sur le terrain ?

— Non, on était chez nous, répondit Nounours. Maxime a bien dit que son copain américain appellerait aujourd'hui, mais je pense que personne ne t'a parlé de ce truc bizarre que l'on appelle, dans le jargon policier : le décalage horaire.

Les deux hommes éclatèrent de rire.

— Bravo, foutez vous de ma gueule ! fit Julie, rouge de honte d'avoir oublié un tel paramètre.

Nounours décrocha son téléphone.

— Salut Max, c'est Didier. Tu as eu ton pote de Washington ?

— Oui je l'ai eu. A priori, ils sont sur les dents, rien n'a pu fuiter. L'unique info que j'ai eue est que leur chef de la sécurité, John Smith, aurait été aperçu à l'aéroport de Saint-Louis, le soir de la disparition de Liam Jacobs. Il n'y a donc aucune chance qu'il soit mêlé directement à sa disparition.

— Ce n'était finalement pas une disparition... Quelle destination ? s'excita Julie.

— Pardon ! Pas une disparition ! Que voulez-vous dire ?

— Je t'expliquerai plus tard, reprit Nounours... Où allait-il, ce con, le jour même de l'annonce de la découverte de Liam ?

— En France, bien évidemment.

Julie restait coite ; John Smith était venu, en personne, diriger les affaires et avait dû arriver le mercredi, soit deux jours avant le meurtre de Whitend. Maxime envoyait une photo du gaillard par mail afin que les enquêteurs demandent à Richard et à Karl s'ils l'avaient rencontré dernièrement.

— Bon, réfléchit tout haut Nounours, l'usine est fermée le week-end, nous allons devoir attendre lundi pour confirmer cette info.

— Sauf si nous allons directement chez Richard Gère, répliqua Julie.

— Évidemment ! C'est pratique d'avoir sa fille dans l'équipe… Penses-tu que la fille de Karl Hoffman serait attirée par une carrière dans les forces de l'ordre ?

Julie grimaça pour la forme, puis revint à ses pensées : depuis le début de cette histoire, elle avait l'intuition que les Américains n'étaient pas nets. Durant le trajet, la radio continuait à déverser les détails de l'affaire concernant ce jeune de Philadelphie… Les policiers eurent droit à un doublage de son professeur de mathématiques, qui le supposait très intelligent mais introverti ; de son ancienne nounou qui, entre deux crises de larmes, certifiait qu'il ne pouvait être coupable car c'était un garçon trop gentil pour penser à faire du mal… Malheureusement pour ce petit gars, le FBI avait trouvé, dans sa chambre, de la littérature subversive tels Bakounine, Marx et Chomsky pour ne citer qu'eux.

Les trois compères arrivèrent devant la majestueuse demeure de Richard, une bâtisse comme Nounours en rêvait depuis toujours, même s'il savait qu'il n'avait pas choisi la bonne orientation de carrière pour cela. Richard les avait entendu arriver et leur ouvrit la porte.

— Bonjour Julie, bonjour messieurs, que me vaut ce plaisir ?

— Bonjour Papa, nous aurions une petite question à te poser, peut-on entrer ?

— Papa ? chuchota Nounours, j'ai raté un truc ?

— Je t'expliquerai, répondit Julie, confuse.

— Je t'expliquerai ! répéta le policier en levant les yeux au ciel, exaspéré par cette même réponse de Julie à toute question embarrassante.

Ils s'installèrent sur le canapé pendant que Julie servait le café… Le machisme avait la vie dure !

— Alors que puis-je pour vous ? interrogea Richard, curieux.

— Nous avons appris que John Smith, le responsable de la sûreté de ton entreprise, est arrivé en France durant la nuit qui a suivi ton annonce, au groupe, de la découverte de Liam. Nous devons confirmer sa présence à Lyon, l'as-tu rencontré avant de voir Frank Whitend ?

— Non, je crois même ne jamais l'avoir rencontré. Mais êtes-vous sûr qu'il était en France ? Cela me paraît hautement improbable, il m'a appelé plusieurs fois cette nuit-là.

— Cela n'empêche pas d'être en France, enchaîna Nounours.

— C'est vrai, continua Richard, pensif.

— Papa, ce visage ne te dit donc rien ? demanda Julie en tendant la photo à son père.

Richard prit ses lunettes et regarda la photo.

— Si, je l'ai rencontré le matin où vous avez effectué votre descente à l'usine, répondit Richard d'un air détaché.

Il ne désirait plus mentir à sa fille.

— Mais tu viens de nous certifier ne jamais avoir rencontré John Smith ? reprit Julie, circonspecte.

— C'est exact…mais cette personne n'est pas John Smith, il s'agit de Jean Martin.

Les trois policiers étaient stupéfaits, alors que Richard venait de comprendre que John Smith et Jean Martin ne faisaient qu'un.

— Donc, John Smith était bien à Lyon après le meurtre… Mais il serait bien de prouver sa présence avant, afin de déclencher un mandat d'arrêt, expliqua Nounours. Notre juge d'instruction est un peu tatillon.

— Je suppose qu'il était sur Lyon dès mercredi, reprit Richard.

Devant leur air pantois, il continua :

— Karl a commencé à être bizarre dès ce jour-là ; j'en ai compris la raison lorsque j'ai rencontré ce Jean Martin… ou ce John Smith. J'ai senti immédiatement que ce dernier n'était pas étranger à ce comportement.

— As-tu le numéro privé de Karl s'il te plaît ?

— Bien sûr, répondit-il à sa fille en lui tendant son portable.

Elle appuya sur la touche pour composer le numéro. Tout le monde se tut.

— Bonjour Richard, il y a un problème à l'usine ? dit Karl, sur un ton inquiet.

— Bonjour Karl, c'est Julie Jacobs à l'appareil. Excusez-moi de vous déranger mais nous avions une petite question urgente à vous poser.

Un soupir traversa le combiné. La famille Jacobs / Gère était vraiment une plaie dans sa vie.

— Allez-y, maugréa-t-il.

— Pouvez-vous nous dire à quel moment vous avez rencontré Jean Martin ?

— Qui vous dit que je l'ai déjà rencontré ?

— Ne soyez pas inquiet, il ne s'agit que d'une confirmation pour le juge… À moins que vous ne préféreriez lui communiquer directement ? Auquel cas, je serais obligée de vous placer en garde à vue jusqu'à lundi matin, mentit-elle, il ne travaille pas ce week-end.

— Pff ! Je l'ai rencontré pour la première fois… le mercredi matin qui a suivi la disparition de Liam. Il était à l'usine, sur les ordres de John Smith, afin de récupérer l'ensemble des données de votre ex-mari.

Ils avaient ce qu'ils voulaient. Le juge ne s'opposerait pas à ce que la police interroge John Smith… s'il était encore sur le territoire national. Julie remercia Karl, puis son père, et repartit avec ses collègues pour l'hôtel de police. Elle profita néanmoins d'un moment où les enquêteurs terminaient une discussion avec Richard pour s'éloigner un peu.

— Salut Antoine, où en êtes-vous ?

— Nous avons presque bouclé, j'espère limiter les dégâts.

— Très bien, je te laisse. On s'appelle après la diffusion.

Julie rentra pour passer une soirée mère-fille devant un bon film… Un des meilleurs moments de sa vie, tellement apaisant qu'elle en oublia que celle-ci allait sûrement basculer le lendemain.

- 27 - LIAM ET EMMA

Lyon, le 30 mai.

Le lendemain midi, depuis le salon d'Emma, Antoine se préparait pour la prise d'antenne. L'émission commençait :

— Bonjour, attaqua la présentatrice d'un ton franc. Nous allons, en préambule, retrouver notre journaliste Antoine Swarzinski, depuis Lyon, pour une interview exclusive des docteurs Jacobs et Iberra, les deux scientifiques à l'origine de l'incroyable découverte qui défraye la chronique depuis quelques semaines. Il existerait un lien entre cette trouvaille et l'assassinat du banquier le plus puissant du monde et par conséquent, de la vague de violences qui a suivi. Nous allons essayer, au cours de cet entretien exclusif, de donner corps à cette hypothèse ou de l'infirmer.

— Oui bonjour, je suis en direct de la maison d'Emma Iberra dans la région lyonnaise.

On vit le journaliste s'asseoir sur le canapé. Une note, discrètement incrustée dans le bas de l'écran, précisait que l'interview avait été enregistrée la veille (ce minuscule encart permettait également au téléspectateur de planifier son prochain rendez-vous ophtalmique). L'image permuta pour présenter Liam et Emma sur le sofa d'en face, l'un contre l'autre, se tenant la main sur le genou de la jeune femme. La mise en scène était parfaite, le spectateur allait se délecter d'un véritable moment de sincérité que seule la télévision est capable de produire.

— Bonjour Emma, bonjour Liam. Nous avons réalisé cet entretien afin de faire toute la lumière sur ce qui s'est déroulé dernièrement.

Après un rappel succinct des parcours professionnels de chacun, Antoine entra dans le vif du sujet.

— Liam, qu'en est-il de cette formidable nouvelle qui a ébranlé le monde dernièrement ? Avez-vous réellement découvert cette molécule qui rend inoffensifs les pesticides pour l'être humain ?

— Et bien, au risque de décevoir beaucoup de monde, je n'ai jamais réalisé une telle découverte.

Un long silence s'installa, le journaliste souhaitait que l'audience digère convenablement cette information.

— Mais… vous travaillez bien sur le sujet ? bredouilla-t-il, feignant la surprise.

— En effet, je travaille sur ce sujet depuis quelques temps, mais malheureusement, je ne dispose pas à ce jour de résultats probants.

— Alors comment expliquez-vous que votre entreprise a cru que vous aviez trouvé ce produit miracle ?

— Je suppose que cela vient d'un mail que j'ai envoyé à la direction, mail qui a pu suggérer, selon son interprétation, un succès dans nos recherches.

— Un quiproquo donc ? Mais pourquoi ne pas avoir clarifié les choses avant qu'elles ne donnent lieu à cet imbroglio ?

— Ce mail est né d'un mouvement d'humeur à la suite des remontrances du directeur industriel qui a vertement critiqué notre efficacité. Lorsque je suis revenu à l'usine le lendemain, j'ai surpris la sécurité du groupe occupée à confisquer mes affaires. Dépité, écœuré, je suis reparti, sans me montrer, me réfugier loin de tout cela.

— Dans le cœur des Bauges ? Ce n'est pas très loin tout de même, ajouta le journaliste comme un trait d'humour destiné à détendre l'atmosphère.

— En distance oui, pourtant cela a suffi à me couper du monde : pas de télévision, pas de téléphone… L'absence de ces deux objets suffit de nos jours pour créer de la distance.

— Revenons aux évènements. Vous insinuez que votre entreprise, en croyant que vous aviez inventé un tel produit, a décidé de confisquer vos travaux ? Pourquoi aurait-elle fait cela ?

— Je ne possède pas de certitude, peut-être ai-je simplement dépassé les bornes et mérité d'être licencié.

— Votre doute, attaché à votre esprit scientifique, ne vous permet pas d'affirmer que votre entreprise poursuivait un but moins humaniste que le vôtre.

Un silence, un cadrage sur le regard de Liam, puis Antoine reprit :

— Emma, vous avez confirmé la découverte de votre compagnon lors de notre dernier entretien, pourquoi ?

— Loin de moi l'idée de vous contredire monsieur Swarzinski, répondit-elle d'un ton neutre, mais je n'ai jamais confirmé les résultats des études de Liam. J'ai attesté avoir participé au démarrage et à l'orientation de ses travaux…

Un gros plan montrait le regard d'Antoine, très surpris et désarçonné par cette nouvelle. Emma reprit la parole :

— J'ai visionné l'enregistrement de cette interview, et je vous assure que je n'ai jamais affirmé avoir validé les résultats de Liam, ni même en avoir pris connaissance.

Le journaliste paraissait perturbé par cette nouvelle et semblait ne plus maîtriser la discussion. Il bafouilla :

— Euh ! … certes, nous vérifierons.

Il toussota, but un peu d'eau, puis reprit la parole :

— Bref, vous avez l'air d'expliquer que tout ceci est parti d'un malentendu monté en épingle. Pourtant, on ne peut pas se soustraire au fait que votre entreprise a tenté de détruire cette découverte, même si celle-ci n'a jamais existé.

— Je ne peux pas vous l'affirmer, répondit Liam.

Il prit un ton grave et sembla peser ses mots :

— Ce que je peux néanmoins vous affirmer, c'est que sans ce mail Frank Whitend serait sans doute encore en vie.

— Vous évoquez l'invitation de monsieur Whitend par Richard Gère, à la suite du refus du board américain de financer cette prétendue découverte.

— Oui, vous avez également établi que les violences actuelles avaient été engendrées par son meurtre. Sans ce mail, rien de tout ceci ne serait arrivé, conclut le scientifique.

Liam s'effondra en pleurs. Ses larmes n'étaient pas totalement simulées, il regrettait vivement les conséquences de son geste. Emma serrait sa main avec plus de vigueur, elle savait que son compagnon aurait du mal à vivre avec cette pensée. Antoine temporisa et reprit :

— La venue de Frank Whitend est liée à votre prétendue découverte, c'est indéniable désormais. Cependant un lien est pressenti entre ces différents meurtres, perpétrés à travers le monde, et la page Facebook d'un jeune Américain de douze ans.

Liam releva la tête, stupéfait, tandis qu'Antoine continuait :

— Attention, je ne dis pas que le meurtre de Frank Whitend est lié à cette page, publiée par ailleurs depuis plusieurs mois, mais nous ne pouvons écarter l'hypothèse selon laquelle ce meurtre ne serait pas l'acte précurseur des violences mais plutôt le premier élément de cette série effroyable.

— Vous diriez que cet événement est arrivé parce que le climat ambiant était propice ? Et que, si cela n'avait pas été Frank Whitend, cela aurait été quelqu'un d'autre ? dit Liam.

L'objectivité du scientifique reprenait ses droits.

— C'est exactement ce que je veux dire, répondit Antoine.

L'interview se termina sur cette phrase. Après les remerciements d'usage pour l'exclusivité, le journaliste rendit l'antenne et sortit prendre l'air : le coup était parti…

Son téléphone sonna.

— Salut Julie.

— Autant pour moi, je voulais joindre Robert De Niro au sujet de la prestation de ses partenaires de l'Actors Studio.

— Très drôle ! En tout cas, il est probable que Liam et Emma ne soient plus sous le feu des projecteurs dorénavant.

— En collant le meurtre de Whitend sur le dos d'un gamin de douze piges ?

Antoine sentit l'irritation de son amie.

— Non, en mettant cela sur le dos de la fatalité et de la révolte sous-jacente, celle qui habite chacun de nous face à cette élite sans foi ni loi.

Tu sais comme moi que ce gamin ne risque rien, il a seulement écrit ce que n'importe quel idéaliste pourrait prononcer.

— Sauf que nous ne recherchons plus un déséquilibré. Nous venons de lancer un mandat d'arrêt contre John Smith ; il était à Lyon le jour du meurtre.

— Tant mieux alors, il se sentira à l'abri s'il suppose que vous cherchez un profil similaire à celui que je viens d'évoquer.

Julie trouvait qu'Antoine avait naturellement le don de toujours retomber sur ses pattes, c'était peut-être cela qui l'avait fait embrasser sa carrière. Après cette conversation, elle décida de passer voir son père, elle se faisait du souci pour lui.

*

À quelques kilomètres, un homme fulminait contre son téléviseur. L'émission avait pris fin depuis dix bonnes minutes mais Richard ne décolérait pas. Un sentiment de trahison le submergeait, il ne voulait pas croire à cette histoire de quiproquo. Son ex-gendre n'avait-il pas caché cette découverte quand il avait perçu la volonté de sa direction de la détruire ? Son cerveau ne cessait de passer d'un scénario à l'autre et le cognac qu'il ingurgitait à haute dose ne parvenait pas à endiguer ce flot incessant.

Il entendit une voiture sur le gravier, devant la maison, et vit, par la fenêtre de la cuisine, sa fille descendre de voiture.

— Julie, dis-moi qu'il ne m'a pas trahi ! dit-il d'un air désespéré. Dis-moi que mon fils ne m'a pas trahi !

Julie s'approcha de lui pour le prendre dans ses bras et l'embrasser.

— Papa, tu es saoul, rentrons avant que quelqu'un ne te voie.

Elle l'aida à s'installer dans son fauteuil et se mit dans celui de sa mère. Richard éclata en pleurs en regardant la scène.

— J'ai tellement rêvé de te voir assise dans ce fauteuil afin d'avoir une discussion, comme avec ta mère. Tu sais, elle était ma confidente et je n'ai jamais pris de décision importante sans elle… enfin avant qu'elle ne nous quitte.

— Je sais Papa, je suis là désormais.

— Dis-moi que Liam ne m'a pas trahi, dis-moi qu'il a eu peur des conséquences de sa découverte…

— Je ne vais pas te mentir Papa, je ne peux plus te mentir… Cette découverte n'a jamais existé.

Le regard de Richard devint vide, la lueur d'espoir s'était envolée.

— Son but était de prouver que l'invention d'une chose bénéfique à l'Humanité se heurterait à la volonté des élites qui, dans la mesure où elle viendrait heurter leurs égoïstes intérêts, n'auraient de cesse de l'empêcher d'advenir.

— J'avais un copain qui a exprimé ceci, il y a 45 ans, et pourtant il n'a pas détruit sa famille pour le démontrer. Pourquoi m'avoir fait cela ?

— Parce que personne ne doute de ton honnêteté et qu'il était facile de prévoir que tu ne participerais pas à cette destruction. D'ailleurs ne l'as-tu pas déléguée, par dépit, à Karl ?

Richard regardait dans le vide, pouvant faire croire qu'il était dans un état cataleptique. Le mobile de Julie résonna dans le salon.

— Salut Nounours, dit-elle en s'éloignant dans la cuisine.

— Salut Julie, nous avons des nouvelles de John Smith, il a été repéré par plusieurs caméras de surveillance.

— C'est vrai ? répondit-elle, excitée. Et vous avez pu le loger ?

— Pas encore, mais quand tu regardes les images, il fait plus penser à un touriste de base qu'à un agent secret qui vient d'exécuter un contrat.

— C'est là qu'ils sont forts ! Je suis chez mon père, j'arrive.

— Comment a-t-il apprécié le spectacle de ton ex ?

— Quel spectacle ? fit Julie, un brin énervée.

— Je te l'ai dit Jay-Jay, il y a quelque chose qui pue dans cette affaire et je le découvrirai quand on aura bouclé le meurtrier de l'Amerloque.

Julie revêtit son blouson et embrassa son père, tout en s'assurant qu'il pouvait rester seul. Elle passerait un coup de fil à Anaïs pour que l'adolescente prenne soin de son grand-père.

*

Après une demi-heure d'absence, Richard décocha son petit téléphone noir.

— Charles, c'est Warren.

— Oui, Warren. J'ai écouté les infos, je suis profondément désolé de ce qui arrive. Qu'est-il passé par la tête de ton gendre ?

— Ma fille m'a expliqué... Tu avais raison il y a 45 ans.

— Sur quoi en particulier ? J'ai tellement eu raison sur de nombreuses choses, répliqua Charles pour détendre un tant soit peu l'atmosphère.

— Sur le fait qu'un jour, les élites s'opposeraient à un bienfait susceptible de contrecarrer leurs intérêts.

— C'est vrai que cela peut ressembler à une connerie que j'ai dite.

— J'étais persuadé que le meilleur endroit pour changer le monde était l'intérieur du système, quitte à égratigner quelques-unes de mes valeurs. C'était une erreur, et mon ami est mort à cause de cette méprise.

— Warren, je te rappelle que tu n'as tué personne et que tu n'as rien à voir avec ce meurtre. Ce n'est pas parce que tu es allé faire un tour de moto avec lui qu'il est mort.

Bien que son ami cherchât à le dédouaner, Richard ressentait un grand vide. Sa vie n'avait servi à rien finalement, il n'avait pas été capable de laisser son empreinte. Il prit congé avant de s'attaquer à la bouteille de whisky, la bouteille de cognac était vide.

Au même instant, Julie arrivait dans le bureau de ses collègues qui tentaient d'analyser les images récoltées. Il en manquait un certain nombre pour reconstituer un emploi du temps, mais ils en avaient largement assez pour prouver que John Smith était dans les environs le jour du meurtre... et surtout aucune ne lui donnait d'alibi à l'heure présumée du crime.

— Et si on appelait ce Jean Martin pour une entrevue dans nos bureaux ? dit Jojo, le plus simplement du monde.

Ses deux amis se regardèrent, ce gars était finalement un génie qui s'ignore. Pourquoi n'avaient-ils pas commencé par cela ?

— Sauf que nous n'avons pas son numéro, reprit Jojo, pensivement.

— Nous n'avons qu'à le demander à John Smith, rétorqua Julie en éclatant de rire.

- 28 - LA BARBARIE S'INVITE

Caluire-et-Cuire, le 31 mai.

4 h 35 du matin… qui pouvait appeler à cette heure ? Julie se tourna vers Antoine, l'oreiller sur le visage. Il était hors de question qu'elle réponde, il ne pouvait s'agir que d'emmerdes.

— Julie, ton téléphone sonne, maugréa Antoine.

Elle chercha son portable en tâtonnant sa veste.

— Putain Nounours ! Et c'est moi qui n'ai pas de vie ?

— On nous appelle sur Caluire, au fond de l'impasse Combe-Martin, une affaire bien glauque d'après le flic que j'ai eu au téléphone. Habille-toi, embrasse ton jules et rejoins-nous là-bas.

Julie se leva en râlant sur son métier de merde, sur la raison qui l'avait poussée à choisir cette voie… jusqu'à ce qu'elle sorte de la chambre pour rejoindre sa bagnole. Elle arriva à Caluire vers 5 h 15, se laissant guider par les gyrophares qui éclairaient toute l'impasse. Elle rejoignit Nounours et Jojo devant la porte de la maison. La police scientifique était déjà sur les lieux.

— Qu'est-ce qu'on a ? demanda Julie.

— Difficile à expliquer. Des tas de barbaque un peu partout, c'est immonde, répondit Nounours.

— On sait qui est la victime ?

— A priori, un certain Fabrice Fromezeponde, un comédien très en vue dans les années 90.

— Jamais entendu parler, s'étonna Julie, cherchant tout de même dans sa mémoire.

— Mais si ! fit Jojo. Un acteur français qui avait émigré aux États-Unis, et qui jouait systématiquement le rôle du businessman salaud dans les films américains.

— Oui, reprit Nounours, le genre d'acteur que tout le monde connaît mais dont personne ne sait dire le nom.

— En même temps avec un pseudo comme celui-là… Vous pensez qu'il y a un rapport avec les autres meurtres ? interrogea-t-elle.

— Va savoir !

— Mais cela n'aurait aucun sens ! Pourquoi tuer un comédien has-been qui n'a jamais évolué réellement dans le milieu de la finance ?

— Je pense que c'est comme assassiner Al Pacino pour tuer le roi des gangsters.

— Al Capone ? hésita Jojo.

— Non, Jojo, Tony Montana, répliqua Nounours.

— Tu nous expliques qu'un gars a buté ce Fromezeponde, parce qu'il incarnait mieux que personne le businessman cynique… à Hollywood ?

— Oui, je crains que ce soit une hypothèse plausible.

Julie interpella un gars de la Scientifique.

— Bonjour, lieutenant Jacobs de la Crim', on peut aller jeter un œil ?

— Si vous avez le cœur bien accroché, rétorqua le jeune flic en tenue Tyvek.

Julie fut heurtée par le caractère sexiste de cette remarque, elle avait sûrement vu plus de scènes de crime que ce petit jeunot. Une fois la tenue adéquate enfilée, elle entra, suivie de ses collègues. La scène était d'une horreur absolue : des morceaux de corps, en tas, à un mètre environ chacun l'un de l'autre. La mise en scène était évidente mais personne ne la comprenait pour le moment. Le jeune flic revint et se posta à côté de Julie, qui essayait au mieux de contrôler ses nausées.

— Qu'est-ce qui a pu se passer ? demanda Julie entre deux renvois.

— A priori, votre gars a été… poncé.

— Pardon ?

— On ne sait pas encore quel instrument a été utilisé, mais les différents empilements devant vous comportent de l'épiderme pour celui-ci, de la chair pour celui du centre et de la poudre d'os pour le dernier. Poncé… Veuillez m'excuser mais il n'existe pas de terme spécifique pour exprimer une telle barbarie.

Julie se retourna et sortit, la main sur la bouche pour ne pas souiller la scène de crime. Elle n'avait jamais pu voir une telle horreur, mis à part peut-être dans le film « *Seven* ».

— Comment avons-nous été prévenus ? J'imagine que ce n'est pas l'odeur qui est sortie de l'impasse, dit-elle en regardant la grosse bâtisse.

— Non, sa femme est rentrée de voyage vers 2 heures cette nuit et a découvert l'horreur, répondit Nounours.

— Où est-elle ?

— Ils l'ont emmené à l'hôpital psychiatrique du Vinatier, elle est en état de choc comme tu peux t'en douter.

— Une idée de l'heure du meurtre ?

— A priori, il était vivant quand elle est partie vendredi soir. On ne sait pas si elle l'a eu au téléphone dans le week-end ; on vérifie avec son opérateur, pour aller au plus vite.

Julie ne comprenait pas comment il était possible d'être dérangé au point d'anéantir quelqu'un de la sorte, elle espérait qu'il avait été assassiné en préalable à cette boucherie.

*

Antoine éteignit son réveil en grognant, avant de se rendre compte que Julie n'était plus là, mais avait-elle été là ? Il avait un vague souvenir de l'avoir senti se glisser dans le lit, tard dans la nuit, puis une sonnerie… peut-être n'avait-ce été qu'un rêve. Ses pensées n'arrivaient pas à faire la part des choses, il devait en être sûr, il fouilla dans son pantalon pour trouver son smartphone.

« *Salut Julie, tout va bien ?* » Il n'avait pas trouvé mieux afin de ne pas avouer avoir oublié si sa maîtresse était venue ou non : elle aurait pu se vexer. Son téléphone vibra.

— Salut Antoine, je suis désolée pour cette nuit, j'ai été appelée sur une scène de crime particulièrement éprouvante. Tu as réussi à te rendormir ?

Cette dernière phrase le ravit, il avait sa réponse.

— Oui ne t'inquiète pas. Veux-tu que je te rejoigne ?

— Haha ! Non merci, je ne veux pas franchir cette limite. Mais je te promets que je t'en toucherais deux mots dès mon retour.

— Un lien avec le meurtre de Whitend ? hasarda tout de même le journaliste.

— Aucune idée, le mode opératoire n'est pas du tout le même. Celui de Whitend était très professionnel, celui-ci est un carnage.

— Tu veux dire qu'il y a de nombreux morts ?

— Non a priori un seul, enfin nous ne pouvons pas savoir pour le moment.

— Vous ne pouvez pas savoir combien il y a de victimes ? Qu'est-ce que tu me racontes ?

— Je t'expliquerai Antoine, c'est très difficile à décrire. Je t'appelle plus tard.

Elle raccrocha, prenant conscience que les images de cette nuit risquaient d'être gravées à jamais dans sa mémoire.

*

Les trois policiers patientaient à l'hôtel de police en buvant café sur café, lorsque Barbara déboula dans leur bureau. La taulière sortait d'une conversation avec le ministère de l'Intérieur : la nouvelle de la boucherie de Caluire avait déjà fait le tour de la Maison. Elle était folle de rage.

— Putain ! On te dit que pour faire carrière dans le show-biz il faut aller sur Paris et on trouve le moyen de nous buter le seul qui est sagement resté à Lyon. Je commence à croire que j'ai sérieusement la guigne.

Elle avait tendance à être un peu excessive dans les moments de tension. Heureusement, elle était parfaite lorsqu'il s'agissait de s'adresser à la presse ou de communiquer en dehors de la brigade. D'ailleurs les médias ne cessaient d'appeler pour savoir ce qu'il s'était passé, la police avait même droit aux magazines people cette fois-ci.

— Vous désirez un café, Barbara ? proposa Julie.

— Non merci, je ne pense pas que cela soit bon pour moi en ce moment, sourit Barbara. Alors les gars…

Julie toussota.

— Pas de sémantique aujourd'hui, Julie. Vous allez me lever rapidement ce taré parce que je vous rappelle que nous sommes les seuls à afficher deux meurtres non résolus ce mois-ci.

— Oui chef, répondit Nounours, enfin les autres se sont, plus ou moins, rendus à la police.

— Je ne veux pas le savoir, je ne veux pas que deux barjos se trimballent dans ma ville. Vous me les chopez fissa avant qu'ils ne tuent une gamine qui joue à la marchande.

Les trois lieutenants n'osèrent pas esquisser un sourire. Un policier entra dans leur bureau, haletant.

— On a logé votre ricain !

Julie, Jojo et Nounours prirent leurs blousons à la volée et descendirent quatre à quatre les escaliers. John Smith était dans le quartier des Cordeliers, d'après la triangulation de son mobile. Quelques appels aux différents hôtels du quartier avaient suffi à établir qu'il avait pris une chambre au Carlton. Après avoir présenté leurs cartes de police à la réception, ils montèrent jusqu'à la chambre, frappèrent à la porte avant que le réceptionniste ne l'ouvre en tremblant, faute de réponse. La police fouilla les quelques pièces : personne ! Nounours aperçut le mobile sur la table de nuit, accompagné d'un papier, plié en quatre, qu'il ouvrit délicatement.

— Julie ? C'est pour toi.

— Hein ? répondit-elle, très étonnée.

Elle lut le message à haute voix :

« Bonjour madame Jacobs,

Je ne sais pas exactement pourquoi vous me recherchez, vous ne l'avez pas mentionné à l'opérateur téléphonique chargé de me localiser. Cependant, le fait que vous n'ayez pas choisi de me joindre directement sur ce téléphone professionnel m'indique que je pourrais être en danger.

Je me tiens donc à la disposition d'Interpol pour répondre à vos questions, depuis les USA, que j'aurai rejoints à l'heure où vous lirez cette lettre.

Cordialement,

John Smith.

PS : Ne le prenez pas mal si je me permets un petit conseil : chercher un ancien agent de la NSA en consultant des données informatiques revient à l'appeler directement. ».

Julie était furieuse et admirative à la fois… Elle avait trouvé un bel adversaire. Nounours appela Barbara, qui lui confirma le lancement d'un mandat d'arrêt international afin qu'Interpol entende John Smith sur Washington.

— Bon ! fit Julie. Il nous reste encore un dingue en liberté.

— Voire deux, reprit Nounours, il n'est pas encore établi que John Smith soit l'assassin de Whitend.

— Fie-toi à mon instinct.

*

Julie prit congé de ses collègues, la journée avait été très rude, peut-être l'une des plus rudes de sa carrière. Elle partit rejoindre son amant, ressentant un besoin irrépressible de se raccrocher à quelqu'un d'humain. La jeune femme profita du trajet pour joindre sa fille, restée auprès de son grand-père. Elle aimait passer du temps avec lui pour évoquer sa grand-mère qu'elle n'avait pas connue.

Arrivée au Gourguillon, en l'absence d'Antoine, elle fit couler le jacuzzi avant de s'y prélasser. La télévision resterait éteinte, elle souhaitait s'extraire de toute cette folie qui s'accélérait. Une clé tourna dans la serrure.

— Salut Julie, alors cette journée épouvantable ?

— Un cauchemar, je n'avais jamais vu ça, et pourtant je suis à la Crim'.

— Tu me racontes ?

— Un comédien s'est fait tuer à Caluire, il ne restait de lui que des lambeaux de chair et de la poussière d'os.

— Encore un qui a trop regardé de films d'horreur.

— En tout cas, celui qui va vouloir aller crescendo dans l'ultra-violence va devoir être imaginatif.

— Tu crois que cela peut être lié aux meurtres de banquiers ?

— J'en ai bien peur.

Antoine s'installa à son tour dans le jacuzzi afin de prendre Julie dans ses bras et lui montrer que le monde n'était pas devenu un endroit hostile et immonde.

— Je n'ai plus aucune prise sur cette affaire, reprit Julie dépitée. J'ai un fou furieux en liberté dont je n'ai aucune idée de la motivation et un possible suspect pour le meurtre de Whitend qui se fout de ma gueule.

Julie raconta la descente au Carlton et détailla la lettre que lui avait adressée John Smith.

— Je pense qu'une seule personne pourrait enrayer cette folie meurtrière, pensa Antoine à voix haute, mais c'est quitte ou double.

— Qui ? demanda Julie pleine d'espoir.

— Baptiste Augier, énonça-t-il d'un ton grave.

Julie baissa les yeux. Baptiste Augier était sûrement capable d'améliorer la situation mais autant que de l'empirer. Antoine enfila un peignoir, prit son téléphone, et sortit sur la terrasse. Il revint quelques minutes plus tard :

— J'ai rendez-vous avec lui à 10 heures, demain matin.

- 29 - LA MACHINE S'EMBALLE

Lyon, le 1er juin.

Antoine s'était préparé toute la nuit, dans son sommeil, à son entretien avec Baptiste. Il s'était réveillé de nombreuses fois, afin de consigner ses idées sur le calepin qu'il gardait toujours près de lui.

Julie et Antoine prirent le métro ensemble ce matin-là et se séparèrent à Bellecour. Lors du trajet restant à parcourir à pied, le journaliste s'interrogeait sur l'approche à adopter afin que l'altermondialiste abonde dans son sens. Il réfléchit pour aboutir à une conclusion : il fallait tout d'abord définir ce sens… Aucun doute, il n'était pas prêt pour ce rendez-vous prévu dans un petit bistrot…situé sur le trottoir d'en face.

— Bonjour Baptiste, vous allez bien ? entama Antoine, feignant d'être à l'aise.

— Bien et toi ? répondit Baptiste, très à l'aise sans le feindre. Je t'ai commandé un café.

— Parfait, merci…

— Écoute Antoine, je tenais à m'excuser de la tournure des évènements et je vais essayer de t'aider à endiguer tout cela… si nous pouvons encore faire quelque chose.

Antoine était soulagé ; ce qu'il ne savait demander lui était servi sur un plateau. Toutefois, Baptiste exigeait de ne subir aucune censure et imposait pour cela que l'interview ait lieu en direct. Le journaliste en frissonnait d'avance… il deviendrait un héros si tout se déroulait bien, ou serait cloué au pilori si l'activiste le manipulait. Il accepta tout de même, l'enjeu dépassait largement son intérêt personnel.

∗

— Nounours, un gars pour toi en bas, indiqua un policier de service à la porte du bureau.

— C'est qui ? demanda Nounours, laissant transparaître son peu d'envie de se déplacer à l'accueil.

Le flic était déjà reparti. Nounours se leva, en soufflant, et sortit du bureau. Arrivé au bas de l'escalier, il vit un homme, très agité, qui le regardait descendre.

— Lieutenant Gilles ?

— Oui, à qui ai-je l'honneur ? Et que puis-je faire pour vous ? demanda Nounours, intrigué par cet homme suant à grosses gouttes.

— Veuillez m'excuser, j'ai mis un certain temps à vous trouver... Je suis l'homme que vous recherchez depuis hier matin, après ce que j'ai fait à Caluire.

Le policier ne percuta pas immédiatement, bien que l'homme se soit mis à genou, les mains derrière la tête. Quelques secondes plus tard, le lieutenant sortit son arme de service et menotta l'énergumène. Personne dans le hall ne comprenait la scène.

Nounours accompagna l'homme dans le bureau et l'assit sur une chaise, devant le regard médusé de ses collègues.

— Je vous présente... commença-t-il.

— Luc Maisonnier, répondit l'homme, devenu étonnamment calme.

— Monsieur Maisonnier... est venu se livrer à la police... pour le meurtre de Fabrice Fromezeponde... hier sur la commune de Caluire, c'est exact ?

— Tout à fait, lieutenant.

Julie et Jojo se demandaient s'il ne s'agissait pas d'une caméra cachée tant la situation était absurde.

— Bien, reprit Nounours, nous allons appeler le procureur pour un placement en garde à vue. Souhaitez-vous joindre un avocat particulier ?

— Non.

— Un avocat vous sera alors commis d'office. Veuillez me suivre, s'il vous plaît, nous procéderons à l'interrogatoire lorsque votre conseil sera arrivé.

Nounours accompagna le prévenu dans une pièce prévue à cet effet et partit raconter à la taulière ce qu'il venait de vivre. Elle fut autant déboussolée que son équipe. Tous étaient impatients de connaître le fin mot de l'histoire.

Lorsque l'avocat arriva, il demanda à s'entretenir avec son client. Quelques minutes seulement après être entré dans la salle, ce dernier ressortit et s'adressa au lieutenant Gilles :

— Je pense que l'état psychique de cet homme nécessite un examen clinique d'urgence.

— Vu la scène de crime, je peux d'ores et déjà vous le confirmer. Peut-on tout de même lui poser quelques questions ?

— Oui, mais essayez de trouver l'établissement qui le suit. Dans tous les cas, il ne veut parler qu'avec vous.

Luc Maisonnier fut escorté en salle d'interrogatoire, avec son avocat.

— Monsieur Maisonnier, vous êtes venu me voir afin que je vous inculpe du meurtre de monsieur Fabrice Fromezeponde.

— Oui, répondit l'homme, les yeux rivés au sol.

— Veuillez, par avance, excuser ma question, mais êtes-vous suivi médicalement ?

— Oui, je suis suivi pour une héboïdophrénie.

— Mes connaissances médicales ne me permettent pas de saisir clairement votre réponse.

— C'est une forme de schizophrénie.

— Pouvons-nous contacter votre médecin traitant ?

— Je suppose, il s'agit du Dr. Cohen au centre hospitalier Le Vinatier.

Nounours fit un signe de la tête à Jojo pour que celui-ci le contacte.

— Très bien, étant donné votre état, je dois pouvoir vérifier vos déclarations. Seriez-vous en mesure de me donner des détails sur ce crime, détails n'ayant pas été révélés par ailleurs ?

— J'ai tout d'abord fait un tas avec sa peau, puis un autre avec ses muscles, puis un dernier avec ses os.

Nounours eut un renvoi en se remémorant la scène de crime. Effectivement ces détails n'avaient pas filtré.

— Et pourquoi avoir fait cela ?

— Parce qu'il était le mal… Je l'ai vu dans ma télé.

Nounours ressentait le besoin, pour sa santé mentale, d'écourter cet interrogatoire.

— J'ai une dernière question à vous poser, avant que vous ne consultiez le médecin. Avez-vous tué Frank Whitend ?

— Non, mais j'aurais bien aimé.

Nounours était interdit face à une telle aliénation. Il le fit raccompagner en garde à vue et souhaita bonne chance à l'avocat devenu blanc comme un linge. Julie le rejoignit...

— Tu viens avec nous voir le médecin ?

— Non, répondit-il sonné. Je vais attendre patiemment le meurtrier de Whitend ; il a dû avoir un contretemps, mais il ne devrait plus tarder.

Julie esquissa un sourire devant l'humour pince-sans-rire de son copain.

Une heure plus tard, ils rappelèrent Nounours : Luc Maisonnier présentait bien une schizophrénie à expression psychopathique, une psychose où le passage à l'acte violent est fréquent.

*

Aux infos de 18 h 50, la présentatrice annonça une interview exclusive de Baptiste Augier. À la suite des effroyables événements de la semaine, le leader altermondialiste souhaitait revenir sur les propos qu'il avait tenus lors de l'émission dans laquelle il s'était exprimé deux semaines auparavant.

— Bonsoir monsieur Augier, attaqua Antoine. Tout d'abord, merci d'avoir choisi notre chaîne pour cet entretien exclusif en direct de Lyon. Lyon qui a été la scène de deux meurtres ces derniers temps, dont un particulièrement horrible il y a deux jours.

— Bonsoir Antoine. En effet, j'aimerais compléter le discours que j'ai tenu il y a une quinzaine de jours, discours qui a pu être mal compris ou mal interprété par certains. Comme vous le souleviez, à juste titre la fois précédente, je dois prendre garde à l'impact et aux conséquences de mes paroles. D'ailleurs, je souhaiterais, en préambule, vous assurer que le recours à la violence est prohibé, depuis plusieurs années, dans ma vie.

— Corrigez-moi si je fais erreur, mais il me semble que vous pratiquez l'ahimsa. Pouvez-vous nous éclairer sur ce concept, issu de l'hindouisme ?

— Oui. Ahimsa est un mot sanskrit qui signifie littéralement non-violence, et plus généralement : respect de la vie. C'est une composante importante de l'hindouisme, mais aussi du bouddhisme et du jaïnisme. Ce fondement de bienveillance a été popularisé, en occident, par Gandhi à partir de 1921, qui le qualifiait de *« non-participation de près ou de loin à ce que l'on croit maléfique »*. La non-violence a été utilisée avec succès en Europe, notamment par Vaclav Havel et Lech Walesa. Dernièrement, la révolution de jasmin en Tunisie s'est appuyée également sur ce concept.

— Certains mouvements l'ont également testé, tels Occupy Wall Street ou les Indignés, et pourtant il ne semble pas que les choses se soient arrangées.

— Si on manifeste son mécontentement de manière non-violente, ce qui ne signifie pas sans colère, les personnes visées devront justifier leurs actes car on y verra toute la brutalité. La violence dont fait preuve le système financier à l'égard de la population mondiale commence à éclater au grand jour. Nous ne pouvons pas, décemment, laisser la majorité de la population sur le bord de la route. Martin Luther King disait : *« La non-violence est une arme puissante et juste, qui tranche sans blesser et ennoblit l'homme qui la manie. C'est une épée qui guérit. »*.

— Vous citez, une nouvelle fois, le révérend King. Comment expliquez-vous vos dérives de ces dernières années, qui reflétaient tout de même une certaine violence ?

— C'est juste, avoua Baptiste. La violence est liée au sentiment d'injustice. D'ailleurs, Malcolm X pensait que c'était un crime pour quiconque est brutalisé que de continuer à l'accepter sans se défendre.

— Mais votre position actuelle est bien l'appel à la non-violence ? reprit Antoine, qui ne voulait pas faire basculer le discours du côté obscur de l'activiste.

— Après les événements tragiques qui viennent de se produire, les mouvements de non-violence seront écoutés. Désormais ces gens savent que le peuple est capable de violence.

Baptiste venait de placer un léger crochet au journaliste. Celui-ci ne lui en voulut pas et décida d'aborder un autre point.

— Comment a-t-on pu arriver à cette situation dans laquelle une frange de la population est assimilée à des parasites, pour reprendre vos mots, et haïe au point d'être assassinée ?

— Fort heureusement, je pense que la majorité des financiers ne sont pas de mauvaises personnes ; ils ont seulement succombé à leur appétit immodéré de posséder. Nous vivons dans une société du chacun pour soi où l'on pense que ce que l'on possède a été acquis par le mérite, or chacun se rend compte que nombre de fortunes sont désormais détenues par des héritiers. Nous avons laissé l'opportunité à des gens de s'enrichir sur plusieurs générations au détriment des autres. Aujourd'hui, et à quelques exceptions près, nous naissons, soit riche pour vivre riche, soit pauvre pour vivre pauvre, c'est tout de même une forme d'injustice.

— Vous nous ressortez la vieille rengaine Marxiste qui déclare que le travail vivant n'est qu'un moyen d'accroître le travail accumulé ? plaisanta Antoine.

— Non, loin de moi cette idée, même si je trouve cette vieille rengaine, comme vous dites, bien actuelle. Ma principale idée était essentiellement d'expliquer pourquoi nos élites, sorties des grandes écoles, s'orientent vers le monde de la finance : il est le seul, dorénavant, à proposer le pouvoir et des carrières fulgurantes, assorties de revenus astronomiques.

— Il y a aussi le Web, de belles carrières sont à faire.

— C'est vrai, sauf qu'il faut prendre des risques, rétorqua Baptiste. La finance, encore une fois, est un immense casino où l'on peut mesurer son ego aux autres sans rien risquer, la crise de 2009 nous l'a bien démontré.

— Les banquiers sont donc néfastes à vos yeux ?

— Beaucoup de banquiers ne sont pas entrés dans ce système par vocation, mais ils ont peur d'en sortir. Comme tous les travailleurs, ils sont tenus par la peur : celle d'être SDF, de ne plus pouvoir élever leurs enfants, d'être surendettés, d'aller en prison… que les Chinois les dévorent. J'exagère le trait, mais je vous certifie ressentir cela lorsque je rencontre une personne convaincue par mon discours et que je lui propose d'agir.

— Pour vous, il faudrait les sortir de la matrice ? dit Antoine en clin d'œil à l'Élu, évoqué lors de la dernière interview de l'altermondialiste.

— Oui, car le jour où ceux-ci seront sortis, il ne restera plus que les vrais adversaires, peu nombreux, et ces derniers ne choisiront pas le combat.

— Merci monsieur Augier pour cet entretien fort intéressant. Un dernier mot avant de rendre l'antenne ?

— Oui, je demande en toute humilité l'arrêt immédiat des actes violents et l'adoption d'une posture citoyenne en se concentrant sur des actions non-violentes comme les manifestations… ou les grèves si elles s'avéraient nécessaires.

L'entretien prit fin sur ces mots. Baptiste et Antoine décrochèrent leurs micros. L'ancien fit une accolade au plus jeune en lui murmurant :

— Tu as décidément bien grandi mon garçon, je suis fier de ce que tu es devenu.

Antoine ne sut quoi dire, il était médusé par cette remarque. Se peut-il que Baptiste l'ait connu plus jeune ? Il n'en avait pourtant aucun souvenir.

*

Julie était sortie de l'hôpital avec la remarque de Nounours en tête ; en effet tous les meurtriers s'étaient rendus, mis à part celui de Whitend. Après cette semaine surréaliste, peut-être était-il temps d'entendre la fin de l'histoire de son père ? Elle s'invita à dîner chez lui.

Dès son arrivée devant la demeure familiale, son père ouvrit la porte avec un large sourire.

— Décidément, je n'ai jamais autant vu ma fille.

— Salut Papa, je suis venue dîner afin que tu me racontes la fin de ton histoire dans les monts du Lyonnais. Nous avons du mal à boucler le dossier, aussi j'aimerais avoir quelques indices… officieux.

— Je te remercie, Julie, de vouloir me protéger. Assieds-toi, je vais tout te dire.

Il lui raconta la suite : l'arrêt pipi, les coups de feu, le SUV noir, la fuite dans les bois, il ne lui épargna aucun détail.

— Et comment se fait-il que le corps se soit retrouvé à Jonage ? Car autant te dire que je suis très curieuse concernant ce tour de magie.

— Je ne savais pas quoi faire, j'étais affolé. J'ai donc appelé Charles, un ami qui pouvait m'aider à résoudre cette situation. Il m'a envoyé un autre de nos amis qui s'est arrangé pour déplacer le corps et les preuves, en prenant soin de ne pas trop entraver votre enquête.

— Cela m'a tout de même un peu foutue dans la merde je t'avouerai, mais en effet, la police ne devrait pas remonter jusqu'à toi. J'imagine que c'est ce même copain qui a falsifié ton voyage à Houat ?

— Comment sais-tu cela ? dit-il stupéfait.

— Je suis un bon flic, répondit-elle en riant. Par le plus grand des hasards, tu n'aurais pas vu le meurtrier ? Il ne ressemblait pas à John Smith ?

— Non, je viens de te raconter fidèlement tout ce que j'ai vu, mais je préfèrerais me rendre à la police plutôt que de t'attirer des ennuis.

— Papa, je pense que tu es innocent dans cette affaire, alors compte sur moi pour te protéger.

— Merci ma chérie, dit-il en la prenant dans ses bras.

Cela faisait si longtemps qu'ils attendaient ce moment que l'émotion les submergea.

Il était 21 heures quand Julie quitta la maison de son père. Elle n'était finalement pas restée dîner, cette effusion de sentiments lui avait donné l'irrépressible envie de voir sa fille.

- 30 - LA PHOTO DES QUATRE

Julie arriva rapidement chez Liam, Anaïs était dans sa chambre. En prenant son manteau, Liam perçut l'inquiétude de Julie ; il avait toujours su détecter chacune de ses humeurs. Elle lui raconta ce que son père venait de lui avouer au sujet du meurtre de Whitend. Ils savaient désormais que John Smith n'était pas seul à connaître l'existence de ce tour de moto, un certain Charles était au parfum, et Julie s'interrogeait sur la fiabilité de ce nouveau protagoniste.

— Papy est en danger ?

Anaïs était descendue, sans se faire entendre.

— Ne sois pas inquiète, ma chérie, je veille sur lui, il ne lui arrivera rien.

Elle prit sa fille dans ses bras et orienta la discussion sur des sujets plus banals. Après une heure de conversation mère-fille, elle laissa Anaïs se coucher et se prépara à rejoindre Antoine dans son lit.

Ce dernier était en train de siroter un whisky glacé sur la terrasse quand elle arriva. Il lui en proposa un, avant de finir la soirée en parlant de Baptiste Augier et notamment de cette phrase mystérieuse qu'il lui avait glissée à la fin de leur entrevue.

*

Lyon, le 2 juin.

Julie arriva tôt au commissariat ce mercredi matin, mais toujours après ses collègues…

— Salut Nounours, salut Jojo, des nouvelles d'Interpol ?

— Je viens d'avoir Max, répondit Nounours, les Américains ont convoqué Smith aujourd'hui à Washington. Avec le décalage, nous n'aurons pas de news avant cet après-midi, voire demain matin.

— Et l'interrogatoire du taré de Caluire ? A-t-on pu apprendre quelque chose ?

— Non, répondit Jojo. Lorsque les médecins l'ont pris en charge, son discours était totalement confus et il était sujet à de graves hallucinations. Ils essaient de nous le remettre d'aplomb et nous pourrons l'interroger, directement à l'hosto.

Julie détestait les points d'arrêt. Pourtant il fallait qu'elle se rende à l'évidence : ces deux suspects ne pourraient pas répondre rapidement aux questions qui la taraudaient. Pendant que ses collègues profitaient de l'accalmie pour traiter la paperasse, elle partit traîner dans la salle de pause. Elle zappa sur les chaînes d'infos en continu et s'arrêta sur LCI.

— *« L'État le plus violent sera donc celui où l'on refusera à chacun la liberté de dire et d'enseigner ce qu'il pense, tandis que l'État bien réglé sera celui où l'on accordera à chacun cette même liberté ».* Ce n'est pas moi qui le dis, c'est Spinoza.

Augier ! L'ancien était devenu l'invité le plus « bankable » du mois. Elle décrocha son téléphone :

— Salut Antoine, tu as vu que ton vieux copain était sur LCI, à balancer des phrases philosophiques à tout-va ?

— Et pas que, je l'ai vu sur BFM TV et I-Télé ce matin, dit-il en riant. Il aurait pu faire la Nouvelle Star s'il ne devait partir aux États-Unis aujourd'hui.

— Pardon, peux-tu me répéter ça ?

— Après Depardieu, Dujardin et Cotillard, Augier est en passe de devenir la personnalité française que tous les networks américains s'arrachent, dit-il en éclatant de rire.

Julie rit également de bon cœur. Antoine avait un don pour la remettre de bonne humeur, même si cette blague n'allait pas l'occuper toute la journée. Tandis qu'elle surfait depuis une bonne heure, tentant de mesurer la propagation de l'interview de l'activiste sur Google news, elle aperçut un pop-up lui indiquant l'arrivée d'un mail. L'expéditeur s'identifiait par le trigramme désormais familier : bdv.

C'était la première fois qu'elle recevait un mail du hacker sur sa boîte professionnelle. Elle demanda à ses collègues de la rejoindre : devait-elle, au risque de nuire à l'intégrité du réseau, ouvrir la pièce jointe qui accompagnait la missive ?

— Si tu viens de le recevoir, transfère ce mail à nos copains de la cybercrim', dit Jojo ; ils vont peut-être réussir à le tracer ce coup-ci.

Julie s'exécuta pendant que Nounours appelait leurs collègues de Toulouse. Une poignée de minutes s'était écoulées lorsqu'il donna le feu-vert à l'enquêtrice pour ouvrir la pièce jointe : il s'agissait d'une photo, de mauvaise qualité, mais sans danger. D'après l'interlocuteur au bout du fil, la recherche de ce hacker était vaine, il n'avait laissé aucune trace exploitable... sans aucun doute un des meilleurs pirates français... enfin s'il était français. Nounours raccrocha et se concentra sur l'écran de Julie.

« Bonjour Julie,

Je pense qu'il vous manque un élément pour avoir une vision d'ensemble. Je me permets donc de vous le communiquer.

Ce n'est pas la peine d'appeler l'OCLCTIC, cette pièce jointe n'est pas dangereuse. D'ailleurs votre collègue a déjà dû vous prévenir que si je voulais infecter votre réseau, je réussirais sans grande difficulté ».

Julie jeta un regard à ses collègues, qui acquiescèrent, puis double-cliqua sur l'icône. Son pire cauchemar apparut à l'écran : une photo de vacances de quatre adolescents, quatre potes pris en photo sur l'île de Houat assurément. Julie reconnaissait son rocher emblématique en arrière-plan : Er' Yoch. Elle ne savait pas combien de temps il faudrait à ses collègues pour percuter que son père figurait sur la photo.

— C'est marrant, fit Nounours, j'ai l'impression de connaître les deux gars de gauche.

Le cerveau de Julie bouillonnait, elle ne pouvait le taire plus longtemps.

— C'est mon père à l'extrême gauche.

— Et Baptiste Augier juste à côté, déclara Jojo.

— Comment peux-tu dire cela ? dit Nounours en zoomant sur la photo, la qualité n'est pas suffisante.

— Je suis très physionomiste, reprit Jojo. Je te parie ce que tu veux sur ce coup-là.

— Même d'enlever tous tes posters de Cristiano Ronaldo du bureau ?

— Oui même ça, répondit un brin vexé le portugais qui sommeillait dans le flic.

— Merde alors ! Ton père connaît Baptiste Augier ?

— Je n'étais pas au courant, mais a priori oui, s'il s'agit bien d'Augier sur cette photo.

— Et tu reconnais quelqu'un d'autre sur cette image ?

— Oui.

Elle reprit son souffle avant de lâcher :

— L'homme à l'extrême-droite est mon ancien prof, Jean Dumas.

— Bien, nous allons discuter de tout ça avec le juge, parce qu'Augier et ton père, potes d'enfance, ça ne peut pas être une coïncidence.

— Laisse-moi le voir avant, s'il te plaît Nounours. J'aimerais éclaircir cette histoire avec lui. Qui sait, j'aurai peut-être d'autres informations à produire au juge.

— Je te laisse jusqu'à ce soir, j'appellerai demain matin, répliqua Nounours.

Julie se retourna, muette, et s'engouffra dans l'escalier menant au parking. Son esprit n'était que confusion : son père, Baptiste Augier, Jean Dumas, pourquoi ne lui en avait-il jamais parlé ?

Arrivée à l'usine, elle attendit sagement Thérèse à l'accueil.

— Bonjour Julie, on m'a prévenue que tu désirais voir ton père en urgence. J'espère qu'il ne se passe rien de grave ?

— Non, Thérèse, mais je dois le voir au plus vite, pour ne pas dire tout de suite.

— Il est en réunion encore une vingtaine de minutes, je t'installe dans son bureau.

Julie était comme un lion en cage. Quel lien unissait son paternel et Augier ? Et plus surprenant, avec Jean Dumas. Richard entra alors que Julie divaguait dans ses pensées, devant la fenêtre.

— Bonjour chérie, tu voulais me voir m'a-t-on dit ? Rien de grave, j'espère ?

— Je l'espère également. Peux-tu fermer la porte, s'il te plaît, je ne souhaite pas que cette discussion s'ébruite trop vite.

Richard, devenu subitement inquiet, s'assit dans son fauteuil en invitant Julie à faire de même en face de lui. Mais celle-ci préférait demeurer debout, l'état de ses nerfs ne lui permettait pas de rester immobile. Elle déposa délicatement la copie de la photo sur le bureau.

— Peux-tu m'expliquer cela ?

Richard blêmit.

— Comment es-tu entrée en possession de ce cliché ? bredouilla-t-il.

— Là n'est pas la question. Pourquoi es-tu au côté de Jean Dumas sur cette photo ? Comment se fait-il que tu m'aies caché que tu le connaissais ?

Richard recula dans son fauteuil, leva les yeux au plafond, puis souffla un grand coup. Il revint ensuite à Julie, la gorge nouée.

— J'ai connu Jean à Houat, comme tu as pu le deviner. Nous nous sommes revus quelquefois sur Lyon, avant que tu ne le rencontres. Lorsque j'ai appris qu'il était ton professeur et su la confiance que tu lui portais, je n'ai pas souhaité interférer. Tu m'en voulais beaucoup à cette époque-là et je comptais sur lui pour t'aider à gérer ton potentiel, et surtout ta crise d'adolescence.

— Et Baptiste Augier ?

— Je l'ai également connu à Houat, mais je ne l'ai jamais revu depuis.

— Il est tout de même troublant de retrouver sur une vieille photo, deux personnes interrogées dans le cadre d'une affaire de meurtre, et dont l'une était présente sur les lieux du crime. Et, pour parachever le côté déconcertant de la chose, est placé à leurs côtés l'homme qui a déclenché tout ceci en inventant cette prétendue découverte bénéfique pour l'Humanité.

Richard apparut très surpris.

— Tu n'étais pas au courant ? Papa, c'est Jean qui a monté cette histoire avec Liam et Emma… mais rassure-toi, il comptait sur moi pour prouver ton innocence.

Richard était passé de l'état de stupéfaction à la colère : son meilleur ami avait comploté afin de l'empêcher de changer le monde et prouver à tous qu'il avait raison depuis toujours : la Société était devenue mauvaise.

— Papa, Augier était-il au courant de ta virée à moto avec Whitend ?

Richard était complètement sonné et répondit en pensant tout haut.

— Je ne pense pas que Scott était au parfum, mais Charles l'était, puisque c'est moi qui le lui ai dit.

Julie pointa du doigt sur la photo le troisième adolescent.

— C'est lui Charles ?

— Non, Charles est là, dit-il en pointant Jean Dumas.

Julie prit un coup derrière la tête : Jean Dumas savait pour la venue de Whitend à Lyon.

— Et qui est Scott ?

— C'était le surnom de Baptiste.

— Et lui, c'est qui alors ?

— Hank, son surnom était Hank. Son véritable nom est Laurent Guillemet, ou quelque chose de similaire.

— Cela ne serait pas le fameux ami qui a déplacé le corps ?

Richard baissa les yeux encore une fois.

— Tu es décidément une enquêtrice hors pair. En effet, c'est lui qui s'est occupé de nettoyer la scène de crime.

— Papa, tu m'as dit avoir appelé Charles… Jean, pour lui apprendre le meurtre. C'est alors qu'il t'a proposé de faire le nécessaire, est-ce exact ?

— C'est exact.

— Il a ensuite appelé Hank qu'il a chargé de la basse besogne. Pourrais-tu me prêter ton téléphone ? Nous allons faire une recherche sur ces conversations.

— Bien entendu, répondit Richard, en lui tendant son petit télé-phone noir.

— Qu'est-ce que c'est que ce truc, tu n'as pas changé de téléphone depuis dix ans ?

— C'est un téléphone que nous a fourni Hank. Je crois qu'il est crypté.

— Tu verras, nos gars font des miracles. Je vais voir mes collègues avec ces infos.

Julie se dirigea vers la sortie.

— Papa ?

— Oui ma chérie.

— Promets-moi que tu n'as rien à voir là-dedans.

— Je te le promets.

Elle ferma la porte et regagna sa voiture.

*

Julie revint à l'hôtel de police, appréhendant la discussion qui l'attendait avec ses collègues. Elle entra un grand sourire aux lèvres, ce sourire forcé que chacun démasquerait sans peine s'il prenait soin de regarder réellement celui ou celle qui l'arbore.

— Alors les gars, des nouvelles de Washington ?

— Oui, répondit Jojo, ils sont en train d'interroger John Smith.

Julie priait : « Faites qu'il avoue le meurtre de Whitend ! Faites que je ne sois pas obligée de raconter cette histoire abracadabrante ! ».

— Et, ils ont réussi à le coincer ?

— D'après ce que l'on sait, il dit avoir passé la journée à l'usine de ton père pour vérifier que la découverte soit assurée de la confidentialité adéquate.

— Enfin, surtout pour essayer de la détruire, s'insurgea Julie.

— Sauf que nous avons appelé l'usine, Jean Martin a bien passé la journée là-bas. L'accueil et un certain Blazej Nowak nous l'ont confirmé.

— Très facile à falsifier pour ces gens-là, crois-moi.

— Soit, l'interrompit Nounours. Nous allons enquêter sur cet alibi à la demande d'Interpol. Ta discussion avec ton père s'est-elle bien passée ? Qu'as-tu à nous raconter qui justifierait que nous n'avons pas appelé le juge ?

Julie sentit sa gorge s'assécher, elle but une lampée de sa bouteille d'eau.

— Jojo, peux-tu aller chercher Barbara, s'il te plaît, je pense qu'elle sera intéressée.

Jojo s'exécuta. Nounours fixait Julie, il savait que quelque chose de dramatique allait se produire. La commissaire entra dans le bureau et, devant la palpable gravité de la scène, s'assit sur le bureau de Jojo.

— Bien, reprit Julie, j'ai deux ou trois choses à vous dire.

Ses trois collègues étaient suspendus à ses lèvres. Elle sortit la photo et la donna à la taulière.

— Voici une photo que nous a envoyée un hacker aujourd'hui. En apparence, il s'agit d'une photo anodine de quatre ados en vacances, mais en réalité on peut voir de gauche à droite : Richard Gère, mon père, Baptiste Augier, un certain Laurent Guillemet, et Jean Dumas, un de mes anciens professeurs de lycée.

— Baptiste Augier et votre père se connaissent ? interrogea Barbara, surprise.

— Se connaissaient plutôt, mais là n'est pas le plus important.

Elle contrôla sa respiration avant d'annoncer la suite :

— Mon père était présent lors du meurtre de Frank Whitend, ils étaient partis faire un tour de moto ensemble.

— Ce n'est pas possible ! dit Jojo. J'ai moi-même vérifié son alibi.

— A priori, ses amis sont experts en dissimulation.

— Mais pourquoi ne pas l'avoir dit à la police ? demanda la commissaire.

— Il pensait, d'une part que c'était lui qui était visé, et d'autre part que cela nuirait à « sa » découverte.

— Découverte qui n'existe pas, coupa Nounours.

— C'est exact, continua Julie, mais il a pris cette décision sur le conseil de cet homme, dit-elle en pointant Jean Dumas. Et celui-ci, son doigt pointait le visage de Guillemet, s'est occupé de déplacer la scène de crime à Jonage.

Barbara commençait à monter en température. Ses collègues le remarquaient aux tics de ses mains, elle rentrait les pouces dans ses poings.

Julie continua tout de même :

— Le hacker, que nous avons évoqué tout à l'heure, m'a fourni un enregistrement d'une conversation entre Whitend et Harry Lee, le patron de mon père, mentionnant ce tour à moto. C'est pourquoi j'ai orienté l'enquête sur les Américains, qui étaient à ma connaissance, les seuls au courant. Malheureusement, je viens d'apprendre qu'une autre personne était au fait de cette balade : Jean Dumas.

La taulière avait atteint l'ébullition.

— Bon, appelez-moi le juge, je veux tout ce petit monde en interrogatoire demain matin au plus tard. Julie, vous avez merdé très sévèrement. Je n'ai pas les idées claires sur votre implication dans tout ce bordel, mais quand tout ça sera fini, nous aurons une discussion, que je prévois houleuse.

Barbara avait l'habitude de prévenir les gens quand l'entrevue n'allait pas être cordiale. Elle ajouta :

— Je comprends que vous ayez voulu épargner votre père. Cependant, je vous rappelle que vous êtes officier de la police judiciaire.

Julie baissa la tête comme une petite fille qui venait de se faire gronder. Nounours en rajouta en passant à côté d'elle :

— Je sentais que ça puait mais là ça sent le durian bien bien mûr.

Julie se mit à pleurer.

- 31 - LES INTERROGATOIRES

Lyon, le 3 juin.

Jeudi matin à 7 heures, deux équipes de police serraient Richard Gère et Jean Dumas à leurs domiciles. Leurs arrestations simultanées avaient été décidées la veille au soir afin d'éviter qu'ils ne préviennent Laurent Guillemet, alias Hank, dont la localisation restait inconnue.

Richard arriva le premier à l'hôtel de police et fut accompagné dans une salle d'interrogatoire. Jean fut débarqué quelques minutes plus tard et installé dans la pièce contiguë à celle de son ami. Cela ressemblait à un film policier, avec caméras et vitres sans tain.

Nounours avait été désigné pour mener les hostilités.

— Bonjour monsieur Gère, vous savez pourquoi vous êtes là ?

— Je me doute.

— Voulez-vous que nous attaquions immédiatement ou désirez-vous un café ? demanda poliment Nounours.

— Oui merci, je veux bien un petit café... pour attendre l'arrivée de mon avocate.

Nounours sortit de la salle ; sa tactique n'avait pas du tout fonctionné. Il entra dans la pièce où était assis son second suspect.

— Bonjour monsieur Dumas, je suis le lieutenant Gilles, c'est avec moi que vous allez avoir une petite discussion. J'imagine que vous souhaitez un petit café en attendant votre avocat ? ironisa-t-il, légèrement exaspéré.

— Avec plaisir lieutenant, répondit son invité.

Nounours referma la porte et commanda les cafés de ces messieurs. Il descendit fumer une clope pour se détendre, avant l'arrivée des baveux. Julie le suivit, elle tenait à adoucir leur relation actuelle.

— Tu m'en files une Didier, s'il te plaît ? demanda-t-elle sur un ton très doux.

Nounours lui tendit le paquet.

— Tu sais, je ne t'en veux pas au point que tu m'appelles Didier. Je suis juste en colère que tu ne m'aies pas fait confiance.

— Je suis désolée, Nounours, je sais que je n'ai pas cessé de merder sur cette affaire, mais j'ai du mal à gérer le fait que mon père soit impliqué. Quoi qu'on en dise, il est toujours difficile pour une fille de descendre son père du piédestal.

— Putain, merde ! tempêta Nounours en écrasant sa cigarette à terre.

— Je suis vraiment désolée.

— Non pas toi ! Regarde devant.

Caroline Fisher sortait de sa voiture. Elle était belle, élégante, pourtant Nounours ne voyait que des emmerdes lorsqu'il la regardait.

— Bonjour lieutenant Gilles, dit-elle dans un grand sourire, bonjour Julie.

— Lieutenant Jacobs, la reprit-elle sèchement.

— Oui, veuillez excuser cette familiarité, j'ai toujours vu en vous une grande sœur.

Les deux policiers étudiaient le comportement de l'avocate, afin de vérifier qu'elle n'était pas sous l'emprise d'une substance illicite. Nounours continua sur le ton de la plaisanterie :

— Nous sommes désolés, nous n'avons convoqué qu'un de vos clients. Monsieur Augier est aux États-Unis, nous ne remettons pas en cause la parole des douaniers de Roissy. Vous nous excuserez pour vos honoraires ?

— Oui, ne vous inquiétez pas, j'étais surtout venu voir mon père.

Le malaise envahit Julie ; elle craignait d'apprendre la raison pour laquelle ce visage lui était si familier. Nounours, sentant Julie au bord de la défaillance, décida de crever l'abcès.

— Vous êtes la fille de …

— Jean Dumas, coupa Maître Fisher en scrutant Julie. Mon père m'a énormément parlé de vous et je vous avoue que j'ai longtemps été jalouse. Cependant, je souhaite vous remercier de l'émulation que vous avez provoquée en plaçant la barre aussi haute.

Julie se souvint alors, elle avait réalisé quelques baby-sittings chez son professeur et avait adoré s'occuper de cette gamine, si intelligente, si belle et si curieuse.

— Bonjour Caroline, tu as bien grandi. Je suis heureuse de te revoir.

— Les circonstances ne sont pas des plus propices mais j'espère que lorsque tout cela sera fini, nous pourrons aller dîner ensemble.

Nounours nageait en plein surréalisme, il ne comprenait rien à la scène qui se déroulait sous ses yeux.

— Mais, pourquoi Fisher ? demanda Julie, encore sous le coup de la surprise.

— Une mauvaise rencontre, chuchota l'avocate… Je t'expliquerai.

Nounours gloussa. Sa copine venait de se faire prendre à son propre jeu : le « je t'expliquerai ».

— Sinon, par qui commençons-nous, répliqua Caroline, sachant que j'ai tout de même deux clients chez vous.

Caroline suivit Didier dans la salle où attendait Richard. Il lui désigna une chaise, puis s'assit à son tour.

— Bien, commença-t-il. Nous savons désormais que monsieur Gère était avec monsieur Whitend lors de l'assassinat de ce dernier. Ce qui veut dire que, si vous n'êtes pas l'assassin, vous êtes un témoin de première importance. Pouvez-vous reprendre votre emploi du temps après le petit-déjeuner de vendredi matin ?... Juste avant de partir pour l'île de Houat, bien entendu.

Il n'avait pu s'empêcher de tacler son interlocuteur sur le mensonge de leur dernier entretien. Richard entendit parfaitement l'avertissement et décida de se mettre à table : depuis chez lui jusqu'à la poursuite dans les bois qui avaient suivi les déflagrations.

— Et c'est alors que vous avez appelé Jean Dumas ? demanda Nounours, déposant le petit téléphone noir sur la table.

Richard se tourna vers son avocate, qui acquiesça d'un signe de tête.

— C'est exact, je ne savais pas quoi faire, j'étais paniqué, j'avais peur d'être la cible.

— Connaissez-vous l'existence du 17, monsieur Gère, ou du 112 ?

— Oui je sais, j'ai commis une énorme erreur, je me suis laissé aveugler par la gloire qu'aurait pu m'apporter cette découverte.

Maître Fisher posa la main sur le bras de Richard afin qu'il se taise et prit la parole.

— Avez-vous pu enquêter, à l'aide de ce téléphone, sur les possibles personnes qui pouvaient être au courant de cette virée à moto ?

— Hélas non. En avez-vous parlé à quelqu'un d'autre, monsieur Gère ?

— Non personne, avoua-t-il, la tête baissée, pour éviter le regard de la fille de son ami.

— Donc, pour résumer, monsieur Dumas est le seul à avoir eu connaissance de cet évènement ? demanda-t-elle, en regardant l'enquêteur.

Nounours se sentit mal à l'aise, il ne pouvait se permettre d'occulter cet élément, sans s'exposer à un vice de procédure.

— Nous avons découvert que la direction américaine du groupe de monsieur Gère le savait également.

— Est-ce monsieur Gère qui les a prévenus ? demanda-t-elle à l'assemblée.

— Non, c'est Frank Whitend...

— Et se pourrait-il que ces gens-là soient impliqués ? J'ai cru comprendre qu'ils n'étaient pas forcément en accord avec cette prétendue découverte. De plus, il n'est pas établi que mon client n'était pas la cible.

— Nous sommes en train de vérifier cet aspect avec Interpol ; ils interrogent à ce sujet John Smith, le responsable de la sûreté, dont la présence sur Lyon au moment du meurtre a été établie. D'ailleurs, monsieur Gère, n'auriez-vous pas reconnu quelqu'un depuis votre cachette ?

—Non, les vitres étaient teintées, je n'ai même aucune idée du nombre d'occupants de la voiture.

— Lieutenant Gilles, je pense que nous pouvons nous entretenir avec mon second client. À moins que vous n'ayez pas fini.

Julie regardait son père à travers la vitre, triste de le voir aussi désemparé. La même procédure s'exécuta dans la salle où était consigné Jean.

— Monsieur Dumas, j'imagine que vous connaissez la raison de votre présence parmi nous ? Souhaitez-vous disposer de quelques minutes pour vous entretenir avec votre fille ?

— Avec son avocate, précisa Maître Fisher.

— Oui, pardon, avec votre avocate.

— Non, je n'en ressens pas le besoin, mais je vous sais gré de me le proposer, énonça distinctement le professeur.

Nounours parcourut rapidement ses notes.

— Après le meurtre de monsieur Whitend, monsieur Gère vous a téléphoné pour vous demander de l'aide. Vous lui avez alors conseillé de quitter les lieux et avez joint un ami pour déplacer la scène de crime à Jonage. Est-ce exact ?

— C'est exact, répondit Jean d'un ton posé.

— Veuillez m'excuser par avance de cette question, mais qu'est-ce qui peut amener un professeur de lycée à maquiller un meurtre ?

— Premièrement, je n'ai rien maquillé, j'ai seulement fait en sorte que mon ami ne soit pas impliqué dans une horrible affaire. Sa trouvaille était tellement importante, ajouta-t-il en levant les yeux au plafond... que je ne pouvais permettre qu'elle soit éclipsée par la mort d'un homme, quand bien même il s'agit de sa Majesté Whitend.

— Oui, je sais, « On ne peut pas sacrifier un groupe à une élite ». J'ai eu le plaisir de discuter avec votre copain Baptiste Augier.

— Et comment va-t-il ? demanda innocemment Jean.

— Il savoure sa nouvelle gloire chez nos amis américains. Pourquoi ce ton sarcastique quand vous parlez de Whitend ?

— Je mentirais si j'avouais être un fervent admirateur des élites de notre monde. Pour citer Dante Alighieri : *« Le roi exerce son autorité sur les autres quant au chemin à suivre ; toutefois quant au but, il est le serviteur des autres et de tous »*. Je pense que le gratin qui gouverne le monde a totalement oublié ceci.

— C'est typique de votre génération, ou seulement de votre cercle d'amis de s'exprimer en ponctuant les arguments par des citations ?

— Cela fait plus de 5 000 ans que l'Homme réfléchit à sa condition. Il serait prétentieux de croire que nous pouvons balayer ceci parce que nous avons inventé le capitalisme.

— Vous êtes anticapitaliste ?

Maître Fisher toussota pour ramener le débat au sujet initial.

— Non, répondit tout de même Jean, mais je n'aime pas ce qu'il est devenu depuis les années 80. D'ailleurs Montesquieu énonçait déjà : *« que tout homme qui a du pouvoir est porté à en abuser »*. Cette décennie a été, à mon avis, la défaite de la morale et la victoire des gens sans scrupules, qui dominent le monde sans que la société ne leur oppose le moindre frein. Nous les avons même hissés au rang de héros.

Nounours saisit mieux le signe de Maître Fisher et revint à l'affaire.

— Bref, nous pensons que l'homme qui vous a aidé est celui-ci, affirma-t-il, pointant Hank du doigt sur la photo qu'il venait de sortir de son dossier, un certain Laurent Guillemet.

— Laurent Gui-met, reprit Jean. Oui, c'est bien lui.

— Est-ce lui également qui aurait falsifié les registres du port de la Turballe et ceux de la compagnie aérienne, créant ainsi un voyage fictif pour monsieur Gère ?

— Vous êtes décidément perspicace, lieutenant.

— Et comment peut-on joindre ce cher monsieur Guimet ? Nous aimerions échanger avec lui sur ce don hors du commun.

— Je crains que ce ne soit guère possible, Laurent a toujours eu une très grande facilité à disparaître.

— Que pouvez-vous nous apprendre à son sujet ?

Caroline rebondit avant que son père ne réponde.

— C'est à lui qu'il faudra le demander directement. Monsieur Dumas vous a répondu sur son implication, vous devez désormais vous prononcer sur la levée de sa garde à vue.

— Soit. Je vais consulter le juge, mais, M. Dumas est, a priori, l'unique personne en France ayant été avertie de ce tour de moto entre Gère et Whitend. Je crains une prolongation.

— Je ne suis pas le seul… Laurent le savait également, je l'ai appelé tout de suite après avoir eu Richard.

Le lieutenant Gilles passa la main devant ses yeux et déclara à l'avocate devoir en informer Barbara Goudde et le juge d'instruction.

Caroline en profita pour se détendre en fumant une cigarette devant le bâtiment.

— Maître Fisher ?

— Oui, répondit-elle en se retournant.

« C'est vrai qu'elle est belle cette garce », pensa Didier.

— Merci, lui répondit-elle, lisant dans ses pensées.

Nounours rougit.

— Le juge maintient votre père en garde à vue afin de le confronter à Laurent Guimet, si nous mettons la main dessus dans un délai proche. À l'inverse, la garde à vue de monsieur Gère est levée, avec interdiction de quitter le territoire national.

Caroline prit acte, remonta auprès de ses clients, et ressortit accompagnée de Richard. Nounours rejoignit Jean avant qu'on ne le ramène en cellule.

— Le juge a décidé de vous maintenir en garde à vue jusqu'à l'expiration du délai légal, afin de nous donner une chance de retrouver Laurent Guimet. J'espère, pour votre confort, que cette traque ne durera pas. Peut-être avez-vous une petite idée sur l'endroit où nous pourrions chercher ?

— Aucune, mais je pense que Julie le trouvera rapidement.

— Vous l'aimez beaucoup, n'est-ce pas ? N'êtes-vous pas ce professeur qui lui a dit que Liam n'avait pas disparu ?

Nounours partit sans écouter la réponse.

*

Ses collègues étaient devant leurs écrans, tandis que la taulière restait debout au centre de la pièce.

— Nous avons quelques billes sur Laurent Guimet ; par contre ce gars n'existe que dans des articles de presse.

— Comment cela ? interrogea Nounours.

— Et bien, c'est comme s'il avait existé mais qu'il n'existait plus.

— Il a effacé sa présence sur le Web, hormis dans les coupures de journaux, reprit Julie.

— Pourquoi aurait-il fait cela ?

— Par amour de la liberté, peut-être.

Ses collègues la regardaient bizarrement.

— Dumas a raison d'affirmer que tu vas mettre la main sur Guimet rapidement, tu es aussi fêlée qu'eux.

Julie rougit et continua à se concentrer sur son écran. Peut-être devait-elle appeler Antoine ? Il pouvait avoir des indices sur ce gars. Elle décrocha son téléphone en mains-libres, afin de montrer à ses collègues qu'elle faisait encore partie de l'équipe.

— Salut ma poule, dit Antoine en décrochant.

— Bonjour Antoine, je suis avec la commissaire Goudde et les lieutenants Gilles et Da Silva. Tu es sur haut-parleur, dit-elle, gênée.

— Ah, rigola-t-il, ma blague tombe à l'eau alors.

Les collègues de Julie pouffaient de rire. Aucun n'était dupe de sa relation avec le journaliste, mais la voir aussi empruntée leur était savoureux.

— Dis-moi Antoine, nous recherchons des informations sur un certain Laurent Guimet, qui doit avoir l'âge de mon père environ. Tu n'aurais pas des tuyaux sur lui, par hasard ?

— Laurent Guimet ? Bien sûr, ce gars est une légende.

Les policiers s'approchèrent du téléphone. Comment pouvait-il être une légende et absent de la toile ?

— Nous sommes tout ouïe Antoine, lança Barbara.

— Laurent Guimet a monté une boîte d'informatique dans les années 80. Il était l'un des premiers Français à se lancer dans ce business, moins célèbre que Steve Jobs ou Bill Gates car il ne s'occupait pas de produits grand public. Ce gars a néanmoins inventé des choses incroyables sans lesquelles l'informatique n'en serait pas là actuellement, notamment sur la puissance et la vitesse de calcul. C'est d'ailleurs lui le développeur des algorithmes sources dont les financiers se servent pour le trading à haute fréquence.

— Quésaco ? coupa la commissaire.

— En résumé, ce sont des algorithmes informatiques qui gèrent les transactions financières dans des temps largement inférieurs à la milli-seconde. Ces transactions ont largement été critiquées pour des problèmes d'éthique, voire de légalité pour certaines. Étant donné qu'elles représentent quatre-vingt-dix pourcents des ordres, on les accuse d'évincer l'humain du contrôle du système.

— Ce Guimet doit être milliardaire, lança Jojo.

— Et bien non, il a disparu en 2011, peu après avoir légué son entreprise à ses salariés. Il avait déclaré, à cette époque, comprendre ce qu'avait ressenti Albert Einstein lors de l'explosion des deux bombes atomiques américaines.

— L'impression d'avoir inventé quelque chose de maléfique, conclut Julie.

— Et comment s'appelait cette boîte ? demanda Nounours.

— Je ne sais plus, mais j'ai un dossier sur le sujet, j'avais initié un reportage. Malheureusement, sa décision de quitter le navire a attiré tous mes confrères, et détruit le caractère exclusif de ma démarche. Je fouille dans mes archives et je reviens vers vous.

— Merci Antoine, dit Julie en raccrochant.

— Heureusement que votre petit ami était là, souligna Barbara. Comment s'organise-t-on pour retrouver ce monsieur ? Nous n'avons que 36 heures à tout casser devant nous.

Julie ne releva pas la pique, elle devrait s'habituer.

- 32 - LA TRAQUE

La police ne connaît pas de procédé précis pour traquer un fantôme. Cet homme avait littéralement disparu, il n'était répertorié dans aucun fichier d'aucune administration… enfin, aucune de celles où il était possible de rechercher quelqu'un d'après son nom. Il n'avait ni voiture, ni compte bancaire, ni papiers d'identité récents, ne payait pas d'impôts… et n'était pas officiellement mort. Cette complexité mettait en boule Barbara, qui avait une sainte horreur de l'échec.

La sonnerie du téléphone de Julie retentit.

— Julie, c'est Antoine, je suis sur haut-parleur ?

— Non, mais ce n'est pas une excuse pour m'affubler d'un petit nom à la con.

— J'ai fait une découverte. Sais-tu qui est le co-fondateur de l'entreprise de Guimet ?

— Non, mais je m'attends à un truc foireux, répondit-elle, anxieuse.

— Jean.

— Comment ça, Jean ? Il est prof de français et de philo.

— Dans l'Histoire, nombre de savants étaient polymathes.

—…

— Pardon, les philosophes étaient scientifiques et vice-versa. Rien n'empêche Jean d'être un génie de l'informatique.

— Pourtant, il était déjà notre prof dans les années 90.

— Il a quitté l'entreprise dans les années 80 ; cependant, il n'a vendu ses parts qu'en 2009.

Julie devait s'entretenir avec son mentor sur la liste des omissions, qui décidément s'allongeait, et si possible sans que ses collègues en soient avertis, du moins pour l'instant.

— Jean ? dit-elle, en ouvrant la porte de la cellule vitrée.

Jean était assis sur le banc, une couverture sur les épaules.

— Oui Julie, que puis-je pour toi ?

— Je viens d'apprendre, par Antoine, que vous étiez le co-fondateur de la société de Laurent Guimet. Votre proximité est telle que vous connaissez forcément un indice qui nous aiderait à le retrouver.

— Malheureusement, je ne peux t'être d'un grand secours. Rentre dormir, la journée de demain risque d'être longue.

— Pourquoi être devenu prof alors que vous aviez monté une entreprise florissante ?

— Ce n'était pas ma vocation.

— Et pourquoi avoir vendu vos parts en 2009 ?

— Antoine est toujours aussi doué ! Disons que j'ai perçu certaines choses avant Laurent. Bonne soirée Julie, et embrasse Antoine de ma part.

Julie décida d'obéir, une ultime fois, à son pygmalion et prit congé de ses collègues pour rejoindre son amant.

*

— Alors ma poule, éclata de rire Antoine.

— Arrête, cria Julie, tu m'as foutu la honte de ma vie. Qu'est-ce qu'il t'a pris de m'appeler comme ça ?

— Je ne sais pas, peut-être que l'amour m'a submergé.

— Arrête tes conneries, elles ne me font pas rire.

— Parce que ton cœur appartient à un autre ?

Julie s'approcha de lui et l'embrassa tendrement, d'un baiser où le sentiment effaçait la technique.

— Tu es le seul dans ma vie actuellement, dit-elle avec l'impression de se mettre à nu.

— Pourquoi m'avoir menti ?

— Je ne voulais pas être une conquête parmi tant d'autres, je me protégeais.

Antoine l'enlaça affectueusement, en retour.

— Julie, je crois que je suis amoureux… je pense t'avoir toujours aimée.

Le cœur de Julie s'emballa, elle l'aimait aussi. Comment avaient-ils pu passer à côté l'un de l'autre ?

Ils firent l'amour toute la nuit, profitant de la magie de cette nouvelle première fois.

Vers 5 heures du matin, le mobile de Julie émit un discret tintement. Les amants étaient endormis, mais le son raviva le désir. Antoine se remit à caresser la jeune femme tout en l'embrassant sensuellement dans le cou, jusqu'à descendre à cette excitante poitrine qu'il savait sienne désormais.

— Attends chéri, je dois regarder, c'est peut-être important.

— Ça y est, on a droit au surnom à la con ?

— Fais pas chier, lui dit-elle en l'embrassant et en quittant le lit en tenue d'Ève.

« Bonjour Julie. Désolé de vous réveiller si tôt, je voulais vous signaler que l'homme que vous recherchez se trouve au Mama Shelter, dans le 7ème arrondissement. Chambre Big Mama terrace corner. Bdv ».

Julie sortit sur la terrasse et pianota tout de suite le numéro de Nounours.

— Tu as bien dormi, lâcheuse ?

— Tu es encore au bureau ? demanda-t-elle.

— Oui, on a cherché toute la nuit des indices, en vain.

— Moi j'ai fait l'amour…plusieurs fois, dormi un peu et j'ai l'adresse de Guimet.

— Quoi ? cria le policier.

— Il est au Mama Shelter.

— J'envoie des patrouilles sur place, on se retrouve là-bas… Ton hacker ?

— Yep, encore lui.

Elle finit le petit câlin entamé, puis partit avant que cela ne redevienne torride.

— On a logé Guimet, dit-elle avant de claquer la porte, je te tiens au jus.

Julie se gara au milieu de la rue, derrière une camionnette de police. Laurent Guimet était déjà dans le fourgon avec les menottes lorsqu'elle arriva aux côtés de Nounours.

— Comment ça s'est passé ?

— Il ne devait vraiment pas s'attendre à se faire déloger, on l'a chopé dans son lit avec des boules Quies et un masque de nuit... tu sais, ceux pour l'avion.

— Putain, si j'avais su, je serais allée directement au bureau.

— Ouais désolé, on repart direct pour l'interroger.

La policière était tout de même excitée par l'arrestation du quatrième larron de la bande.

Dès l'arrivée au poste, Laurent Guimet fut conduit en salle d'interrogatoire. La taulière n'avait pas voulu manquer le dénouement et discutait avec ses troupes, dans la pièce vitrée, de la stratégie à adopter. Nounours était, une nouvelle fois, désigné pour mener les hostilités.

— Bonjour monsieur Guimet. Je suis le lieutenant Gilles, je suis chargé de prendre votre déposition au sujet du meurtre de Frank Whitend. Désirez-vous un café en attendant votre avocat ?

— Non merci... je ne désire pas d'avocat. Mais pour le café, c'est avec plaisir, je n'ai pas eu le temps de déjeuner ce matin.

— Vous refusez d'être conseillé ? En êtes-vous sûr ? répliqua Nounours, très surpris.

— J'en suis certain. J'ai cependant une doléance, j'aimerais être interrogé par le lieutenant Julie Jacobs.

— Et pourquoi donc ?

— Pour des raisons... disons, personnelles.

Nounours, sidéré, sortit débattre avec ses collègues. Après cinq bonnes minutes, Julie entra dans la salle, une tasse de café à la main.

— Bonjour Julie, j'imagine que tu ne me reconnais pas ? Tu étais très jeune la dernière fois que je t'ai vue.

— Vous pensez qu'être ami avec mon père va m'adoucir ? lança Julie très sèchement.

— Non, mais cela permettra de t'expliquer les raisons pour lesquelles tout ceci est arrivé.

Hank raconta, à la fille de Warren, la soirée de Houat et notamment la teneur de ce pari, vieux de 45 ans, dont le gagnant serait celui qui changerait le monde. Il termina son récit en mentionnant la remarque de Charles qui les avait finalement tous hantés : il existerait toujours quelqu'un qui les empêcherait de faire le bien.

— C'est donc pour aider mon père que vous avez déplacé la scène de crime et lui avez fabriqué de toute pièce un alibi ?

Barbara se tendit, craignant que Julie ne soit trop brusque.

— Je suis expert là-dedans, c'est pourquoi Jean m'a contacté.

Julie était sur la brèche, et ne savait pas de quel côté tomber. La policière sentait que ce gars était prêt à tout balancer, et surtout, elle était exaspérée de se laisser balader par les Américains, incapables de lui confirmer la culpabilité de Smith. Le silence de sa réflexion devenait pesant, Julie prit sa respiration et lança :

— À la rigueur, je comprends le maquillage de la scène de crime mais… mais pourquoi l'avoir tué ?

Ses collègues s'affolèrent, Julie venait de déraper sous leurs yeux impuissants. Un silence de mort s'installa…

— Cet homme, et ses semblables, m'ont interdit de changer le monde. Aussi lorsque j'ai su que Richard était en passe de réussir, j'ai fait en sorte que personne ne l'en empêche.

— Vous avouez avoir assassiné Frank Whitend ? reprit Julie, sonnée.

— Oui.

— Et ce, afin que la découverte de mon père puisse changer le monde ? Mais cette découverte n'existe pas, elle a été inventée de toute pièce.

— Je le sais, malheureusement pour Richard. Peut-être est-ce Baptiste qui va remporter le pari finalement.

Tout le monde était effaré par l'aplomb avec lequel ce gars confessait le meurtre de l'un des hommes les plus puissants du monde.

— Vous avez nettoyé votre propre scène de crime, pensa Julie à haute voix.

— Oui, ce qui explique ma rapidité d'intervention sur les lieux.

— Un point m'interpelle : vous avez tiré sur mon père, votre ami d'enfance.

— Il ne risquait rien, je ne le visais pas.

— Qu'est-ce qui me dit que vous dites la vérité et que vous ne cherchez pas à protéger quelqu'un ?

— Rien en effet. N'écoute que ton instinct, répondit-il en se laissant tomber en arrière sur sa chaise.

— Votre sort dépend désormais de la Justice.

Julie se leva et se dirigea vers la porte.

— J'aimerais vous poser une dernière question.

— Je t'en prie.

— Comment se fait-il qu'un homme, disparu depuis tant d'années sans laisser aucune trace, se soit fait avoir aussi facilement par un hacker à qui il n'a fallu que quelques heures pour le localiser.

— Il faut admettre que mon meilleur ami l'a bien formé.

— Vous... vous le connaissez ? Julie était aux anges, elle allait faire coup double ce matin.

— Bien sûr, c'est une surdouée... comme l'était sa mère à son âge.

— Qu'est-ce que vous me racontez ?

— Je pense que tu as très bien compris. Ta fille a défié son mentor, le tien également, afin que son père et son grand-père n'aient pas de problème.

— C'est absurde ! s'indigna Julie.

— Réfléchis bien Julie, tu es la seule à posséder toutes les pièces du puzzle, murmura-t-il.

Julie perdait pied. Comment se pouvait-il que sa fille soit un hacker de haut niveau, formée par son ancien professeur de philosophie qui s'avérait être un génie de l'informatique ? Elle s'était fait avoir par la chambre d'adolescente modèle ; mais comment avait-elle cru qu'Anaïs menait une vie de petite fille modèle ? Confuse, la policière pria Laurent

Guimet de se lever, ouvrit la porte et demanda aux deux agents en uniforme de le ramener en cellule.

— Vous allez bien Julie ? demanda Barbara. J'imagine la matinée éprouvante. Je tenais à vous féliciter, personne d'autre n'aurait osé cette estocade.

— Elle m'est venue instinctivement, même si j'ai eu l'impression qu'il l'attendait... qu'il me la soufflait.

— En tout cas, votre fille nous a rendu un fier service.

— J'en suis consciente, bien que cela mérite une petite discussion mère-fille, répondit-elle en riant.

Elle ne mentionna pas la petite voix intérieure qui lui chuchotait que tout avait été trop facile. Un loup se profilait et cette sensation grandissait rapidement.

— Nounours, ne trouves-tu pas que c'était un peu trop facile ? demanda-t-elle inquiète.

— Ça pue un peu, en effet. Le rôle de Dumas dans cette affaire me fait tiquer. Si on en remettait une couche ?

Julie et Didier se dirigèrent vers les cellules de garde à vue, il était l'heure d'une nouvelle salve de questions sur l'implication du professeur. Le policier de permanence les prévint que la relève allait s'effectuer, le retour de Guimet devait être reporté le cas échéant. Les enquêteurs furent surpris par cette remarque, Guimet avait été ramené en cellule un quart d'heure auparavant. Nounours scruta l'ensemble des cellules, lorsque Jean l'apostropha :

— J'imagine que vous l'avez perdu.

— Où est-il ? hurla Nounours.

— Envolé, il était juste venu discuter avec Julie.

Nounours lança l'alerte. Tous les policiers présents recherchaient le fugitif, ainsi que deux policiers, grands et baraqués, d'après le signalement de Julie.

Deux uniformes et des menottes furent découverts dans les toilettes des hommes : Guimet avait disparu au nez et à la barbe de tout le monde.

- 33 - LA CONFRONTATION

Barbara et son équipe ne se remettaient pas de leur négligence. Comment avaient-ils pu le laisser s'enfuir aussi facilement ? Il leur apparaissait désormais évident que Guimet avait planifié son arrestation, sans doute en utilisant Anaïs à son insu.

La commissaire sollicita le juge qui établit immédiatement un mandat d'arrêt, mais Dumas avait raison : les chances de rattraper le fuyard étaient minces.

Dumas... Le juge avait ordonné sa remise en liberté, puisque son ami en reconnaissant le meurtre de Whitend l'avait innocenté. Nounours alla le chercher en cellule, puis l'accompagna au parking.

— Vous me faites un mot pour le lycée ? lança Jean, cherchant du regard l'arrêt de bus.

— Vous vous en sortez bien, monsieur Dumas. Mon petit doigt me dit que vous n'êtes pas aussi blanc que vous le déclarez.

— Votre petit doigt ? Je comprends maintenant le nombre élevé d'erreurs judiciaires.

— Il ne me trahit pas souvent, rétorqua le policier en le fixant droit dans les yeux.

Nounours remonta débriefer cette débâcle. Ses collègues étaient assommés. La taulière prit la parole :

— Et maintenant, que fait-on ?

Un grand silence emplit la pièce.

— On pourrait commencer par demander à Interpol de relâcher Smith, répondit Nounours.

Julie s'affala d'un cran de plus dans son fauteuil.

∗

Après une heure de profonde déprime, Julie décida de prendre le taureau par les cornes. Guimet avait murmuré qu'elle seule avait toutes les pièces du puzzle, et la pièce qui manquait à ses collègues était le véritable rôle de Jean. Mais elle ne pouvait pas s'en ouvrir à eux sans mettre Liam et Emma en danger. Il lui fallait donc aller se confronter seule à son mentor.

— Je vous laisse les gars, je vais prendre l'air.

— Tu ne veux pas aller boire un coup avec nous ? Nous en avons bien besoin, dit Jojo.

— Non merci, j'ai besoin de digérer tout ça, mentit Julie.

Elle roula directement jusqu'à l'adresse de Dumas, espérant qu'il serait rentré.

— Bonjour Jean, il faut que nous parlions, attaqua Julie, trop sèchement à la réflexion.

— C'est Julie ou le lieutenant Jacobs qui me sollicite ?

— C'est Julie, dit-elle sur un ton plus doux.

— Très bien, je t'attendais.

Jean accompagna Julie jusqu'au salon et l'invita à prendre place sur le canapé. Il revint de la cuisine, une carafe de vin à la main, et s'installa en face d'elle.

— Je l'avais réservée pour cette occasion, dit-il en lui tendant une bouteille vide. Quoique légèrement différente, elle reste un grand évènement.

— Côte Rôtie La Mouline 1991, lut Julie. Il est vrai que vous préméditiez tout ceci depuis un certain temps.

— Je l'ai acheté l'année où je t'ai connue, je savais déjà à l'époque que nous ferions de grandes choses ensemble, et que, bien entendu, nous les fêterions.

Jean servit deux verres à dégustation, puis trempa sans attendre ses lèvres dans le divin breuvage. Julie l'imita, avant de reposer son verre sur la table.

— Bien ! J'ai une information que mes collègues ignorent, une information qui m'a conduite à écouter votre discours d'une manière différente de la leur.

— C'est-à-dire ? dit-il, à moitié surpris.

— Afin de légitimer votre appel à Guimet, pour déplacer le corps, vous avez prononcé ces mots : « sa découverte était tellement importante ». Or vous saviez que celle-ci n'existait pas, puisque vous êtes à l'origine de cette rumeur.

— C'est vrai, j'ai regretté immédiatement ce faux pas.

— Vous saviez également, deux jours avant ce meurtre, grâce à mon père, que votre plan avait capoté.

— C'est également vrai, répondit-il avant de boire une longue gorgée de vin.

— Vous nous avez dit avoir sauté une étape du plan ; or, vous l'avez plutôt adapté… en convaincant mon père de faire appel à Frank Whitend.

— Tu es décidément très douée, cela me conforte de t'avoir choisie.

— Mais comment pouviez-vous être sûr que Whitend viendrait à Lyon ? demanda Julie, espérant découvrir la clé d'un tour de magie.

— Je vais te décevoir : ton père me l'a appris la veille. J'ai alors vu une immense opportunité.

— Vous avez appelé Guimet, sachant que les financiers lui avaient volé son rêve et qu'il ne manquerait pas de tuer le plus célèbre d'entre eux.

— Nous ne sommes jamais sûrs de rien, mais cette idée est intéressante. Et si je suivais ton raisonnement, j'inviterais Baptiste à venir à Lyon, en urgence.

— Vous avez fait revenir Baptiste du Mexique le jour du meurtre, afin de lui fournir un alibi ?

— Disons que s'il parlait à Antoine de cette découverte, il était préférable qu'il ne soit pas entravé par cette sordide histoire de meurtre. Surtout après que Fox News ait reçu les images de ses déclarations de 2011.

— Vous êtes diabolique Jean, vous avez forcé des innocents à devenir des assassins.

— Ce n'est pas tout à fait cela ma chère Julie, dit-il d'un ton très doux. J'ai convaincu un ami, ton père, d'appeler un de ses copains. Puis j'ai prévenu un de nos amis communs de la venue de celui-ci à Lyon…

— Vous avez demandé à cet ami de nettoyer une scène de crime, interrompit Julie.

— On pourrait effectivement me le reprocher… si tel était le cas. Je l'ai simplement sollicité pour aider ton père. Je détiens l'enregistrement de cette conversation, peut-être aimerais-tu l'écouter ?

Julie n'en revenait pas. Jean continuait l'énoncé de ses actions :

— J'ai invité un autre copain à venir nous rejoindre à Lyon : Baptiste, duquel j'ai fait la publicité auprès d'un network américain… Ah oui, j'ai également fourni un avocat à tous ces amis lorsqu'ils en avaient besoin. Je t'avoue que je ne trouve rien de répréhensible à cela. Toutes les conséquences de ces actions ne sont que pur hasard.

— La théorie du chaos, énonça-t-elle. Vous avez réuni des conditions initiales, sans pouvoir prévoir l'évolution du système ainsi mis en place. Vous ne pouvez donc être accusé des aboutissants puisque, par essence, ils étaient imprédictibles.

— Je retrouve enfin la Julie que je connais, s'exclama-t-il avec satisfaction.

— Mais pourquoi ne pas s'être contenté de la preuve que la Société était mauvaise ?

— J'avais une chance de changer le monde.

— Encore ce vieux pari ! s'indigna Julie.

— Je n'ai que faire de ce pari ; d'ailleurs Baptiste va sûrement le gagner. Je visais la satisfaction d'être le déclencheur du changement de paradigme.

— Vous pensez réellement changer le monde en provoquant des meurtres ?

— Ce n'est pas fini Julie. C'est même loin d'être fini.

Julie était désemparée, le professeur avait raison ; juridiquement il n'avait rien commis de répréhensible et avait pris soin de se protéger. De plus, elle ne pouvait l'attaquer sans mettre en danger ses copains et sa famille.

— Et Anaïs dans tout ça ? Elle faisait partie de votre plan ?

— Anaïs était le grain de sable du système, pouvant intervenir à son gré dans les rouages. Je l'ai formée mais je ne l'ai jamais manipulée. Elle t'a tantôt orientée sur les Américains, tantôt sur Laurent Guimet. Son seul but était de sauver sa famille.

Julie quitta Jean sans un mot et sans terminer son verre. Elle ressentait le besoin d'en discuter avec ses amis, avant de prendre une décision.

*

De retour chez Antoine, Julie se servit un grand verre de vin, du vin ordinaire, pour s'enivrer et oublier. Antoine attendait avec impatience le récit de sa journée. Julie l'avait quitté à 5 heures du matin.

Elle raconta la pseudo arrestation de Laurent Guimet suivie de son « évasion », puis pria le journaliste d'attendre l'arrivée de Liam et Emma pour connaître la suite. Heureusement pour le bouillant Antoine, le couple arriva dix minutes plus tard, s'interrogeant sur ce qui pouvait motiver une telle urgence.

Julie révéla, dans tous ses détails, la discussion qu'elle avait eue avec Jean. Ses amis restaient interdits. L'impression gênante d'avoir été manipulés par le vieux professeur prédominait.

— Comment arrêter toute cette folie ? implora Julie.

— Malheureusement, je pense que Jean est dans le vrai, nous avons totalement perdu la maîtrise, répondit Liam avec objectivité. Les conséquences observées sont trop éloignées des conditions qui les ont engendrées.

— Je suis d'accord avec Liam, reprit Emma. Avec un peu de chance, un évènement fortuit dégonflera cette révolte aussi rapidement qu'elle est apparue.

— Ne peut-on créer cet évènement fortuit ?...

— Baptiste Augier, proposèrent-ils tous quatre en même temps.

- 34 - COMMENT S'EN SORTIR ?

États-Unis, mercredi 9 juin.

Baptiste continuait sa tournée des médias américains, lorsqu'il apprit, au hasard d'une conversation, que Laurent Guimet était recherché par toutes les polices de la planète pour le meurtre de Frank Whitend. Il était au fait de l'aversion de Laurent pour les financiers de haut-vol mais que venait-il faire, lui aussi, dans cette galère ?

Baptiste prit quelques instants de réflexion et sortit son téléphone noir, celui que Hank lui avait fourni. Il ne l'avait jamais utilisé mais ce dernier ne l'avait jamais quitté, comme un gri-gri qui lui rappelait que ses copains veillaient sur lui. Il trouva juste le temps de le mettre en charge dans sa loge, avant d'être appelé pour l'émission, diffusée en direct.

L'altermondialiste était l'invité central du talk-show, il enchaînait les émissions depuis une semaine : tous voulaient le « frenchy » sur leur plateau. Son discours résonnait chez le peuple américain, mais il ne pourrait pas tenir cette cadence, seul, très longtemps et la meilleure preuve venait de lui être administrée : égaré dans ses pensées, il n'avait pas entendu la question posée par la journaliste.

L'entretien terminé, il revint dans sa loge et alluma son portable crypté. Il espérait que le code gravé dans sa mémoire était le bon… il l'était. Le téléphone tenta d'accrocher un réseau. Après une minute environ, un bip retentit ; Baptiste porta l'appareil à son oreille.

« Bonjour Scott, c'est Charles à l'appareil. J'imagine que si tu écoutes ce message, c'est que tu viens d'apprendre que Hank est en cavale. Je ne peux t'expliquer tout ce qui s'est passé mais je peux te dire que tu restes désormais notre dernier espoir pour changer le monde, pour exaucer notre rêve de jeunesse. N'essaie pas de me contacter, nous ne pouvons plus t'aider. Voilà, j'espère que tu réussiras mon ami ».

Le message était terminé. Baptiste sentit un poids énorme s'abattre sur ses épaules ; il était dorénavant seul pour porter leur rêve commun. Enfin, peut-être pas tout à fait. Il consulta sa montre, vérifia que la porte de sa loge était fermée et décrocha son mobile :

— Bonjour Antoine, Baptiste Augier à l'appareil.

— Baptiste ? Cela fait des jours que nous essayons de vous joindre.

— Je sais, je n'ai pas eu beaucoup de temps à moi dernièrement. Je viens tout juste de comprendre l'urgence de vos appels.

— Nous sommes convaincus que vous seul pouvez enrayer la violence de cette révolte. D'après les sondages, votre discours qui a suivi l'abomination de Caluire a eu un effet incroyable sur l'opinion… votre cote de popularité a dépassé celle de Yannick Noah !

— Et celle d'Omar Sy ? plaisanta Baptiste.

— Faut quand même pas déconner, répondit Antoine en riant.

— Plus sérieusement, je vous remercie de votre soutien, mais une chose risque de nous barrer la route, et je me dois de vous la mentionner.

— Votre vieille amitié avec Richard Gère, Laurent Guimet et Jean Dumas ?

— Comment ?… Comment le savez-vous ? balbutia Baptiste, effrayé par les conséquences d'une telle information mise à disposition de la presse.

— Ne soyez pas inquiet, je sais, de source sûre, que la police ne révèlera pas cette information.

— Julie Jacobs ?

— Je ne révèle jamais mes sources, reprit Antoine, surtout les plus belles.

Un temps mort s'instaura, chacun réfléchissait aux possibilités d'atteindre l'objectif, et Baptiste dégaina le premier :

— Antoine ?

— Oui ?

— Vous réalisez toujours des reportages ?

— Bien entendu.

— Est-ce que votre chaîne vous suivrait sur un format d'émission de quelques minutes ?

— Cela dépend du concept, mais je jouis d'une certaine liberté, surtout depuis ces derniers jours.

— Avez-vous déjà entendu parler du Right Livelihood Award ?

— Le prix Nobel alternatif ?

— Exactement. Nous pourrions nous servir de ma notoriété éphémère pour diffuser ses travaux et ses combats, afin de mettre en lumière ces personnes qui désirent améliorer le monde. Nous décuplerions notre force de frappe, même si le mot est fort mal choisi.

Baptiste attendait, anxieux, la réponse du journaliste qui marquait une pause pour réfléchir.

— Vous êtes un génie ! J'appelle tout de suite ma productrice. Par qui commence-t-on ?

— Par une vieille connaissance : Francisco Whitaker.

— Le choix est excellent, je vous tiens au jus.

Antoine raccrocha et composa directement le numéro de sa productrice.

*

Depuis une semaine toutes les chaînes de télévision diffusaient la photo de Laurent Guimet, prise lors de son interrogatoire. Depuis deux jours, le lieutenant Jacobs était suspendu, attendant que la lumière soit faite par l'IGPN sur son implication dans cette affaire. Ses liens avec la quasi-totalité des protagonistes, ainsi que son possible rôle dans l'évasion de Guimet troublaient les « bœufs-carottes ».

La commissaire Goudde avait également été interrogée, mais à la grande surprise de Julie, sa chef l'avait défendue bec et ongles, alors qu'elle lui avait prédit une bonne soufflante. Barbara était de ces femmes qui ne comptaient pas sur les autres pour gronder ses enfants.

La suspension était fixée à trois mois, le temps de l'enquête. L'été de Julie serait très calme, voire angoissant pour une fille comme elle.

Aujourd'hui, dernier jour des épreuves du baccalauréat, Julie attendait avec impatience. Non parce qu'elle doutait des capacités de sa fille, qui serait reçue sans aucun doute avec une très belle mention, mais pour avoir la discussion qui la rongeait depuis une semaine.

— Bonjour ma chérie, cela s'est bien passé ?

— Salut maman. Oui, pas de souci particulier.

— Peux-tu venir t'asseoir près de moi, s'il te plaît, dit Julie, tapotant de la main le canapé. J'ai besoin de te parler.

— Rien de grave ? répondit Anaïs, inquiète.

— Non, pas pour le moment.

Anaïs s'assit sagement à côté de sa mère, attendant le sermon traditionnel sur le fait que le bac n'était pas une fin en soi... mais elle sursauta aux premiers mots de Julie :

— Bocca della Verità !

Anaïs sentit sa vie s'effondrer ; elle avait joué et s'était fait prendre.

— J'imagine que ce nom t'évoque quelque chose ?

— Oui, dit-elle, honteuse. Je suis désolée, maman.

— Ne le sois pas mon amour, mais nous devons en discuter. Raconte-moi tout depuis le début.

— Oui Maman. Tout a commencé lors de ma Seconde. J'étais en retard sur un exposé pour le cours de monsieur Dumas. À cette époque, il nous demandait, pour chaque travail, un exemplaire papier et un exemplaire sur clé USB. Le cours suivant la remise, je lui ai certifié avoir rendu mon devoir et laissé supposer qu'il avait dû égarer l'exemplaire papier. Il vérifia dans son ordinateur, le fichier était enregistré, à la bonne date : je m'étais introduite dans son système, la nuit précédente.

— Mais où as-tu appris à faire ça ? s'étonna Julie.

— Je l'ai appris toute seule... Je finis : monsieur Dumas m'a interceptée à la fin du cours, il savait ce que j'avais fait, j'étais flippée, je sentais des fourmis dans tout mon corps. Puis, il est parti dans un rire qui ne s'arrêtait plus, ponctué par des phrases sur mon talent, et sur mon amateurisme. C'est alors qu'il m'a proposé de m'enseigner le hacking.

— Il t'a dit pourquoi il voulait te former ? demanda Julie, suspicieuse.

— Non, il ne m'a jamais donné de raison à cela, juste que je me devais d'entraîner le don qui m'avait été donné, de la manière que je pensais la plus juste… et si possible, pas pour tricher. Sa seule recommandation était de garder son rôle secret car les hackers se doivent de se protéger mutuellement.

— Tu savais donc qu'il était très doué en informatique ?

— Doué, Monsieur Dumas ? Maman, c'est un génie !

— Tu m'as pourtant demandé pourquoi je le trouvais génial, plaisanta Julie.

— Je me devais de le dénigrer un peu, pour éviter que tu soupçonnes quelque chose.

— Tu voyais Jean pendant que j'étais sur Lyon ?

— Non, pas en dehors des cours. Je me souviens que deux jours avant ton arrivée, il m'a annoncé n'avoir plus rien à m'apprendre. Il m'a également tenu un discours que j'ai trouvé très bizarre sur le moment, même pour un homme comme lui : il prévoyait que très prochainement je serais face à un dilemme, et qu'il ne me tiendrait pas rigueur de mon choix, quel qu'il soit.

— C'est vrai qu'il est très particulier. Pourquoi m'avoir envoyé ces mails ?

— Lorsque tu m'as annoncé que Papa n'était pas parti avec Emma, j'ai eu très peur ; je me suis mise à fouiller un peu partout et notamment dans les serveurs de l'entreprise de Papy. J'ai découvert que les Américains étaient en train de faire le ménage dans l'ordinateur de Papa et s'intéressaient de très près à Papy. J'ai estimé que ces indices justifiaient que je morde la ligne jaune.

— Je suis de ton avis. Comment as-tu pris connaissance de la page Facebook du jeune Américain ? J'ai réellement cru qu'on nous espionnait sur nos smartphones, ou nos ordinateurs.

— Non, je fais de la veille sur internet, je connaissais l'existence de cette page depuis plusieurs mois. Je ne pensais pas que vous l'utiliseriez comme cela, je l'ai envoyée pour vous démontrer qu'il pouvait exister d'autres facteurs déclencheurs que la découverte de Papa.

— Puis tu as décidé de m'envoyer la photo de ton grand-père avec ses copains.

— Oui, bien que j'ai compris, mais trop tard, que c'était finalement un hameçon pour que Guimet te joue un vilain tour. Pardonne-moi maman, j'ai été présomptueuse, et suis tombée sur plus fort que moi.

— Ce n'est pas grave ma chérie, promets-moi seulement de limiter un peu cette activité pour le moment.

— Je te le promets, répondit-elle en se lovant dans les bras de sa mère.

— Je ne sais pas si je dois te le dire : ma chef te félicite, murmura Julie.

*

Antoine bouclait sa valise, sa productrice s'était entendue avec la chaîne sur un format court, de douze minutes, diffusé avant le prime-time. Le planning n'existant pas, elle avait eu la judicieuse idée de ne pas en proposer : l'émission serait diffusée au fil de la livraison des épisodes. Antoine attrapa son téléphone pour joindre Julie, il n'avait pas encore trouvé le temps de la mettre au parfum.

— Julie, c'est Antoine.

— Et bien, j'ai cru que tu ne m'appellerais plus. Je suis désolée de ne pas être venue dernièrement, il fallait que je saisisse cette chance de recoller les morceaux avec ma fille.

— Ne t'inquiète pas, je comprends, j'ai été très occupé également ces derniers jours. C'est d'ailleurs à ce sujet que je t'appelle, je pars au Brésil rejoindre Augier.

— Je le croyais aux États-Unis ! dit-elle, surprise.

— Il l'est, mais nous avons rendez-vous à São Paulo, nous allons faire une série d'émissions ensemble.

— C'est-à-dire ? demandèrent l'enquêtrice, très curieuse, et la petite amie, très inquiète.

— Nous allons interviewer les récipiendaires du Nobel alternatif. Cela permettra de porter leur voix, en profitant de la nouvelle notoriété de Baptiste.

— C'est pas con, le public voit en lui un rebelle, capable de changer les choses. Il ne pourra malheureusement pas porter ce fardeau trop longtemps.

— C'est exactement ce qu'il m'a dit. Je t'appelle quand je suis sur place… Je t'aime Julie.

— … Je t'aime aussi, répondit-elle timidement. Bon voyage.

Antoine raccrocha et se rua dans un taxi, il devait être à Roissy dans quatre heures. La précipitation ne l'empêcha pas de savourer cette délicieuse nouvelle : Julie l'aimait !

- 35 - À TRAVERS LE MONDE

Antoine atterrit à l'aéroport international de São Paulo – Guarulhos, après quinze heures de voyage et une escale à Amsterdam. Il prit un taxi pour rallier son hôtel situé sur l'avenue Paulista, l'une des plus grandes et des plus célèbres avenues de la ville. Baptiste devait le rejoindre le lendemain matin, l'entretien avec Francisco était prévu l'après-midi.

Les deux nouveaux associés avaient conclu que l'activiste interviewerait les personnalités, tandis que le journaliste s'occuperait de la caméra et du montage. Cela donnerait une certaine couleur à leur aventure.

Dans l'attente, Antoine avait la soirée pour s'imprégner de la ville. Flânant et goûtant au charme de l'avenue interminable. Antoine ressentit le besoin d'appeler Julie.

— Salut chérie, c'est moi, je ne te réveille pas ? demanda-t-il d'un ton feutré.

— Il est 2 heures du matin mais je t'excuse… tu es à l'autre bout du monde. Comment ça va ? Ton émission s'annonce bien ?

— Oui très bien, nous rencontrons Whitaker demain, dans un parc qui borde l'avenue de mon hôtel. La diffusion est programmée dimanche.

— Je regarderai ça avec intérêt mais pour le moment, je vais essayer de redormir… Au fait, il y a eu de nouvelles agressions de banquiers en Europe, moins violentes qu'il y a trois semaines, uniquement quelques coups de poings ou gifles sur des employés qui sortaient de leur boulot.

— À nous de faire baisser encore d'un cran cette colère, avant qu'elle ne flambe de nouveau. J'espère que l'été sera propice à la détente. Bonne nuit Julie et rêve de moi, dit-il d'une voix suave.

— J'étais en train de rêver que j'arrêtais Gilles Lellouche. Je vais rester jusqu'à la fin si tu permets, sait-on jamais, sur un malentendu, répliqua-t-elle, taquine.

*

Des tambourins sortirent Antoine de ses rêves... Le temps de rassembler ses esprits, il se leva pour aller ouvrir la porte de sa chambre.

— Alors l'ado, il est déjà 9 heures, lança Baptiste.

— Vous êtes déjà arrivé ? répondit Antoine, la tête encore à l'heure française.

— Oui, j'ai volé de nuit. Dis donc, tu ne te fais pas chier, ta chambre est plutôt sympa, tu m'invites à dormir ? dit l'altermondialiste dont le volume de la voix résonnait dans le cerveau du journaliste.

— Ma production vous a pris la même à côté. Voici les clefs, rétorqua Antoine en lui lançant le trousseau. Rendez-vous dans une heure pour le briefing ?

— D'accord, on se retrouve au petit-déj, je crois qu'ils servent toute la matinée.

Baptiste claqua la porte de la chambre. Antoine eut l'impression d'avoir été pris dans une tornade. Son séjour américain avait dynamisé le vieux comme jamais.

Il retrouva Baptiste au restaurant, lisant le journal.

— Lusophone ? s'exclama Antoine.

— Oui, j'ai passé beaucoup de temps en Amérique du Sud.

Le serveur demanda au jeune homme son souhait de boisson chaude.

— Café por favor, répondit-il, très fier.

Il venait d'utiliser la moitié de son vocabulaire dans la langue du pays.

— Cela va faciliter les choses pour l'interview, reprit-il.

— Chico parle français, il a vécu en France dans les années 70.

— Pourquoi nous a-t-il donné rendez-vous dans un parc ?

— Le Parc Trianon est un héritage de la forêt primaire Mata Atlantica, la forêt atlantique. Il ne reste plus que sept pour cent de sa superficie initiale au Brésil, j'imagine qu'il s'agit d'un clin d'œil.

Ils sortirent de l'hôtel, vers midi, afin de se balader dans le parc dans l'attente de rencontrer Francisco.

*

Dimanche soir à 20 h 45, heure française. Julie, Liam et Emma était installés devant leur écran, comme beaucoup de Français, lorsque la présentatrice prit la parole :

— Bonsoir, nous vous présentons aujourd'hui le premier épisode d'un nouveau programme court consacré aux Nobel alternatifs. Ce document a été réalisé par notre journaliste Antoine Swarzinski, en collaboration avec un représentant bien connu de l'altermondialisme : Baptiste Augier.

Le reportage débuta avec la biographie de Francisco Whitaker, insistant sur son rôle majeur dans le Forum Social Mondial depuis 2001. Il enchaîna sur son départ fracassant du Parti des Travailleurs en 2006 à la suite de plusieurs désaccords avec Lula, puis sur le prix au Right Livelihood Award qui lui fut attribué la même année.

Un vieil homme à la barbe grise apparut aux côtés de Baptiste, au milieu d'un parc à la végétation luxuriante.

— Bonjour Francisco, ou plutôt Chico comme tout le monde vous appelle.

— Bonjour Baptiste.

— Je vais te tutoyer, nous n'allons pas faire semblant de ne pas nous connaître puisque nous nous sommes rencontrés à Seattle en 1999. Je précise que cet entretien sera entièrement réalisé en français et nous t'en remercions.

— Je vous en prie, répondit Chico avec un large sourire.

— Tu as dit que tu voulais inverser la pyramide sociale, afin que les besoins du plus grand nombre prévalent sur les intérêts économiques.

— C'est exact, nous vivons à une époque où la logique de l'argent, la compétition permanente et la prédation de la nature ont pris le pouvoir.

— Tu milites également pour l'innovation politique et notamment sur son horizontalité, en contradiction avec la structure pyramidale imposée par le capitalisme.

— C'est vrai, mais la lutte pour le pouvoir est encore très présente dans le conditionnement que nous avons reçu depuis notre enfance. Il est difficile de s'en affranchir, même dans nos organisations.

— Néanmoins, l'émergence de ce nouvel acteur qu'est « la société civile » a permis de montrer, par ses manifestations populaires, que nous n'avons pas besoin de la structure politique actuelle.

— Assurément, cette société civile propose des alternatives concrètes, qui ne pourront être mises en œuvre que si les États l'autorisent.

— Et surtout lorsque les lobbies le permettront, ajouta Baptiste. Tu as proposé l'objection de conscience pour lutter contre ce libéralisme triomphant : je propose à ceux qui nous regardent d'utiliser cette arme plutôt que la violence.

L'émission toucha à sa fin avec les remerciements d'usage. Antoine suivait l'émission avec sa tablette et décrocha son téléphone, sitôt le générique terminé.

— Alors ?

— Ce n'était pas mal, répondit Julie. Qu'en dit ta chaîne ?

— Je ne sais pas encore, je pense qu'ils vont attendre les résultats d'audience avant de m'appeler.

Julie était très flattée qu'Antoine lui ait réservé la primeur de ses appels. Il lui manquait déjà, bien qu'il ne soit parti que depuis quelques jours.

— Les problèmes continuent en Europe ? demanda le journaliste.

— Je n'ai rien entendu, sauf peut-être un problème au Japon d'après les infos. Ce qui, selon la presse, est surprenant quand on connaît la culture nippone.

Après quelques mots doux, Antoine raccrocha et surfa sur internet quelques instants afin d'appréhender la situation mondiale. Une heure s'était écoulée lorsqu'il entendit frapper et vit Baptiste entrer sans y être invité.

— Nous repartons demain pour les États-Unis, j'ai pris rendez-vous avec Gene Sharp mardi.

— Qui est-ce ? demanda Antoine, qui n'avait jamais entendu ce nom.

— Le Machiavel de la non-violence. Je crois que c'est ce qu'il nous faut pour la suite, après ce que je viens de lire dans la presse. Notre avion décolle à 7 heures.

Comment ce vieil homme pouvait avoir une telle pêche ? pensa Antoine ; Vraisemblablement, un surplus d'adrénaline le parcourait ces derniers temps.

*

Les deux compères étaient déjà à l'aéroport lorsque le portable d'Antoine sonna : sa rédactrice en chef lui apprit que l'émission diffusée hier avait « fait péter tous les scores » selon son expression, et demanda la date de tournage du prochain épisode.

L'interview de Gene Sharp était prévue le mardi matin, à Boston ; la prochaine diffusion pouvait être planifiée le mercredi. Ils prirent place dans l'avion, pour un vol de douze heures via New-York.

— Baptiste, croyez-vous qu'il soit suffisant de diffuser quelques interviews de personnalités appelant à la non-violence pour engendrer des réactions non-violentes de la part de la population ?

— Malheureusement, notre société de consommation est ainsi, on écoute celui qui nous parle en oubliant celui qui vient de nous parler. C'est la raison pour laquelle nos politiques monopolisent l'espace médiatique. La somme d'informations fournies dans une journée à un citoyen ne lui permet plus de faire le tri ; il n'a plus aucune chance de se forger un avis.

— La célèbre maxime de Patrick Le Lay qui affiche la nécessité de concevoir des programmes qui rendent le cerveau disponible aux messages publicitaires n'est plus correctement appliquée ? ironisa le journaliste.

— Si, certains programmes de télé-réalité le font encore très bien. À contrario, l'exposition continue à ces multiples sources d'information sur un temps prolongé n'autorise plus le moindre travail de synthèse.

— Vous êtes contre la diversité des sources d'information, c'est tout de même un pilier de notre démocratie ? s'indigna Antoine.

— Ce n'est pas exactement ce que j'ai dit… bien que cette diversité puisse aller justement à l'encontre de la démocratie lorsqu'elle empêche le peuple de se fabriquer son opinion en le bombardant d'informations, souvent superficielles.

— C'est absurde, dit Antoine, vexé.

— Nous sommes d'accord, c'est absurde de ne plus avoir aucune ligne éditoriale.

*

Arrivés à Boston, ils s'installèrent à l'hôtel, avant de se rejoindre au restaurant pour dîner. Antoine n'avait pas appelé Julie en atterrissant, la nuit était déjà bien avancée en France. Il s'en voulait de ne pas l'avoir fait lors de l'escale à New-York, alors qu'elle lui avait adressé un SMS lui souhaitant une bonne nuit. Elle n'avait jamais été aussi attentionnée.

— Dites-moi Baptiste, j'ai parcouru le Net au sujet de l'association fondée par Gene Sharp, l'Albert Einstein Institution. Ils sont au centre de quelques controverses tout de même ; n'est-ce pas dangereux vis-à-vis de notre objectif ?

— Si cette vague de violence n'existait pas, je n'aurais pas agi de la sorte, mais nous devons parer au plus pressé : stopper ces actes.

— Vous croyez donc réellement à la non-violence, conclut le journaliste, se souvenant des premières entrevues avec Baptiste.

— La force ne peut être utilisée contre ceux qui la détiennent. Les attaquer avec violence légitime leur riposte, et celle-ci sera toujours plus élevée que l'attaque. L'Histoire nous a montré qu'elle pouvait même être disproportionnée.

Ils se quittèrent tôt dans la soirée afin d'être en forme le lendemain, Gene Sharp souhaitait les rencontrer tôt dans la matinée.

L'interview fut rapidement mise en boîte et envoyée à la chaîne. Baptiste devait s'envoler pour New-York où Amy Goodman, une journaliste, souhaitait l'interroger. Amy avait reçu le prix Nobel alternatif en 2008 pour le développement d'une voix indépendante, disparue des networks américains. Durant cette interview, Baptiste annonça son départ prochain pour l'Afrique.

L'enregistrement terminé, Antoine apostropha Baptiste :

— Vous auriez pu me prévenir pour l'Afrique !

— Excuse-moi Antoine, cela ne se reproduira plus. Pour me faire pardonner, sache que nous repartirons d'Addis Abeba pour l'Inde où nous rencontrerons Vandana Shiva, une femme exceptionnelle qui va sans aucun doute te plaire.

*

Mercredi soir, Julie, Emma et Liam étaient de nouveau devant leur écran de télévision. Ils n'avaient jamais entendu parler de ce « Clausewitz de la guerre non-violente »… de Clausewitz non plus, d'ailleurs.

L'émission était axée sur les différentes méthodes de protestation et de persuasion non-violentes, recommandées par Gene Sharp. Ce dernier revenait sur les thèses d'Etienne de la Boétie selon lesquelles une élite ne pouvait exister que soutenue par la population. Julie se demandait s'il était encore possible de déstabiliser l'élite actuelle, tant le soutien de la population au système paraissait indéfectible.

À la fin de l'émission, elle monta voir Anaïs dans sa chambre ; l'adolescente pianotait sur le clavier de son ordinateur.

— Alors bdv, comment vas-tu ? lança-t-elle en riant.

— Moi ça va, mais ton petit ami et le copain de Papy sont en train de foutre un sacré merdier.

— C'est-à-dire ? demanda Julie sans reprendre sa fille sur la grossièreté de sa dernière phrase.

— Les réseaux sociaux s'affolent : de partout sont mentionnés des grèves du zèle, des retraits de dépôts bancaires, des boycotts… Les vraies gens vont se révolter.

Julie s'assit sur le lit d'Anaïs, puis décrocha son téléphone en consultant sa montre.

— Salut Antoine, c'est moi.

— Salut chérie, répondit-il, je n'ai pas pu t'en parler avant, l'ancien ne m'avait pas mis au courant.

— De quoi parles-tu ?

— De mon tour du monde, s'esclaffa-t-il, je pars en Afrique demain.

— Tu as raison, prends du bon temps loin de moi, dit-elle, quelque peu jalouse.

— Je suis désolé, que puis-je faire pour toi ? s'excusa Antoine.

— D'après ma hacker de fille, vous avez enflammé les réseaux sociaux avec votre dernière émission. Pourtant j'ai du mal à saisir l'impact de ces actions sur les grands financiers.

— C'est marrant, j'ai posé cette même question à Baptiste.

— Et qu'a-t-il répondu ?

— Il m'a regardé droit dans les yeux, très sérieux et m'a dit « Franchement… aucun ! » et il a éclaté de rire.

— Remarque, c'est bien que ça le fasse marrer ! dit Julie sur un ton où la colère transparaissait.

— Notre principal objectif était de stopper la flambée des meurtres et des agressions. Tu ne pensais tout de même pas que nous changerions le monde en réalisant quelques interviews ?

— Non bien sûr, dit Julie en réalisant que sa naïveté s'était mise au service de son rêve.

Elle raccrocha et rejoignit Emma et Liam dans le salon. Ces derniers étaient déjà habillés et s'apprêtaient à repartir à Charbonnières.

- 36 - ÉPILOGUE

Durant l'été qui suivit, différentes manifestations s'organisèrent un peu partout dans le monde. Chaque émission d'Antoine et Baptiste était reprise sur YouTube, sous-titrée en vingt-trois langues par des anonymes et devenait virale en une poignée d'heures. Les manifestations non-violentes s'intensifiaient, à tel point que les Nations Unies avaient créé une commission chargée d'étudier le phénomène.

Pour la première fois étaient rassemblés des représentants des États, des grands groupes financiers et des mouvements altermondialistes. Tous étaient persuadés de l'avènement proche du changement de paradigme, même si le système financier restait nettement réticent à l'idée. Les boycotts, les sit-in de protestation, et toutes les actions similaires n'avaient pas réussi à entamer cette « réticence ».

Au cours de l'été, un évènement incroyable se produisit. Comme un sursaut d'humanité, de nombreux traders et autres travailleurs de la finance quittèrent leur emploi et livrèrent à la presse le récit des ignominies et actions illégales qu'ils avaient dû commettre pour le compte de leurs ex-patrons. S'il est vrai que les abjections relatées ne faisaient ni chaud ni froid à ces messieurs, leurs actions illégales ne les mettaient pas à l'abri d'un séjour prolongé en prison. Ils allaient donc devoir négocier leur liberté au prix d'échanges et de consensus.

Un groupe occulte de financiers, occupant des postes clés, s'était formé afin d'assurer qu'un effort serait fait par la profession, faute de quoi ils menaçaient de saboter le système de l'intérieur.

*

Julie avait profité de sa suspension pour prendre des vacances avec son père et sa fille. Quelle meilleure destination que l'île de Houat pour renouer avec le passé de la famille ? La pêche aux homards avec le Grand Jacques, un Sage pêcheur, vous éloignait de toute l'agitation urbaine.

Antoine les rejoignit début août, après avoir laissé Baptiste en Thaïlande, où il s'offrait quelques jours de congés avant de repartir pour l'Argentine.

Liam et Emma avaient décidé de partir faire du cheval en Mongolie. Décidément, l'ex de Julie était un être à part.

Quand à Nounours et Jojo, ils étaient partis ensemble dans le Luberon, où la nouvelle petite amie de Nounours possédait une maison de famille. Ses deux potes manquaient terriblement à Julie, elle espérait les revoir rapidement après sa réintégration… si cette dernière intervenait un jour.

✳

À la rentrée, chacun avait repris son train-train quotidien, hormis Richard et Liam qui avaient donné leur démission, sans en parler à quiconque.

Julie et Antoine, de retour à Paris, avaient décidé de s'installer ensemble dans un grand appartement du quartier des Abbesses. Ils y accueillirent Anaïs venue poursuivre ses études supérieures ainsi qu'un cursus chez 42, l'école alternative fondée par Xavier Niel.

Julie passait régulièrement au 36 prendre des nouvelles de ses collègues et discuter avec Amélie Combes qui faisait le maximum pour la faire revenir, bien que cela ne soit pas de son ressort.

Un jour où elle flânait dans l'attente que sa vie reprenne son cours normal, son téléphone retentit :

— Il faut que tu rentres sur Lyon… Jean s'est suicidé.

— J'arrive, Papa.

Elle s'effondra en pleurs, l'incompréhension avait pris la place de l'ennui. Pourquoi avait-il décidé de se donner la mort, sans l'appeler au secours ? Elle regrettait de ne pas avoir pris de ses nouvelles durant l'été ; elle l'avait abandonné, même s'il avait fait des choses moralement répréhensibles.

✳

Julie, Anaïs et Antoine arrivèrent à Lyon le matin de l'enterrement. Le rendez-vous avait été fixé à Charbonnières, chez Emma, qui les accueillit sans pouvoir contenir ses larmes. Ils furent surpris de la présence de Caroline, qui s'était déplacée afin de leur remettre une lettre de son père, lettre qu'elle tendit à Julie.

— Mon père a demandé expressément que tu la lises à tous, dit-elle en cachant mal sa déception.

Julie décacheta l'enveloppe, tira les feuillets, s'éclaircit la voix en regardant ses amis.

« Mes chers enfants,

Je vous appelle ainsi car, même si seule Caroline peut revendiquer la filiation, je vous ai toujours considérés ainsi. ».

Julie avait des trémolos dans la voix, l'émotion était si forte que sa gorge était presque fermée. Liam lui tendit un verre d'eau pour lui donner du courage.

« Même si certains d'entre vous connaissent des bribes de l'histoire, il est nécessaire que je vous résume les faits et surtout les raisons qui m'ont guidé.

Ce n'est pas trahir un secret que d'avouer mon incessante volonté de changer le monde et ma conviction qu'une élite œuvrait à l'encontre du bien-être de l'Humanité.

Cette conviction, muée en certitude était, je ne vous l'apprends pas, l'essence du plan concocté avec Liam et Emma. Mais qu'ils ne se sentent pas coupables, cette idée s'est forgée au cours de mon adolescence avec mes meilleurs amis, Richard, Baptiste et Laurent.

J'ai compris que le plan dérapait lorsque Richard m'a parlé, bien trop tôt, de la découverte de Liam. S'il n'avait été averti par Karl, Richard n'aurait lu le mail annonçant la découverte que quelques jours plus tard, laissant le temps à Liam d'installer son logiciel espion avant d'aller se mettre au vert. J'ai pris la décision de faire disparaître Liam, afin de laisser une chance aux Américains de détruire cet appât, marquant ainsi leur passage. Pour augmenter l'efficacité du piège ainsi tendu, j'ai convaincu Richard de faire appel à son ami de longue date, Frank Whitend, qui - je l'espérais - doublerait la probabilité d'un sabotage.

Par le plus grand des hasards, Whitend a décidé de rencontrer Richard à Lyon. J'ai saisi l'occasion en prévenant Laurent de leur balade à moto, lui qui vouait une haine féroce à cet homme et à tous ses semblables.

J'ai vu dans ce geste, que je pressentais fatal pour le banquier, la possibilité de changer rapidement le monde, par une action de portée mondiale, sans pour autant abandonner l'objectif du plan initial qui pouvait être poursuivi en parallèle.

J'ai demandé à Laurent de fabriquer un alibi à Richard le mettant hors de cause le cas échéant, mais ce traître de Whitend avait déjà prévenu les Américains. Ce contretemps m'a tout d'abord perturbé, mais j'ai pu le retourner à mon avantage en utilisant son pouvoir de diversion par l'envoi de leur conversation téléphonique à Antoine. Je prie Anaïs de m'excuser de lui avoir emprunté son pseudo à cette fin.

L'enquête, orientée sur les Américains, me permit d'abréger la souffrance de Julie en l'informant que Liam était sain et sauf. Pour ma part, cette éclipse de quelques jours avait produit l'effet escompté : faire intervenir Baptiste afin qu'il démontre que la non-violence était la solution, mais seulement si l'on savait le peuple capable d'être violent.

Je tiens à vous assurer que je n'ai pas prémédité le meurtre d'innocents, si l'on exclut Whitend qui ne l'est pas à mes yeux. Chacun a joué son rôle et je prie pour que Baptiste et Antoine réussissent cette entreprise qui nous transcende. Je m'excuse également auprès de vous tous de vous avoir sacrifiés, et notamment ma fille, Caroline, obligée de mentir pour son père. Je t'en suis infiniment reconnaissant.

Cependant toute action a son revers. Il m'est insupportable que des innocents aient perdu la vie par ma faute. C'est la raison de mon départ prématuré. Je vous souhaite une fin de vie heureuse et espère vous revoir là-haut… si le Grand Horloger a eu la même lecture que moi du danger qui menace l'Humanité.

Jean »

Julie reposa les feuillets sur la table, regardant ses amis et sa fille : tous étaient perdus, la claque était trop forte.

*

Durant la cérémonie, chacun se remémorait sa participation à cette folie née dans le cerveau du défunt.

Liam, à quelques mètres du cercueil, s'interrogeait sur ce qu'auraient pu être les événements s'il n'avait pas été distrait, comme à son habitude, et avait installé un traceur sur son ordinateur. Il avait, par ailleurs, péché par orgueil en ajoutant Karl en copie de son mail et s'accusait d'être en grande partie responsable.

Antoine se sentait coupable également, il avait été un maillon important de la machination de Jean. Le professeur l'avait choisi pour diffuser ses idées. Était-ce lui aussi qui lui avait suggéré d'orienter l'enquête sur un assassin déséquilibré pour sauver Liam et Emma ? Il devait prendre sur lui afin de soutenir Julie, absente depuis la lecture de cette lettre.

Elle s'était fourvoyée sur toute la ligne, Jean l'avait manipulée. Son mentor savait qu'elle ne ferait jamais de mal à Richard, bien qu'elle lui en veuille depuis longtemps. La fliquette était persuadée que même sa réconciliation avec son père et sa fille était planifiée, et cela la mettait hors d'elle.

La cérémonie fut très sobre. Des jeunes et des moins jeunes étaient venus. Tous avaient en commun, à l'exception de Richard et Baptiste, d'avoir été élèves de Jean Dumas qui avait finalement consacré sa vie à sa vocation de professeur.

La cérémonie achevée, un comité restreint se dirigea vers le cimetière pour accompagner le défunt jusqu'à sa dernière demeure.

Devant la tombe, Richard remercia Jean de l'avoir soutenu durant toutes ces années et de l'avoir aidé à devenir ce qu'il était. Bien entendu, il lui en voulait de ce vilain tour, mais il aurait pu, maintes fois, le déjouer s'il n'avait été lui-même aveuglé par son désir de changer le monde. Il lui aurait suffi de parler à Liam avant de communiquer la découverte, et d'avouer à sa fille qu'il était avec Whitend ce jour-là... Mais il ne pouvait, égoïstement, oublier le principal : il avait renoué avec sa fille, cela méritait un remerciement.

Baptiste était quelques mètres plus loin, et interrogeait silencieusement son ami défunt : pourquoi l'avoir choisi, lui ? Il se sentait incapable de réaliser la mission que son pote lui avait assignée, en tout cas pas à ce prix-là. Son orgueil l'avait piqué, lorsque Jean lui avait demandé de venir changer l'Histoire, mais il aurait dû s'arrêter lorsque Fox News avait révélé ses propos violents. Il savait que le dérapage se situait à ce moment précis.

Après les adieux, tous ses amis partirent boire un dernier verre à la mémoire du défunt professeur, qui ne pouvait être résumé par son projet le plus fou. Il était temps de reprendre une vie normale et de suivre chacun son destin, celui-là même qui avait été hérité de Jean.

— Julie, veux-tu venir dîner à la maison ce soir ? demanda Caroline, mon copain sera là. Viens avec Antoine, cela me fera plaisir.

— Oui, avec plaisir, répondit-elle, nous aurons l'occasion de rattraper le temps perdu.

Tout le monde s'embrassa sans savoir pour la plupart quand ils se reverraient. La pluie commençait à tomber.

Julie patienta jusqu'à ce que tous soient partis et demanda à Antoine de l'attendre dans la voiture. Elle désirait se recueillir, une dernière fois, seule, sur la tombe de son mentor.

En tournant dans l'allée, elle vit le dos d'un homme, recouvert d'un poncho.

— Bonjour monsieur Guimet, fit-elle d'un ton doux et poli.

— Bonjour Julie, répondit-il sans se retourner.

— Je savais que vous ne pourriez laisser enterrer votre meilleur ami sans être présent.

— Je savais que tu reviendrais le vérifier, dit-il en riant.

— Votre ami a fait de vous un assassin. Pourquoi le pardonner ?

— Il ne m'a jamais demandé de tuer Whitend, il m'a mis en face d'un choix. Vous ne tuez pas toutes les personnes que vous n'aimez pas, lieutenant Jacobs ?

— Un choix qui l'a finalement conduit au suicide, rétorqua-t-elle.

— Malheureusement oui, pourtant je suis certain qu'il avait évalué cette possibilité.

— Vous voulez dire qu'il a sciemment risqué sa vie pour son projet ?

— Tu connais le film « Le Bon, la Brute et le Truand », Julie ? dit Laurent, sur un ton mystérieux.

— Bien entendu.

— Alors ton père est le Bon, je suis la Brute et Jean était le Truand.

— Et Baptiste dans tout cela ?

— Baptiste est le chef d'œuvre qui en est sorti.

— Et maintenant, que fait-on ? demanda Julie.

— Vas-tu m'arrêter ?

Elle réfléchit longuement.

— Non, je ne fais temporairement plus partie de la police, et j'imagine que vous avez pris des dispositions pour que ceci n'arrive pas. Néanmoins, vous comprendrez que je vous traquerai sans relâche.

— Je comprends…Adieu Julie, dit-il en se retournant.

— Au revoir Laurent.

*

Julie et Antoine arrivèrent vers 20 heures chez Caroline qui les débarrassa de leur manteau avant de leur montrer le chemin du salon où son copain était assis dans le canapé, un verre à la main. Caroline était retournée dans la cuisine.

— Dis-moi Caroline, je ne savais pas que tu avais une maison dans le Luberon, cria Julie depuis le salon.

Nounours éclata de rire.

— Disons, que j'ai revu ma position quant à l'invitation formulée il y a quelques mois par Maître Fisher, ma chère Julie, répondit-il. Tu nous excuses de ne pas t'avoir jointe à nous ?

Caroline revint avec les petits fours.

— Il a fallu que je lui force un peu la main, il n'arrêtait pas de me draguer… mais dans sa tête, ce n'était pas des plus pratique.

Les quatre amis passèrent une très bonne soirée, omettant de parler de l'affaire qui les avait réunis pour le pire … et finalement pour le meilleur.

*

Un an était passé depuis la mort de Jean. Liam et Emma avait décidé de se marier - après que Liam et Julie aient mis fin à leur union légale - et d'inviter tous leurs amis.

De nombreux évènements s'étaient produits dans le monde au cours de cette dernière année et Antoine et Baptiste n'y étaient pas pour rien.

Les altermondialistes étaient représentés désormais dans tous les grands congrès mondiaux, de façon minoritaire bien entendu, mais ils avaient accès à la parole et aux médias.

Les Politiques, qui ont la faculté de toujours se positionner dans le sens du vent, avaient voté au G20, et imposé à l'ensemble des pays, sous peine de sanctions, la taxe Tobin qui permettait d'imposer les transactions financières. Cette mesure visant à limiter la spéculation avait eu un effet pervers, les financiers avaient augmenté leur ponction pour récupérer leur dû. La pression s'était alors de nouveau abattue très rapidement sur les créateurs de richesse : les travailleurs.

Une idée révolutionnaire était venue d'une jeune lyonnaise de 17 ans qui avait développé un système informatique permettant un marquage indélébile des transactions financières portant sur les actions. Partant du principe qu'il n'était pas possible de donner sa confiance et donc son capital à une entreprise pour seulement quelques secondes, elle proposait d'adopter un système où il était irréalisable de vendre une part d'une société dans les trois mois après l'avoir achetée, par exemple. La spéculation s'en verrait ainsi très affectée, le rôle des financiers modifié, ceux-ci devant chercher des partenaires plutôt que des hôtes.

Richard et Liam avait créé leur start-up afin de poursuivre les recherches sur leur rêve commun, soutenus par des fondations.

Bref, le monde avait un tant soit peu changé, mais l'important était l'union de ces deux amis d'enfance, union qui allait être magnifiée par la venue au monde d'un petit garçon dans les mois à venir.

Julie était aux anges, elle avait retrouvé une relation sereine et aimante avec son père et sa fille et vivait le parfait amour avec Antoine… quand il ne voyageait pas à travers le monde avec Baptiste.

La cérémonie se déroula comme toutes les cérémonies de mariage. Un seul détail la différencia des autres : au moment du lancer du bouquet par la mariée, Antoine et Nounours se mirent à genoux devant leurs belles respectives une bague à la main.

— « Hé ! Ami lecteur, tu t'es cru dans un film américain ? ».

Remerciements :

Anouch, Armelle, Chantal, Chrystelle, Dorine, Fabrice, Marco, Marion et Véro : je vous remercie chaleureusement mes amis d'avoir pris sur votre temps pour m'apporter vos précieux commentaires.

Merci mon frère de m'avoir apporté, à ton insu, un aspect primordial de l'intrigue ; et sûrement, par nos fréquentes discussions, beaucoup plus que cela.

Merci également à mon père, à Régine et à Saliha pour ces innombrables heures passées à corriger, commenter, améliorer les tournures afin que l'on puisse enfin ressentir ce délicieux sentiment du travail accompli.

Merci Guillaume d'avoir su retranscrire l'essence de l'intrigue dans cette couverture.

Enfin, merci à Sybille qui m'a offert une raison d'écrire et à Raphaëlle qui m'a donné le courage de le faire.

Imprimé par CreateSpace
Dépôt légal : Octobre 2016